Sommer 1987. Auf dem Dachboden eines Bauernhauses wird ein Mädchen brutal ermordet. Ein dreizehnjähriger Junge schlägt sieben Mal mit einem Golfschläger auf seine Mitschülerin ein und richtet ein Blutbad an. Dreißig Jahre lang bleibt diese Geschichte im Verborgenen, bis sie plötzlich mit voller Wucht zurückkommt und alles mit sich reißt: Der Junge von damals mordet wieder …

BERNHARD AICHNER (1972) lebt als Schriftsteller und Fotograf in Innsbruck. Er schreibt Romane, Hörspiele und Theaterstücke. Für seine Arbeit wurde er mit mehreren Literaturpreisen und Stipendien ausgezeichnet, zuletzt mit dem Burgdorfer Krimipreis 2014, dem Crime Cologne Award 2015 und dem Friedrich Glauser Preis 2017.
Die Thriller seiner Totenfrau-Trilogie standen monatelang an der Spitze der Bestsellerlisten. Die Romane wurden in 16 Länder verkauft, u.a. auch nach USA und England. Mit BÖSLAND schloss er 2018 an seine internationalen Erfolge an.

Bernhard Aichner

BÖS LAND

Thriller

btb

Sollte diese Publikation Links auf Webseiten Dritter enthalten,
so übernehmen wir für deren Inhalte keine Haftung,
da wir uns diese nicht zu eigen machen, sondern lediglich auf
deren Stand zum Zeitpunkt der Erstveröffentlichung verweisen.

Dieses Buch ist auch als E-Book erhältlich.

Verlagsgruppe Random House FSC® N001967

1. Auflage
Genehmigte Taschenbuchausgabe September 2019
Copyright © 2018 by btb Verlag
in der Verlagsgruppe Random House GmbH,
Neumarkter Str. 28, 81673 München
Umschlaggestaltung: semper smile, München
in Zusammenarbeit mit Bernhard Aichner
Umschlagmotiv: © shutterstock/lapas77; STILLFX;
Picsfive; I WALL; Valentine Agapov
Druck und Einband: GGP Media GmbH, Pößneck
MB · Herstellung: sc
Printed in Germany
ISBN 978-3-442-71921-1

www.btb-verlag.de
www.facebook.com/btbverlag

Für Ferdinand.
Danke für deine Freundschaft.
Ich liebe dich, Mann.

Ich kann mich wieder
an alles erinnern.

Er hing an dem Gürtel, mit dem er mich immer geschlagen hat. Ich starrte sein Gesicht an, seinen offenen Mund, seine weiße Haut. Und die Hände, die still an seinen Armen herunterhingen. Da war nichts mehr, das mir Angst machte. Ich war glücklich, vielleicht zum ersten Mal in meinem Leben.

1984. Der kleine Ben und der tote Mann. An einem Samstagmorgen war ich aufgewacht und hatte ihn gesucht. Mein zehnter Geburtstag war es. Ich wollte, dass er mich in den Arm nimmt, mir gratuliert. Ich machte Frühstück für ihn, Eierspeise, Orangensaft, ich deckte den Tisch für uns beide. Aber egal, wie laut ich nach ihm rief, er kam nicht. Ich dachte, er wäre ins Dorf gegangen, um ein Geschenk für mich zu besorgen. *Eine Überraschung für dich, Ben.* Ich hoffte, dass er sich zu diesem Tag etwas Besonderes für mich einfallen ließ. *Ein neues Fahrrad für dich, Ben. Der Kassettenrekorder, den du dir schon so lange gewünscht hast. Du hast es dir verdient, Ben. So fleißig, wie du bist.* Doch nichts.

Zwei Wochen war ich allein mit ihm gewesen. Zwei Wochen lang hatte er täglich seine Wut an mir ausgelassen. *Deine Mutter ist schwach*, sagte er. *Ich werde dafür sorgen, dass du nicht so wirst wie sie. Dreckskuh* nannte er sie. Weil sie zur Kur gefahren war, weil ihr Kreuz kaputt war und auch sonst alles. Sie hatte es nicht mehr ausgehalten. *Es tut mir leid, Ben, ich muss kurz für mich sein.* Sie hatte mich zurückgelassen bei ihm und war verschwunden. Da waren nur mehr seine Hände auf mir. Keine Geburtstagstorte für mich. *In drei Wochen bin ich wieder da. Du schaffst das schon*, hat sie gesagt. Obwohl ich nur ein Kind war.

Der Kühlschrank war voll, Mutter hatte vorgekocht, Eintopf, Knödel, Braten, sie wollte nicht, dass er Hunger hat. Dass er wütend wird. Sie wollte immer so tun, als wäre alles in bester Ordnung, als gäbe es kein Problem, keine Gewalt. Kein Kind, von dem sie täglich mit traurigen Augen angestarrt wurde. Sie wollte Augen, die strahlen. So wie an diesem Tag, an dem ich ihn fand. Tot am Dachboden der alte Mann.

Irgendwie fühlte es sich so an, als wäre ich der Sieger nach einem langen ungleichen Kampf. Auch wenn ich kurz Angst hatte, dass sein Mund wieder aufgehen würde, dass er seine Hand wieder heben, dass ich seinen Gürtel wieder auf meinem Rücken spüren könnte, es passierte nicht. Er bewegte sich keinen Zentimeter mehr. Erst als ich ihn mit einem Stock berührte, ihn vorsichtig an seinem Oberschenkel stupste, da begann er ganz langsam hin- und herzuschwingen. Wie ein kleines Kind auf einer Schaukel. Harmlos, friedlich, er konnte mir nichts mehr tun. Keine Schläge mehr. Keine Nächte mehr, in denen ich wach lag, weil ich wusste, dass er kommen würde. Betrunken aus dem Wirtshaus, direkt in mein Zimmer, weil der Weg zu mir der nächste war, weil es ihn besänftigte, wenn er sich um mich kümmerte, wenn er mir zeigte, wie stark er war. Wahrscheinlich ging es ihm besser, wenn er mich schlug, seine Welt war für kurze Zeit wieder in Ordnung, wenn er mich zwang, mit ihm nach oben zu gehen.

Komm mit mir ins Bösland, hatte er immer gesagt. Mitten in der Nacht, morgens, nachmittags, immer wenn ihm danach war. Ich hatte keine Wahl, nie hatte ich eine gehabt. Und meine Mutter hatte es geduldet. Sie hatte nichts getan, um es zu verhindern. Sie half mir nicht, hielt ihn nie davon ab, mich vor sich her die Treppe nach oben zu treiben. Ins Bösland. Um mich zu bestrafen. Weil ich den Stall nicht sauber genug gemacht hatte. Weil ich mich nicht um die Hühner gekümmert hatte. Irgendetwas fiel ihm immer ein, es gab immer einen Grund. *Du lässt mir keine andere Wahl, Ben.* Dann schlug er zu mit seinem Gürtel. Immer wieder auf meinen Rücken, auf mein Hinterteil. *Komm mit mir ins Bösland, Ben.* Seit ich denken kann. Seit ich alt genug war, die steilen Treppen mit ihm nach oben zu steigen.

Er war Lkw-Fahrer, Nebenerwerbsbauer und Trinker. Man hatte ihm gekündigt, weil er Benzin aus dem Tank seines Wagens abgezapft und verkauft hatte. Über die Jahre sollen es über zehntausend Liter gewesen sein. Man redete darüber im Dorf, hinter vorgehaltener Hand lästerten sie. Nur knapp sei er dem Gefängnis entgangen damals, nur der gute Wille des Speditionsunternehmers habe ihn gerettet. *Der Junge braucht einen Vater*, hatte es geheißen. Deshalb ließen sie ihn ziehen, deshalb konnte er auf mich losgehen, jahrelang. Sein Hass auf die Welt in meinem Gesicht. Einfach weil ihm danach war, regelmäßig die Abdrücke seiner Finger auf meiner Wange. Wie ich vor dem Badezimmerspiegel stand und darauf wartete, bis es verging. Aber es verging nicht. Es begann immer wieder von vorne. Wie ein Stempel war es, mit dem er mich markierte. Ein Brandzeichen, das sagte, dass ich ihm gehörte, dass er mit mir machen konnte, was er wollte. *Ich werde dir so lange weh-*

tun, bis du machst, was ich sage. Er brüllte, er trank, er schlug zu. *Ich will, dass du dich besser um den Hof kümmerst, wenn ich nicht da bin. Um deine Mutter.* Er bestrafte mich für sein Unglück. Er zog mich mit in seinen Abgrund, da war nichts Leichtes, keine unbeschwerten Tage im Sommer, kein schönes Wort. Nur Kux.

Mein Freund, der Grund, warum ich trotz allem immer wieder aufwachen wollte. Felix Kux. Der Sohn des Dorfarztes. *Ich will nicht, dass du dich mit diesem reichen Schwachkopf triffst*, hatte der Alte immer gesagt. Ich machte es trotzdem und bekam Schläge dafür. Aber Kux war es wert. Er war der einzige Mensch, mit dem ich reden konnte. Kux war meine Insel, er bewahrte mich vor dem Untergehen, dem Ertrinken. Verwundet und traurig ging ich an sein Land, wenn der Alte mit mir fertig war. Kux war für mich da, er nahm mich auf, er war so etwas wie Heimat. Er kümmerte sich um mich. Und er war auch der Erste, den ich anrief damals.

Bitte komm, habe ich gesagt. *Es ist etwas passiert.* Und Kux war neugierig. Ob es etwas Gutes sei, fragte er mich. Ich sagte *Ja* und starrte das grüne Telefon an, das vor mir auf dem Tischchen im Gang stand. Die Wählscheibe, die Zahlen. Kurz hatte ich überlegt, in der Kuranstalt anzurufen, es meiner Mutter zu sagen, den Bestatter anzurufen, Kux' Vater. Er wäre gekommen und hätte den alten, bösen Mann einfach vom Balken geschnitten. Doktor Kux hätte sich wahrscheinlich widerwillig auch um mich gekümmert, um den ungeliebten Freund seines Sohnes, den Jungen aus armen Verhältnissen. Er hätte keine andere Wahl gehabt, er hätte den Tod feststellen und mich zu meiner Mutter bringen müssen. Das wollte ich aber nicht. Ich wollte, dass sein Sohn kommt, nicht er. Mein Freund, nicht sein Vater. *Beeil dich*, sagte ich. Dann legte ich den Hörer auf, wartete. Bis er kam und mit mir wieder nach oben ging.

Kux war fasziniert. Auch er hatte bis dahin noch nie eine Leiche gesehen. Er stand neben mir und starrte genauso lange, wie ich es getan hatte. Auch er bewegte den leblosen Körper, er griff ihn sogar an. Zuerst war es nur ein Finger, den er vorsichtig auf die Leiche legte, dann war es die ganze Hand. *Er ist so kalt*, sagte Kux. *Vielleicht sollten wir die Polizei rufen*, sagte ich. Kux wehrte ab. *Noch nicht*, sagte er. *Es ist doch egal, wenn er noch eine Zeit lang hier abhängt.* Kux lachte. Und auch ich begann zu lachen. Weil alles in mir wollte, dass der alte Mann genau dort blieb, wo er war.

Ich wollte nicht, dass irgendjemand ihm den Gürtel abnahm. Ich wollte mir sicher sein, dass es vorbei war, dass er mir nie wieder wehtun würde. Der Mann, der mich großgezogen, der mir meinen Arm gebrochen hatte, als ich fünf Jahre alt gewesen war, weil ich nicht aufgehört hatte zu weinen in der Nacht. *Er hat das nicht gewollt*, sagte meine Mutter damals. *Dein Vater steht unter Druck, es geht ihm nicht gut, wir müssen nachsichtig mit ihm sein.* Noch fünf weitere Jahre lang schlug er mich, wann immer ihm danach war. *Du darfst es niemandem sagen, Ben. Nichts von alledem. Wenn du darüber redest, was er mit dir macht, sperren sie ihn ein. Das willst du doch nicht, oder?*

Ich wollte es. Aber ich schwieg. Ertrug es. Ich war nur ein Junge, der geschlagen wurde. Einer von vielen hinter verschlossenen Türen, ein Junge, der es verdient hatte. Weil Mutter mir sagte, dass es richtig war. Und weil da sonst niemand war, der ihr widersprach, mich beschützte. Vor diesem Satz, der immer und immer wieder kam. Dieser Satz, der auf mich einschlug. *Komm mit mir ins Bösland, Ben.* Ein Satz, den ich vergessen hatte. So lange Zeit war er verborgen gewesen in mir, vergraben war alles, verschüttet. Wie der tote Mann an seinem Gürtel hing. Und wie Kux sich vor Aufregung kaum halten konnte. Plötzlich fühlte sich alles so leicht an. Was wir getan haben, war falsch, und doch fühlte es sich irgendwie richtig an. *Lass uns feiern*, sagte Kux. *Heute ist dein Geburtstag, Ben. Den wird dir der alte Sack nicht verderben.* Kux war begeistert von seiner Idee, Geld damit zu verdienen und mit dem Geld eine Torte zu kaufen. Eine Torte und eine Flasche Wein. *Das wird wunderschön*, sagte er. Und das war es dann auch.

Sie standen Schlange vor dem Haus. Und sie bezahlten. Einer nach dem anderen legte Münzen in Kux' Hand, sie hatten ihre Sparschweine geplündert, sie waren neugierig und aufgeregt, keiner wollte es verpassen. Der jüngste war acht Jahre alt, der älteste siebzehn. Die halbe Dorfjugend wollte eine Leiche sehen, den Erhängten. Kux war durch das Dorf geradelt und hatte die Werbetrommel gerührt. Er hatte ihnen eine Fahrt mit der Geisterbahn versprochen, sie sollten etwas sehen, das sie noch nie zuvor gesehen hatten. Einen Toten zum Anfassen. Ein großes Geheimnis war es, das alle teilen wollten. Einen ganzen Nachmittag lang. Und wir verkauften Tickets dafür. Sie kamen in Scharen, irgendwann konnten wir es nicht mehr aufhalten. Einer nach dem anderen war auf den Dachboden gestiegen, sie hatten das Bösland gestürmt.

Entsetzte Gesichter waren es, in die wir schauten, als sie ihn da hängen sahen. Sie hatten Angst, gruselten sich, die meisten hielten nur ein paar Augenblicke lang durch, sie ertrugen es nicht, hielten sich die Hände vor die Münder. Sie wurden kleinlaut, obwohl sie noch kurz zuvor damit geprahlt hatten, kein Problem damit zu haben, dem Tod ins Auge zu sehen. Sie stolperten eilig wieder die Treppen nach unten, liefen so schnell sie konnten davon. Kux und ich blieben zurück. Wir lachten, freuten uns, zählten die Münzen. Schnell verdientes Geld. Genug, um beim Konditor eine schöne Torte zu kaufen und unsere erste Flasche Wein.

Für meine Mutter, sagte ich im Supermarkt an der Kasse. Glücklich und zufrieden rannten wir in den Wald. Kux steckte eine Kerze in die Mitte der Torte und zündete sie an. *Happy Birthday to you.* Er sang für mich. *Ich gratuliere dir, Ben.* Dann aßen wir die Torte. Mit den Fingern griffen wir hinein und stopften sie in unsere Münder. Wir haben gelacht wie Kinder und Wein getrunken wie Erwachsene. Einen Schluck nach dem anderen, bis die Flasche leer war. Betrunken lagen wir nebeneinander im Moos. Die ganze Nacht lang. Schön war es. Ich kann mich wieder an alles erinnern.

Keine Tabletten mehr.
Nie wieder.

- Und was ist dann passiert?
- Sie haben uns bestraft.
- Wie?
- Hausarrest, Belehrungen und Verachtung. Aber alles war besser als das, was vorher gewesen war.
- Ihre Mutter und die Eltern Ihres Freundes haben sich sicher große Sorgen um Sie gemacht.
- Nein, das haben sie nicht.
- Sie beide waren zehn Jahre alt. Sie sind die ganze Nacht nicht nach Hause gekommen. Ich nehme an, es wurde Himmel und Hölle in Bewegung gesetzt, um Sie zu finden.
- Wir waren nicht wichtig.
- Wie meinen Sie das?
- Es zählte nur, was die Leute im Dorf dachten. Nichts sonst. Meine Mutter wollte im Erdboden verschwinden, sie konnte es nicht ertragen, dass man sich das Maul über uns zerriss. Und auch Kux' Vater schämte sich. Was passiert war, passte nicht in seine Welt.
- Sie meinen die Sache mit der Leichenschau?
- Ja. Er verbot seinem Sohn den Umgang mit mir, Kux junior musste sich von mir fernhalten, er sollte funktionieren und keine Schwierigkeiten mehr machen. Drei Wochen lang haben wir uns nicht mehr gesehen.
- Und dann?
- Haben wir uns heimlich getroffen.

– Wo?
– Im Bösland.
– Warum dort? Warum haben Sie ausgerechnet diesen Ort gewählt, um Ihre Freundschaft zu pflegen?
– Dieser Ort gehörte nur uns. Meine Mutter hat den Dachboden nach seinem Tod gemieden.
– Nach dem Tod Ihres Vaters?
– Ja.
– Warum sprechen Sie es nie aus?
– Was?
– Das Wort *Vater*.
– Ist das wichtig?
– Ich denke schon, dass Ihr Vater eine sehr wesentliche Rolle in Ihrem Leben gespielt hat.
– Er hat sich aufgehängt, und man hat ihn eingegraben. Mehr war da nicht.
– Haben Sie geweint bei der Beerdigung?
– Nein.
– Und später?
– Ich war einfach nur froh, dass er nicht mehr da war.
– Und wie hat Ihre Mutter reagiert?
– Sie hat gesagt, dass ich für das alles verantwortlich bin. Sie hat den ganzen Tag geheult, wochenlang. Ihre Welt war zusammengebrochen.
– Und Ihre?
– Ich habe eine neue entdeckt.
– Wie meinen Sie das?
– Wovor ich jahrelang Angst gehabt hatte, wurde plötzlich zu meinem allerschönsten Ort. Es hat sich so angefühlt, als hätte ich gewonnen.
– Gewonnen?

- Ich habe überlebt. Und er ist gestorben.
- Aber der Tod eines Menschen ist doch ein Verlust und kein Gewinn. War da neben der Erleichterung nicht noch etwas anderes?
- Was denn?
- Erinnern Sie sich auch an schöne Momente, die Sie mit Ihrem Vater teilten? Dinge, nach denen Sie sich gesehnt haben? Was ist mit dem, was Sie sich von ihm erwartet und nie bekommen haben?
- Da ist nichts.
- Waren Sie nicht wütend, dass er einfach verschwunden ist? Dass er Sie allein gelassen hat?
- Er hat seine Strafe bekommen, oder?
- Im Bösland?
- Ja.
- Wieso nennen Sie es immer noch so?
- Weil es so heißt. Weil es immer so geheißen hat.
- Erzählen Sie mir, was Sie dort gemacht haben, Sie und Ihr Freund.
- Wir hatten Spaß.
- Alkohol?
- Auch.
- Was noch?
- Hundert schöne Dinge. Kux und ich, wir haben uns gutgetan. Ich hatte nur ihn. Und er hatte nur mich.
- Das klingt schön.
- War es auch. Niemand hat uns gesagt, was wir tun sollen und was nicht. Drei Jahre lang war alles in bester Ordnung. Es hätte immer so weitergehen können.
- Ist es aber nicht, oder?
- Nein.

– Wollen wir jetzt darüber reden?
– Nein.
– Lassen Sie sich Zeit. Wir müssen nichts überstürzen, alles wird Ihnen wieder einfallen, Sie werden sehen.
– Es tut weh, wenn ich daran denke. Was da noch war. Ich will das nicht. Mich erinnern. Ich kann nicht, verstehen Sie?
– Ich werde Ihnen etwas verschreiben.
– Nein. Keine Tabletten mehr. Nie wieder.
– Die Tabletten machen es leichter, glauben Sie mir.
– Ich habe *Nein* gesagt.
– Wie Sie möchten, Ben.
– Ich werde jetzt gehen.
– Sehen wir uns nächste Woche?
– Ich weiß es nicht.

Es gab keine Grenzen.

Ich ertrug kaum, dass da etwas in mir war, zu dem ich keinen Zugang fand, Dinge, an die ich mich nicht erinnern konnte, ich hasste es. Trotzdem bemühte ich mich, erzählte ihr alles. Auch wenn ich nichts lieber getan hätte als davonzulaufen, ich blieb. Kam wieder. Sitzung für Sitzung. Die Therapeutin half mir, die Dinge wieder von unten nach oben zu holen. Den Tod meines Vaters, das Leiden meiner Mutter, die Freundschaft zu Kux. Und das, was danach kam.

Therese Vanek. Sie meinte es gut mit mir. Sie nahm mich nach so vielen Jahren wieder an der Hand und begleitete mich in Gedanken dorthin, wo alles begonnen hatte. Zurück in das Haus, in dem ich aufgewachsen war, zurück auf den Dachboden. Sie hörte mir zu, ihr konnte ich alles sagen, sie verurteilte mich nicht. Mit keinem Wort, mit keinem Blick, sie half mir, es auszuhalten. Meine Kindheit, die mit Wucht plötzlich wieder auf mich einschlug. Diese Geschichten, die mir einfielen. All diese Bilder, die wiederkamen, weil Frau Vanek mir einen Raum dafür gab. *Lassen Sie sich Zeit, Ben. Woran erinnern Sie sich noch, Ben? Was haben Sie mit dieser Katze gemacht?*

Ich erzählte ihr, dass wir sie getötet hatten. Eine Katze, die niemandem gehört hatte, abgemagert war sie gewesen, verwahrlost, Kux hatte sie mitgebracht. *Was willst du damit*, hatte ich ihn gefragt. Er sah mich an und drückte mir ein Messer in die

Hand. *Du kannst das*, sagte er. *Trau dich, Ben.* Und ich stach in die Katze hinein. Ohne zu überlegen, einfach so. Es war ganz leicht, niemand hat uns gesehen, keiner hat uns dafür bestraft. *Es ist nur eine Katze*, hat Kux gesagt. Und ich glaubte ihm. Wir verziehen es uns, obwohl wir wussten, dass es falsch war, dass wir grausam waren. Wir taten so, als wäre nichts passiert, wir teilten nur noch ein Geheimnis mehr. Und wir dokumentierten es. Ohne dass jemand davon erfuhr.

Super 8. Wir drehten Filme. Die Kamera gehörte seinem Vater, Kux hatte sie mir mitgebracht irgendwann. *Das könnte dir gefallen*, hatte er gesagt. *Bei uns liegt sie nur herum, es wird niemandem auffallen, dass sie weg ist.* Kux wollte mir eine Freude machen, mich trösten, weil ihm wahrscheinlich bewusster war als mir, wie schlimm alles war, was am Dachboden geschehen war. *Du kannst sie behalten*, sagte er. *Mir wird nichts passieren, wenn er herausfindet, dass sie weg ist. Mach dir keine Sorgen, Ben. Mein Vater kann sich eine neue kaufen.* Kux erklärte mir, wie alles funktionierte. Die Kamera, der Projektor. Diese Technik war wie ein Wunder. Es war Leidenschaft, die mich von Anfang an gepackt hatte. Ich war fasziniert, begeistert, ich hatte plötzlich etwas, das mich nicht mehr losließ.

Bewegte Bilder. Wir drehten am laufenden Band. Kux besorgte die Filme, er stahl seinem Vater Geld, um sie entwickeln zu lassen. Später kauften wir Chemie, Wannen, Entwickler und Stabilisierer, das kleine Badezimmer in unserem Haus wurde zum Labor, wenn Mutter schlief. Staunend saß ich da und schaute mir an, was wir aufgezeichnet hatten. Auf einem Leintuch flimmerten die Geschichten, die wir erzählten. Das Bösland wurde zum Kino, zum Geheimquartier, zum Filmstudio. Neu war es, schön war es. Auch wenn diese Katze sterben musste, auch wenn es mir leidtat, wenn wir Schuld auf uns luden. *Niemand wird je erfahren, was wir hier tun.* Kux beruhigte mich, er nahm mir jede Angst. *Wir sind Forscher, Ben, Dokumentarfilmer, am Ende geht es doch nur um ein bisschen Spaß.* Und er hatte Recht.

Es gab keine Grenzen. Wir tranken, rauchten, schauten uns Pornohefte an. Wir trafen uns nach der Schule, oft auch nachts. Kux schlich sich aus dem Haus, er kam zu mir, wir stiegen nach oben, meine Mutter bemerkte es nicht. Die gebrochene Frau in ihrem Ehebett. Auch von ihr machte ich einen Film. Minutenlang hielt ich die Kamera auf sie, während sie schlief, ich filmte, wie ihr Mund offen stand und wie sie atmete. Sie lebte, und doch war es so, als läge sie auf einem Totenbett, als wäre sie ebenfalls gestorben. Mutter aufgebahrt jede Nacht, zu weit weg von mir. Sie hörte mich nicht. Bekam nichts mit von alledem. Zu sehr war sie beschäftigt mit sich selbst, mit ihren Träumen von dem Monster, das am Friedhof verfaulte. Ihr Mann, der nicht mehr da war, den sie vermisste. Ihr Mann, der mich nicht mehr schlagen konnte, weil er tot war.

1987. Im Grunde hätte alles so bleiben können. Nichts war bedrohlich, eine ganz normale Kindheit, es gab gute und es gab schlechte Tage. Tage, an denen wir viel zu lachen hatten, und Tage, an denen uns dieses Lachen verging, weil Kux' Vater herausfand irgendwann, dass die Kamera nicht mehr da war, dass sein Sohn sie genommen und verschlampt hatte. Zur Strafe wurde Kux wieder in sein Zimmer gesperrt, Hausarrest für Wochen. *Sobald es geht, komme ich zu dir*, sagte Kux in der Schule. *Lass mich nicht zu lange allein*, sagte ich.

Mit einem Bauch voller Sehnsucht saß ich im Bösland und dachte an ihn. Weil da sonst immer noch keiner war, der mir nahe kam. Keine Mitschüler, niemand in meiner Klasse, der in mir mehr sah als einen Freak. Einen Jungen, der aus dem Selbstmord seines Vaters Profit geschlagen hatte. Einen Jungen, der allein in seiner Bank saß und schwieg, auch wenn man ihn beschimpfte, ihn provozierte. Ich ging zur Schule und wieder nach Hause, und ich dachte mir neue Drehbücher aus für meine Filme. Ich zog mich zurück in meine Welt und wartete darauf, bis Kux wiederkam. Weil ich nicht allein sein wollte, weil ich mich wahrscheinlich ebenfalls umgebracht hätte, wenn es ihn nicht gegeben hätte. Oft habe ich mir darüber Gedanken gemacht, wie einfach es wäre. An manchen Abenden wollte ich es tun. Doch Kux hielt mich davon ab.

Und Matilda. Die neue Mitschülerin in meiner Klasse. Sie war mit ihrer Familie ins Dorf gezogen. Ihre Eltern hatten die Apotheke übernommen, sie waren reich. Trotzdem durfte Matilda mich sehen, mich treffen, Zeit mit mir verbringen. Ihre Eltern verboten es ihr nicht. Wir freundeten uns an, wir verstanden uns vom ersten Tag an, sie füllte die Löcher, die Kux hinterließ, wenn er nicht da war, sie war das Gegenteil von mir. Ich war still, Matilda war laut, ich verbarg mich, sie stellte sich ins Licht. Immer mit diesem Lächeln. Aus irgendeinem Grund beschloss sie, es mir zu schenken. Mir und nicht den anderen. Matilda verzauberte mich, ganz langsam, ohne dass ich es merkte. Sie tanzte mit mir. Bis zum letzten Moment war sie wie ein Geschenk.

Ich weiß nicht,
was Liebe ist.

– Es ist wunderschön, wie Sie über Matilda sprechen.
– Aber wem nützt es?
– Ihnen. Es ist gut, dass Sie sich an dieses Gefühl erinnern. Sie lassen es endlich zu, wir machen große Fortschritte.
– Tun wir das? Seit Wochen komme ich zu Ihnen, aber ich weiß noch immer nicht, warum ich es getan habe. Da ist immer noch so viel, das ich nicht verstehe. So viele Dinge, die mir Angst machen.
– Sie sind hier, oder? Sie laufen nicht weg, Sie kommen immer zum vereinbarten Zeitpunkt. Jedes Mal, wenn wir uns treffen, ist da ein kleines Stück mehr aus Ihrer Vergangenheit, das Form annimmt.
– Vielleicht ist es besser, wenn wir damit aufhören.
– Ich kann mir vorstellen, wie schwer das alles für Sie ist. Trotzdem bitte ich Sie darum weiterzumachen. Lassen Sie uns über Matilda reden. Erzählen Sie mir alles, was Ihnen einfällt. Was Sie gemeinsam unternommen haben, worüber Sie gesprochen haben. Haben Sie sich ihr anvertraut? Mit ihr darüber geredet?
– Worüber?
– Sie hatten sich doch verliebt, oder?
– Ich weiß nicht, was Liebe ist.
– Sie haben sie gemocht. Es genossen, mit ihr zusammen zu sein.
– Mehr als alles andere.

- Und trotzdem haben Sie sie umgebracht.
- Ja.
- Was genau ist passiert?
- Ich habe sie erschlagen.
- Und warum haben Sie das getan, Ben?
- Wenn ich das wüsste, wäre ich nicht hier.
- Laut Polizeibericht haben Sie Ihren Schädel zertrümmert. Sie haben so lange auf Matilda eingeschlagen, bis sie tot war.
- Hören Sie bitte auf damit.
- Aber so war es doch, oder? Ob Sie es wollen oder nicht, wir müssen darüber reden. Ich denke, der richtige Zeitpunkt dafür ist jetzt da.
- Warum tun Sie das?
- Weil Sie mich darum gebeten haben.
- Wie oft soll ich es Ihnen denn noch sagen? Es ist alles dunkel, ich kann das nicht. Ich will nicht. Egal wie oft Sie mich noch fragen, es kommt nicht zurück.
- Es ist alles da, Ben. Sie haben es nur abgespalten, die Erinnerung daran einfach irgendwo in Ihrem Inneren eingesperrt. Wir können die Tür jetzt gemeinsam aufstoßen, wenn Sie wollen.
- Nein.
- Ich bin für Sie da, Ben. Sie sind in Sicherheit, es ist alles lange vorbei, Sie haben nichts zu befürchten.
- Ich wollte das alles nicht.
- Das glaube ich Ihnen.
- Ich wollte nur, dass sie mich wieder anlächelt. Sie hat sich nicht mehr bewegt. Nichts mehr gesagt, egal wie laut ich geschrien habe.
- Sie haben Matilda im Arm gehalten, als Ihre Mutter Sie ge-

funden hat. Sie wollten das Mädchen nicht loslassen, die Beamten mussten Sie mit Gewalt von ihr wegziehen.
- Da war überall Blut.
- Was noch? Was fällt Ihnen noch ein?
- Es tut mir so leid.
- Was tut Ihnen leid?
- Dass ich es nicht rückgängig machen kann.
- Was hat das Mädchen getan, das Sie so wütend gemacht hat?
- Ich weiß es nicht.
- Der Gerichtsmediziner sagte, dass Matilda bereits nach den ersten beiden Schlägen tot gewesen sein muss. Sie haben aber fünf weitere Male zugeschlagen.
- Nein, nein, nein.
- Sie müssen keine Angst haben, es kann Ihnen nichts mehr passieren.
- Ich will nicht mehr dorthin zurück.
- Wohin?
- In die Psychiatrie.
- Das müssen Sie nicht. Sie wurden damals entlassen, weil man Ihnen zugetraut hat, dass Sie ein normales Leben führen können. Niemand wird Sie mehr einweisen, niemand klagt Sie an, Sie stellen sich nun alldem freiwillig.
- Ich sehe es vor mir.
- Was sehen Sie?
- Wie das Blut aus ihrem Kopf kam. Ich konnte es nicht aufhalten, es schoss einfach aus ihr heraus.
- Hat sie etwas gesagt, das Sie verletzt hat? Sie so aus der Fassung gebracht hat? Was ist passiert, Ben?
- Wie oft fragen Sie das noch?
- So lange, bis es Ihnen wieder einfällt.
- Da ist nichts mehr, bitte glauben Sie mir. Ich erinnere mich

nur daran, wie sie in meinen Armen verblutet ist. Und wie sie vorher noch gelacht hatte.
- Worüber hat sie gelacht?
- Ich weiß es nicht mehr. Ich weiß nur, dass ich dieses Lachen kaputtgeschlagen habe.
- Warum hatten Sie einen Golfschläger?
- Es war die Golfausrüstung von Kux' Vater. Wir haben gespielt damit. Den ganzen Sommer lang. Wir haben das Scheunentor aufgemacht und die Bälle aus dem Bösland hinaus auf das Feld geschlagen, Ball für Ball, einen nach dem anderen. Dann haben wir die Bälle wieder eingesammelt und von vorne begonnen. Es war nur Spaß.
- Und trotzdem ist Matilda seit dreißig Jahren tot.
- Ja. Beide bekommen wir unser Leben nicht wieder zurück.
- Ihres ist noch nicht vorbei, Ben. Ich konnte Ihnen damals nicht helfen. Nicht so, wie ich es gerne getan hätte. Aber ich denke, jetzt kann ich es.
- Ich glaube nicht mehr daran.
- Doch, das tun Sie.

Langsam kam alles wieder.

Sie meinte es gut mit mir. Vor dreißig Jahren schon. Frau Vanek war die Einzige, die sich um mich gekümmert hat. Sie war Psychiaterin damals an dem Ort, an dem sie mich eingesperrt hatten. Und so viele Jahre später dann meine Therapeutin. Meine letzte Hoffnung, weil ich nicht mehr schlafen konnte, weil alles, was ich verdrängt und vergraben hatte, plötzlich zu mir zurückgekommen war. Ob ich es wollte oder nicht, es hatte begonnen mich zu verfolgen, die Bilder von damals bestimmten meinen Alltag. Sie gingen nicht weg, ließen mir keine Ruhe mehr, an keinem Tag der Woche, in keiner Nacht, ich konnte es nicht abwaschen von mir, es nicht wieder vergessen. Nicht so wie damals. Ich konnte nicht mehr so tun, als wäre es nie passiert. Deshalb habe ich sie angerufen. Sie vor fünf Monaten um Hilfe gebeten. *Ich möchte reden*, habe ich gesagt. Über damals.

1987. Sie hatten mich weggebracht, weg aus dem Dorf, weg von Matilda. Sie hatten sie mir aus den Armen gerissen, mich von ihr weggezerrt. *Was hast du getan*, schrie meine Mutter. Sie schlug auf mich ein, verstand es nicht, hörte nicht auf mir wehzutun. *Dein Vater hatte Recht*, brüllte sie. *Du bist dumm und zurückgeblieben. Ein Mörder bist du, ein gottverdammter Mörder. Du hättest dich aufhängen sollen, nicht er.* Man hatte sie immer wieder daran hindern müssen, auf mich loszugehen. Erst als der Notarzt ihr eine Spritze gab, beruhigte sie sich.

Hörte auf, mich zu beschimpfen. Auch ihre Welt ist an diesem Tag zerbrochen. Alles, was noch übrig war, zerfiel. Zu der Trauer um ihren Mann kam der Umstand, dass ihr einziger Sohn die Tochter des Apothekers erschlagen hatte. Ein Skandal war es, ein Schandfleck, der das ganze Dorf zudeckte, Schuld, die meine Mutter auf sich geladen hatte an dem Tag, an dem sie mich zur Welt brachte. *Du hast es verdient*, sagte sie. *Dass er dich verprügelt hat. Totschlagen hätte er dich sollen, dann wäre das alles nicht passiert.*

Lange Zeit habe ich gedacht, dass meine Mutter Recht hatte. Matilda würde noch leben, viele Tränen wären nicht geweint worden. Matildas Eltern, die mich anstarrten. Ihr Vater, der mich am liebsten mit bloßen Händen erwürgt hätte. Sie waren verzweifelt, schockiert, sahen mich an, als wäre ich der Teufel, das Böse, das sie im Streifenwagen wegbrachten. An einen Ort, an dem ich niemandem mehr etwas tun konnte. Das kleine Monster, der Mörderjunge, der nur apathisch auf dem Rücksitz des Polizeiautos saß und aus dem Fenster starrte.

Langsam kam alles wieder. Weil Frau Vanek all diese Fragen stellte, die ich nicht hören wollte. Sie half mir dabei zuzusehen, wie ich damals aus dem Bösland verschwand, wie ich den Hof verließ, auf dem ich aufgewachsen war. Ich konnte die Lichter der Einsatzfahrzeuge wieder sehen, die Polizisten, die mich in die Stadt brachten. Ich erinnerte mich an das Verhör, das sie führen wollten, an die Beamten, die sich bemühten, zu mir durchzudringen. *Wir möchten nur wissen, was passiert ist. Rede mit uns. Was hast du getan, Junge? Mach endlich dein verdammtes Maul auf.* Aber mein Mund blieb zu. Auch am Tag danach, an jedem weiteren, der noch kam. Fünf lange Jahre kein Wort.

Man diagnostizierte eine dissoziative Persönlichkeitsstörung. Ich war traumatisiert. Ich wurde in die Psychiatrie gesperrt, so konnte der Mörderjunge niemandem mehr etwas tun. Festgezurrt an einem Bett, Medikamente in einer kalten weißen Welt. *Du kommst hier nie wieder raus,* sagte ein Pfleger zu mir. Und es war mir egal. Alles war mir egal, nichts hätte irgendetwas besser gemacht. Nichts, was ich gesagt oder getan hätte. Nichts auf dieser Welt hätte Matilda wieder lebendig gemacht, meine Mutter dazu gebracht, mich zu besuchen, mit mir zu reden, für mich da zu sein. Deshalb blieb ich allein.

All die Jahre ohne Besuch. Weil ich ein Mörder war. Minderjährig, aber gefährlich. Man hatte die Welt vor mir in Sicherheit gebracht, man hatte Matildas Eltern gezeigt, dass es doch Gerechtigkeit gab, dass ich nicht einfach mit dem Mord an ihrer Tochter davonkommen würde. Eine gerechte Strafe war es, die Psychiatrie die beste Lösung. Weil ich nicht strafmündig war. Ein glücklicher Umstand war es für den Rest der Welt, dass ich beschlossen hatte zu schweigen. Dass ich unfähig war zu reden. Hätte ich es getan, hätten sie mich nicht für verrückt erklärt, ich wäre ungestraft davongekommen. Deshalb war es gut so, wie es war. Für Matildas Eltern, für Kux' Vater. Für mich. Der Mörderjunge konnte niemandem mehr etwas tun.

Ich war am richtigen Ort. Gewöhnte mich an mein neues Zuhause. Wollte bleiben. Ich drückte meine Gefühle nach unten und hörte auf, mir zu wünschen, dass jemand kommen würde. Keinen Tag lang wollte ich mehr die Enttäuschung spüren, dass die Tür zu meinem Zimmer nicht aufging, dass da kein schönes Wort mehr für mich war. Ich habe sie vergessen, meine Mutter und auch Kux. Sein Vater war froh darüber, dass ich endlich verschwunden war, dass sein Sohn sich nicht mehr mit dem Abschaum des Dorfes abgab. Doktor Kux fühlte sich bestätigt. *Hab ich nicht schon immer gesagt, dass mit diesem verdammten Bauernjungen etwas nicht stimmt?* Er hatte gewonnen. In Gedanken konnte ich ihn hören, er hatte seinen Sohn beschützt vor mir, ihn davor bewahrt, zu mir in diesen Abgrund zu steigen. Ich habe meinen Freund nie wieder gesehen. Da war nur das Krankenhauspersonal. Und die anderen, die so waren wie ich.

Unendlich lange Tage und Monate. Ein taubes Gefühl, Zeit, die einfach verging. Tabletten, die sie in mich hineinstopften, eine nach der anderen. *Sie lassen uns keine Wahl, wir müssen Sie ruhigstellen, es ist das Beste für Sie, glauben Sie mir.* Der Psychiater, der immer wieder vor mir saß und zu mir durchdringen wollte. *Wenn Sie nicht endlich mit mir reden, kann ich nichts für Sie tun. Helfen Sie uns doch herauszufinden, warum Sie das getan haben.* Er sah mich pflichtbewusst an. *Das sind wir den Eltern des Mädchens doch schuldig, oder?* In den ersten beiden Jahren nickte er noch freundlich. *Jetzt reden Sie doch endlich. Schlimmer kann es nicht mehr werden.* Später grinste er. *Sie werden hier verrotten, wenn Sie nicht endlich Ihren Mund aufmachen.* Irgendwann wurde er wütend. *Sie sind nur ein kleines Stück Dreck.* Und der Dreck sollte bleiben, wo er hingehörte.

1992. Ich war achtzehn, als ich von der Kinder- und Jugendpsychiatrie auf die Erwachsenenstation verlegt wurde. Weil man immer noch nicht wusste, wohin mit mir. Weil ich es selbst auch nicht wusste. Ein neuer Pfleger, ein neues Bett, neue Mitpatienten. Und dann die neue Ärztin. Die Frau, die mich endlich zum Reden brachte. Therese Vanek. Alles an ihr war anders, sie war zurückhaltend und geduldig, sie hörte mir zu, auch wenn ich schwieg. Sie saß vor mir und wartete, sie drängte mich nicht. Da war plötzlich jemand, der es gut mit mir meinte. Deshalb öffnete ich meinen Mund, begann wieder zu sprechen.

Weil sie Angst
vor mir hatten.

- Ohne Sie hätte ich das damals nicht überlebt.
- Doch, das hätten Sie. Egal was Sie getan haben, Sie haben eine zweite Chance verdient.
- Habe ich das?
- Sie dürfen nicht so streng zu sich selbst sein, Sie waren dreizehn Jahre alt, als es passiert ist.
- Es war Mord, kein einfacher Diebstahl oder Vandalismus. Jemand ist gestorben, ich kann es nicht länger unter den Teppich kehren. Das habe ich lange genug getan.
- Sie haben bereits dafür bezahlt.
- Trotzdem mache ich kein Auge zu in der Nacht, immer sehe ich ihr Gesicht vor mir, es geht nicht weg. Ich weiß nicht, was ich tun soll.
- Vielleicht müssen Sie sich einfach vergeben.
- Wie könnte ich das?
- Sie können viel mehr, als Sie denken. Dass Sie mich aufgesucht haben, finde ich nach wie vor außergewöhnlich. Dass Sie von sich aus diesen Schritt gegangen sind. Dass Sie herausgefunden haben, wo ich mittlerweile praktiziere. Dass Sie immer wieder herkommen, auch wenn es schwer für Sie ist. Sie haben hart an sich gearbeitet in den letzten Wochen. Sie sehen Ihre Schuld, Sie versuchen anzunehmen, was Sie getan haben.
- Wenn Sie damals nicht gewesen wären, wäre ich in der Psychiatrie zugrunde gegangen. Ich bin Ihnen so dankbar.

– Das freut mich. Und ich denke, wir sollten das jetzt alles als Chance begreifen. Wir machen dort weiter, wo wir damals aufgehört haben. Ich habe gerade die alten Protokolle wieder ausgegraben. Es steht alles hier in dieser Akte, worüber wir vor fünfundzwanzig Jahren gesprochen haben.
– Und was steht da?
– Wie Sie sich gefühlt haben. Wie sehr Sie gelitten haben. Was meine Kollegen über Sie gesagt haben.
– Die haben gar nichts gesagt. Sie haben mich weggesperrt, mich gefüttert, mich ruhiggestellt. Der Psychiater, der vor Ihnen versucht hat herauszufinden, was mit mir los war, war davon überzeugt, dass es besser wäre, wenn ich bliebe. *Für immer*, hat er gesagt. Er würde dafür sorgen. *Sie sind gefährlich*, hat er gesagt. Und ich habe es ihm geglaubt.
– Der Kollege hat zweifelsohne Fehler gemacht, und ich kann Ihnen gar nicht genug sagen, wie leid mir das tut. Sie hätten die Psychiatrie schon viel früher verlassen müssen.
– Es war gut, dass ich weggesperrt war. Wer weiß, was sonst noch alles passiert wäre.
– Sie wissen, dass das nicht stimmt. Sie sind in all den Jahren nie auffällig geworden, auch auf der Erwachsenenstation nicht. In den zwei Jahren, die ich Sie dort begleiten durfte, gab es nichts, das Anlass zur Sorge gegeben hätte. Später in der betreuten Wohneinrichtung haben Sie sich ebenfalls wunderbar eingefügt. Es war richtig, dass Sie Ihr Leben wieder in die Hand genommen haben. Und es ist ebenso richtig, dass Sie jetzt dafür kämpfen, dieses Leben nicht wieder zu verlieren.
– Ich habe Angst.
– Wovor?
– Vor mir selbst.

– Ich bin davon überzeugt, dass Sie so etwas nie wieder tun werden. Sonst hätte ich mich nicht so für Sie eingesetzt. Sie haben zwanzig Jahre ein ganz normales Leben geführt.
– Habe ich das?
– Sie arbeiten seit Ewigkeiten im selben Fotolabor. Sie haben eine Wohnung, Sie zahlen Miete, Sie zahlen Steuern, Sie haben keiner Fliege mehr etwas zuleide getan, sie haben niemanden verprügelt oder angegriffen. Kein Strafzettel wegen Falschparkens, keine Geschwindigkeitsübertretung. Es hatte nie jemand etwas von Ihnen zu befürchten, Sie haben sich wieder wunderbar in die Gesellschaft eingefunden.
– Und trotzdem bin ich hier und bitte Sie um Hilfe.
– Weil Sie endlich Frieden schließen wollen mit Ihrer Vergangenheit, und das ist gut so.
– Deshalb bin ich nicht hier.
– Warum sind Sie dann hier?
– Kux. Er hat alles wieder ins Rollen gebracht. Wäre ich nicht wieder auf ihn gestoßen, wäre alles geblieben, wie es war.
– Kux war Ihr Freund, Sie müssen keine Angst davor haben, ihm wiederzubegegnen.
– So einfach ist das nicht.
– Lassen Sie uns in unserer nächsten Sitzung darüber reden. Sie müssen jetzt nichts überstürzen, überfordern Sie sich nicht, lassen Sie sich Zeit. Wir sind schon so weit gekommen, Sie haben sich so viel Mühe gegeben, Sie waren so mutig, haben so viel zugelassen.
– Vielleicht ist es mehr, als ich tragen kann.
– Lassen Sie es uns herausfinden. Ich denke, dass Felix Kux der Schlüssel zu allem sein kann. Er ist Ihre Verbindung zur Vergangenheit. Er hat das alles hier ausgelöst, wegen ihm sind Sie zu mir gekommen. Wenn Sie dieses Foto nicht ge-

sehen hätten, wären Sie nicht hier.
- Ich könnte das Foto einfach zerreißen und in den Müll werfen.
- Wollen Sie das?

Alles war,
wie es sein sollte.

Kux war es, der vor fünf Monaten auf den Knopf gedrückt hat. Durch ihn kamen die alten Geschichten wieder zurück, die Alpträume. Die Zeit in der Psychiatrie, danach die Einrichtung, in die sie mich gebracht hatten. 1994. Betreutes Wohnen hieß es. Ein bisschen Leben unter Aufsicht, ein kleines Stück Hoffnung, neue Menschen, mit denen ich unter einem Dach wohnen sollte, aber erneut die Angst vor ihren Zeigefingern, vor der Ausgrenzung, vor Wut und Verachtung. Hinter jeder Häuserecke vermutete ich jemanden, der mir wehtun, der mich bestrafen wollte. Matildas Eltern, meine Mutter, sogar meinen Vater sah ich vor mir an manchen Tagen.

Da war dieser Schrank, den sie mit Klamotten füllten, Jeans und T-Shirts. Plötzlich schaute ich aus wie all die anderen jungen Männer in meinem Alter. Auf der Straße war ich einer von vielen. Kein Mörderjunge mehr, von heute auf morgen. Weil niemand meine Geschichte kannte, weil ich nur einer von fünf psychisch kranken Menschen war, die zusammenwohnten und versuchten, einen Weg zurück in die Gesellschaft zu finden. Einkaufen, Kochen, Wäschewaschen, wöchentliche Therapiegespräche. Die Angst vor der Welt verging langsam. Unsere Betreuerin erklärte uns, was Alltag war, sie machte Ausflüge mit uns in den Tierpark, ins Theater, ging mit uns Eislaufen auf dem zugefrorenen See. Sie machte das Licht an, wenn ich schrie in der Nacht.

Ein neues Projekt war es, Frau Vanek hatte es unterstützt, sie hatte mich gerettet. Es war wie ein Wunder, dass da auf einmal mehr war als der Aufenthaltsraum, in dem ich mit den anderen Irren monatelang zusammengesessen hatte. Verrückte, die geraucht, gestritten, gebrüllt, gesabbert und vor sich hin geschwiegen hatten. Das Paradies war es plötzlich, mein Zimmer mit Schreibtisch und Poster an den Wänden. Das Jugendzimmer, das ich nie gehabt hatte. Silvester Stallone, den ich verehrte, Ivan Drago, der Rocky fast umgebracht hatte, Apollo Creed, der tot im Ring lag. Filme, die ich mir ansah, Schulbücher, über denen ich einschlief. Lesen, Schreiben, Rechnen. Ein Schulabschluss, den ich nachholte. Den Führerschein, den ich irgendwann machte. Ich lernte, wie man funktionieren musste. Wie man ordentlich lebte.

Von Tag zu Tag fand ich mehr Worte. Was man sagt, wenn man eine Pizza bestellt im Restaurant. Wie man eine Prüfung ablegt, eine Arbeit sucht. Es war nicht leicht, aber es passierte, und ich war froh darüber. Immer noch mehr Leben kam auf mich zu. Weil ich ausziehen musste irgendwann, weg aus dem vertrauten Jugendzimmer, die Wohngemeinschaft der psychisch Kranken verlassen mit dreiundzwanzig Jahren. Weil sie sagten, dass ich so weit sei, dass ich es alleine könne. Weiterleben. Sie umarmten mich. Meine Mitbewohner, die Betreuerin. Frau Vanek lächelte. *Sie schaffen das*, sagte sie. Dann verschwand sie aus meinem Leben.

1997. Plötzlich gab es nur noch ein Morgen, kein Gestern mehr. Nur das Fotolabor, in dem ich zu arbeiten begann, meine neue Heimat, ein kleines schäbiges Geschäftslokal, in dem ich die nächsten zwanzig Jahre verbrachte. Ein Expresslabor in Bahnhofsnähe, das die Wünsche der ungeduldigen Kunden so schnell wie möglich erfüllte. Analog früher, später digital. Bis Ende der Neunziger Jahre waren es Filmrollen, dann kamen sie mit ihren Datenträgern. In dem kleinen Laden gegenüber der Stripbar konservierte ich die Erinnerungen meiner Kunden, schöne Dinge, die festgehalten wurden. Weihnachten, Nikolaus, die Kreuzfahrt im Mittelmeer, Eltern mit ihren Kindern am Strand, Liebeswochenenden, Hochzeiten. Immer wiederkehrende Motive waren es, Konfirmationen, Firmenfeiern, Geburtstage. Jahrelange Wiederholung, da waren zwar andere Menschen auf den Bildern, aber es waren dieselben Reiseziele, dieselbe Sonne, die ins Wasser fiel. Das Leben der anderen, das ich mir ansah. Was ich nie haben würde, jeden Tag in meiner Hand.

Qualitätskontrolle, Chemie wechseln, Papierstau, Kundengespräche. Ich war der unscheinbare Mann im Schnelllabor, der für einen Moment lang Intimes mit ihnen teilte. Der sie nackt gesehen hatte in stillen, zweisamen Momenten, Frauen und Männer. Mein Leben war einfach. Ich fiel nicht auf, man ließ mich in Ruhe, alles war, wie es sein sollte. Frühstück und Abendbrot in meiner kleinen Wohnung nebenan, fünfunddreißig Quadratmeter für mich allein. Tage, die immer pünktlich begannen und endeten. Im Frühling, im Sommer, im Herbst und im Winter. Ich fühlte mich sicher, ich war fleißig, habe Geld gespart. Geld, mit dem ich den Laden irgendwann kaufte. Der kleine Angestellte, der sich selbstständig machte. Ich hatte mein Leben einigermaßen im Griff. Ich sperrte den Laden auf, ich sperrte ihn wieder zu. Ich entwickelte Bilder, Hunderttausende in den letzten zwanzig Jahren. Dass ein einziges mich aus der Bahn werfen würde, damit hatte ich nicht gerechnet. Dass es mir den Boden unter den Füßen wegziehen würde, mich nicht mehr schlafen ließe.

10 x 15 cm, Hochglanz, ein Gesicht im Hintergrund. Der Sachverständige einer Versicherung hatte mir die Speicherkarte in die Hand gedrückt, ein Stammkunde. Fotos von kaputten Autos, Blechschäden, verbeulte Stoßstangen, zersplitterte Windschutzscheiben, immer dasselbe, nur andere Automarken, andere Lackierungen. In all den Jahren war da nie etwas gewesen, das es wert gewesen wäre, genauer hinzusehen, neugierig zu sein. Normalerweise hielt ich solche Fotos nicht länger in der Hand als nötig, doch an diesem Tag war es anders. Da war ein roter Golf im Vordergrund, Totalschaden, irgendwo aufgenommen in einer Werkstatt. Im Hintergrund war ein Mechaniker zu sehen im Gespräch mit einem Mann. Einem Mann mit einem Muttermal auf der Stirn. *Mein kleines Afrika*, hatte Kux immer gesagt. Ein Muttermal in Form eines Kontinents. Er war wieder da.

Kux. Zwar nur sein Gesicht auf einem Foto, aber es kam einem Erdrutsch gleich. Alles, was hinter mir lag, stürzte wieder auf mich ein. Was ich aus mir herausgeschnitten hatte, meine beschissene Vergangenheit, das Bösland. Ich schaute dieses Foto an und sah Kux und mich, wie wir durch den Wald rannten. Von einem Moment zum anderen war ich wieder ein Kind, zehn Jahre alt. Es war wie ein Film, der plötzlich vor mir ablief, die alten Bilder überfluteten mich. Kux hatte auf Play gedrückt, und ich konnte mich nicht dagegen wehren. Wie weggetreten war ich, ohnmächtig, betäubt. So als hätte mich jemand zu Boden geschlagen.

Irgendwo auf der Straße kam ich wieder zu mir. In einem anderen Stadtteil. Ich wusste nicht, wie ich dort gelandet war, warum ich die Ladentür aufgemacht hatte und die Straße hinuntergegangen war. Ich wusste nicht, wie lange ich herumgeirrt war, wie ein Rausch war es, ein Loch, in das ich gefallen war. Das Foto immer noch in meiner Hand und ein Polizist, der auf mich einredete, weil ich mich nicht rührte. Es war so, als wäre ich schlafgewandelt, als hätte ich geträumt, ich hatte die Kontrolle verloren. Dieses Muttermal, sein Gesicht, meine Kindheit, Stücke davon, völlig unerwartet schlug alles auf mich ein. Weit weg hörte ich die Stimme des Polizisten. *Um Himmels willen, was machen Sie da mitten auf der Straße.* Ich antworte nicht. Links und rechts fuhren Autos vorbei, lautes Hupen. Der Polizist packte mich und schob mich vor sich her, bis wir am Gehweg ankamen. *Was ist los mit Ihnen*, schrie er. Ich wusste es nicht.

Es ist noch lange
nicht vorbei.

– Ich hatte Glück.
– Warum Glück?
– Der Polizist hätte mich mitnehmen können.
– Warum hätte er das tun sollen? Sie hatten ja nichts getan, Sie waren nur kurz verwirrt. Deshalb sperrt man Sie doch nicht gleich ein.
– Es war wie ein Überfall, die Bilder, die wieder hochkamen, sie lähmten mich, bedrohten mich. Das tun sie immer noch.
– Es war nur eine Frage der Zeit, bis alles wieder ans Licht kommt. Kleinigkeiten können so etwas auslösen, Gerüche, Musik oder eben wie in Ihrem Fall ein Foto. Sie hatten einen Flashback. Sie haben plötzlich wieder Zugang zu den Dingen, die Sie verdrängt haben. Ihr Freund hat auf gewisse Weise eine Tür für Sie aufgestoßen.
– Ich habe all die Jahre nicht mehr daran gedacht. Mein Leben hatte begonnen, als ich den Job in dem Labor annahm. Als ich meinen Mietvertrag unterschrieb. Alles, was vorher war, brannte ich nieder in meinem Kopf.
– Umso erfreulicher ist es, dass Sie beginnen, sich wieder zu erinnern.
– Erfreulich? Nein. Es ist eine Strafe, dass ich dieses verdammte Muttermal auf seiner Stirn gesehen habe. Ich würde jetzt nicht hier in Ihrer Praxis sitzen und mich quälen, ich würde einfach weiter meine Bilder entwickeln. Fotos von einer Antarktisreise vielleicht, einer goldenen Hochzeit. Ich

wäre in Sicherheit, ich müsste mir all diese Gedanken nicht machen. Diese Schwere nicht ertragen.
- Sie könnten das Ganze auch als glückliche Fügung betrachten.
- Ich bin nicht glücklich, glauben Sie mir. Nichts an alldem ist gut. Ich fühle mich schuldig. Morgens, mittags, abends. Ich habe jemanden umgebracht. Und das wird sich auch nicht ändern, wenn ich noch weitere zwanzig Stunden Ihrer Zeit beanspruche.
- Vielleicht war es Schicksal. Dass Kux auf diesem Foto war, dass Sie es in die Hand genommen haben. Vielleicht bedeutet das, dass Sie Ihrem Freund wiederbegegnen, ihn wieder in Ihr Leben lassen sollen.
- Ich lasse niemanden mehr in mein Leben. Ich habe lediglich ein Foto entdeckt, auf dem er zu sehen ist, mehr nicht. Ich werde weiterleben wie bisher.
- Sie wissen, dass das nicht geht. Dafür ist zu viel passiert. Das Ganze belastet Sie zu sehr. Sie können jetzt nicht aufgeben. Oder besser gesagt, ich bin mir sicher, dass Sie das nicht wollen. Sie wären doch sonst nicht zu mir gekommen, oder?
- Ich will nur wieder meine Ruhe haben. Ich will wieder schlafen können.
- Wir könnten herausfinden, wo er wohnt. Sie könnten ihn treffen, mit ihm reden.
- Warum sollte ich das tun?
- Er war doch Ihr Freund, oder?
- Ja, aber das ist lange vorbei. Er hat sein Leben, ich habe meines.
- Sie sind immer noch gekränkt, weil er Sie nie besucht hat, richtig? Er hätte Kontakt mit Ihnen aufnehmen können, das haben Sie sich doch bestimmt gewünscht, nicht wahr?

– Ich kann ihn nicht wiedersehen.
– Warum nicht?
– Weil ich so weiterleben will wie bisher. Er kennt meine Geschichte. Ich will, dass alles so bleibt, dass niemand erfährt, was ich getan habe.
– Ich denke, Kux zu sehen, birgt keine Gefahr. Im Gegenteil, er kann Ihnen dabei helfen, sich an die Dinge zu erinnern, die noch im Verborgenen liegen. Je näher Sie Ihre Geschichte an sich heranlassen, desto eher können Sie sich vergeben.
– Ich habe *Nein* gesagt. Ich will das nicht. Dazu bin ich nicht imstande, weiter will ich nicht gehen. Ich kann nicht alles noch einmal durchleben. Ich werde keine weiteren Wunden aufreißen.
– Es gäbe da vielleicht noch einen anderen Weg.
– Welchen?
– Das Dorf, in dem Sie aufgewachsen sind.
– Was ist damit?
– Es ist immer noch da. Vielleicht ist jetzt der richtige Zeitpunkt, noch ein Mal dorthin zurückzukehren.
– Nein.
– Sie könnten einfach durch den Ort spazieren und sich erinnern. Ich bin mir sicher, dass Ihnen wieder einiges einfallen würde. Und dass Sie damit auch umgehen können. Wie gesagt, Sie haben schon so viel geschafft, so viel angenommen, Sie könnten jetzt diesen letzten Schritt auch noch gehen. Glauben Sie mir, Sie sind bereit dafür.
– Das bin ich nicht.
– Ich werde es Ihnen gern noch einmal sagen. Es kann Ihnen nichts passieren, den schwierigsten Schritt sind Sie bereits gegangen, den schmerzhaftesten. Alles, was jetzt noch

kommt, ist Heilung, Ihre Wunden können sich endlich schließen.
- Ohne Sie geht das nicht, ganz allein kann ich das nicht.
- Doch, das können Sie. Sie waren es, der sich erinnert hat. Ich habe Ihnen nur zugehört. Ihnen ein paar Fragen gestellt.
- Sie haben mich nie verurteilt für das, was ich getan habe.
- Auch niemand sonst wird Sie verurteilen.
- Matildas Eltern?
- Sie müssen ihnen nicht begegnen.
- Meine Mutter?
- Sie lebt noch?
- Ich weiß es nicht.
- Aber Sie möchten es herausfinden, oder?
- Ich kann nicht einfach wieder dort auftauchen. Wer auch immer jetzt dort lebt, ich habe da nichts verloren. Ich kann nicht einfach fragen, ob ich mich kurz ein wenig dort umsehen darf. Sie werden dem Mörderjungen nicht einmal die Tür aufmachen. Wenn das Haus überhaupt noch an seinem Platz steht, wahrscheinlich hat man es abgerissen. Das Bösland ist Geschichte.
- Vielleicht reicht es ja schon, wenn Sie in die Nähe kommen, wenn Sie in dem Wald spazieren gehen, in dem Sie als Kind gespielt haben. Es geht darum, dass Sie Ihre Angst verlieren, dass Sie begreifen, dass es vorbei ist.
- Es ist noch lange nicht vorbei. Ich weiß noch immer nicht, warum ich es getan habe.
- Sie werden es herausfinden.
- Immer wenn ich die Augen zumache, höre ich diese Stimmen.
- Welche Stimmen?
- Matildas Stimme. *Hilf mir*, sagt sie. *Warum hast du das ge-*

tan? Mach es wieder gut, Ben. Und auch der Alte ist wieder in meinem Kopf, er lässt mich nicht schlafen. *Komm mit mir ins Bösland*, sagt er. Immer wieder, er flüstert es, er schreit es. Ich will es nicht mehr hören, verstehen Sie?
- Sie können dafür sorgen, dass das aufhört. Ziehen Sie einen Schlussstrich, Ben. Unternehmen Sie etwas dagegen. Egal, ob Sie Ihren Freund wiedersehen oder zurück in Ihr Dorf fahren, beides wird Ihnen helfen, glauben Sie mir.
- Ich weiß nicht.
- Sie können mich jederzeit anrufen, wenn Sie meine Hilfe brauchen.
- Erwarten Sie sich nicht zu viel von mir.
- Ich erwarte gar nichts von Ihnen. Ich wünsche Ihnen nur, dass Sie sich endlich verzeihen.
- Mir verzeihen?
- Ja.
- Wie könnte ich das?

Das Mädchen und ihr Mörder.

Ihr Vertrauen in mich, dieser unbedingte Wille, mir zu helfen. Es war wie damals. Verzweifelt versuchte sie, endlich herauszufinden, was damals passiert war. Sie wollte die Gräben noch weiter aufreißen. Ich wollte sie wieder schließen. Wieder eine Nacht durchschlafen. Ein Leben ohne Höhen und Tiefen wollte ich, so wie es in den letzten zwanzig Jahren gewesen war. Mehr erwartete ich nicht, mehr war für mich nicht vorgesehen.

Trotzdem trieb mich irgendetwas an. Weil ich tief in mir ahnte, dass da noch etwas war. Auch wenn ich es abgespalten hatte, wie sie sagte, ich war der Wahrheit ein Stück näher gekommen. Ich wollte Frau Vanek nicht enttäuschen, ich wollte tun, was sie mir vorgeschlagen hatte, ich vertraute ihr. Vor fünfundzwanzig Jahren hatte sie sich die Zähne an mir ausgebissen, sie war nicht weiter in mein Schneckenhaus vorgedrungen als bis in den Vorraum. Jetzt stand sie in meinem Wohnzimmer und zeigte mir, welche Bücher in meinem Regal standen. *Stellen Sie es sich vor wie ein Archiv aus Gedanken und Erinnerungen. Und Sie sind der Archivar. Es ist alles da, Sie müssen nur hinsehen.* Worte, die guttaten. Mir Mut machten. *Es kann Ihnen nichts passieren*, sagte sie. Mit ihrer Stimme, die wie ein starkes Beruhigungsmittel auf mich wirkte. *Fahren Sie zurück in das Dorf.* Sie lächelte. *Schauen Sie sich alles in Ruhe an. Sie schaffen das.*

Egal wie sehr ich mich innerlich dagegen wehrte, sie hatte alles aufgeweicht. Sie hatte meine Neugier gefüttert. Es gab immer noch so viele Lücken, die es zu füllen galt, da waren Dinge über mich, die ich wissen musste. Wozu ich fähig sein konnte, was es war, das mich zum Mörder gemacht hatte. Warum ich so grausam sein konnte, so brutal. Ich wollte wissen, ob es wiederkommen würde, ob ich Angst davor haben musste. Ob es noch einmal passieren würde, ob ich wieder jemandem wehtun könnte, einem Mädchen, einer Frau, in die ich mich verlieben könnte irgendwann, auch wenn ich nicht daran glaubte. Ich wollte Gewissheit. Deshalb schrieb ich ein Schild und hängte es an die Ladentür. *Wegen Krankheit geschlossen.* Ich sperrte das Labor zu und packte meine Tasche. Dann fuhr ich los.

Mit dem Zug zurück. Sieben Stunden lang starrte ich aus dem Fenster, fürchtete mich, kaute an meinen Nägeln, stellte mir immer dieselben Fragen. *Warum, Ben? Warum hast du alles kaputt geschlagen? Warum ist nicht alles anders gekommen? Warum ist das Bösland nicht einfach abgebrannt?* Dann wäre das alles nicht passiert. Wenn ich es damals einfach getan hätte, als ich zwölf war.

1986. Ein Jahr vor dem Mord. Ich hatte Benzin gekauft, die Kanister hinauf auf den Dachboden geschleppt. Die Vorstellung war so schön gewesen. Alles niederzubrennen, alles auszulöschen, alles, was mir immer noch wehtat. Zwei Jahre nach seinem Tod spürte ich immer noch seinen Gürtel auf meinem Rücken. Egal wie sehr mich die unbeschwerten Tage mit Kux davon ablenkten, egal wie froh ich war, dass Matilda in mein Leben gekommen war, es ging nicht weg. Was dort mit mir passiert war, ich konnte es nicht vergessen, es nicht ausradieren. Was er mir angetan hatte. Tief in mir war es dunkel. Auch wenn ich so tat, als wäre alles in bester Ordnung. Ich wollte, dass das Bösland brannte, dass es für immer verschwand.

So etwas wie Hoffnung war es, die Sehnsucht nach einem anderen Ort, einem anderen Leben. Ich träumte von einem Ausweg. Nächtelang starrte ich die Kanister an, vor Kux und Matilda hatte ich sie versteckt. Ich filmte, wie sie dastanden und darauf warteten, geleert zu werden. Es war ein Film über das Scheitern, über Erlösung, die nicht kam, über meine Unfähigkeit, etwas zu verändern. Fünf Minuten lang kreiste ich mit der Kamera um sie herum, ich entwickelte den Film und schaute mir alles auf der Leinwand an. Immer wieder. Doch es half nicht. Ich war nicht mutig genug, der Schmerz war doch nicht groß genug. Also ließ ich alles so, wie es war. Ich trug die Kanister wieder fort. Ich tat nichts, das verhindert hätte, was dann kam.

Das tragische Schicksal eines Mädchens erschütterte das ganze Land. Sommer 1987. Irgendwo in einem idyllischen Dorf in den Bergen passierte es. Die Tochter des Apothekers wurde umgebracht. Im Bösland wurde ihr der Schädel zertrümmert. Der dreizehnjährige Ben wurde verhaftet und in die Psychiatrie eingeliefert. Ich war in der Stadtbibliothek und las es nach. Alles, was sie damals über mich geschrieben hatten. Ich vergrub mich im Zeitungsarchiv, ich sichtete alles, was auf Mikrofilm gespeichert war. Reportagen über den Mörderjungen. Und Tatortfotos.

Da war der Zinksarg, in dem sie Matilda aus dem Haus getragen hatten, und da war ich, Ben. Das Mädchen und ihr Mörder. Ein Porträt von ihr aus dem Familienalbum, und ein Foto von mir, wie sie mich aus dem Haus führten. Irgendwer hatte mich fotografiert, ein gieriger Journalist, der der Welt das Gesicht des Monsters zeigen wollte, ein Pressefotograf, der mich in die Öffentlichkeit zerrte. Ein kleiner verstörter Junge war da zu sehen auf den Fotos, die Hände am Rücken, Handschellen, der Blick wirr. Fotos von mir, wie ich im Streifenwagen saß. Wie ich die Wange an die Scheibe presste. Und wie ich ins Leere starrte.

Auf den Titelseiten hatten sie es gebracht. Wochenlang hatten sie über mich geschrieben, über die Familie des Opfers, über meine. Dass sich mein Vater umgebracht hatte, dass meine Mutter mich fand, dass sie einen Nervenzusammenbruch erlitt. Dass man mich einlieferte, dass ich immer schon ein seltsam morbides Kind gewesen war. Man hätte es ahnen müssen, hieß es. Die Leute aus dem Dorf sagten, was die Sensationsjournalisten hören wollten. Sie verurteilten mich, stellten mich an den Pranger, spuckten mich an. Davor hatte ich immer noch Angst. Deshalb zögerte ich. Sogar in dem Moment noch, in dem ich aus dem Zug stieg.

Ich war zurück in diesem verschissenen Dorf. Zurück im Bösland. Und ich ging weiter, als ich vorgehabt hatte. Viel weiter. Was in den nächsten Tagen und Wochen passieren sollte, überstieg alles, was ich mir vorgestellt hatte. Ich grub Dinge aus. Verborgene Dinge. Und ich lief nicht vor ihnen davon. Ich stieß die letzte Tür auf, die noch verschlossen war. Gebannt war ich, hilflos. Trotzdem rief ich sie nicht an. Auch nicht, als ich wieder zurück war. Ich hörte ihre Stimme nur in Gedanken. *Sie schaffen das, Ben. Sie können das aus eigener Kraft be-*

enden, einen Schlussstrich ziehen. Ich wollte, dass Frau Vanek Recht behielt. Ich wusste nicht, was ich ihr sagen konnte und was nicht. Ich wollte sie nicht in Gefahr bringen. Das hatte ich nie gewollt.

Der Mörderjunge
war wieder da.

- Ich bin wirklich sehr froh, Sie wiederzusehen, Ben.
- Ich auch.
- Ich habe mir Sorgen um Sie gemacht.
- Das tut mir leid, aber ich konnte nicht anders.
- Jetzt sind Sie ja hier, das ist das Wichtigste.
- Es ist viel passiert in der Zwischenzeit. Ich weiß nicht, wo ich anfangen soll. Es ist kompliziert.
- Am besten fahren wir dort fort, wo wir das letzte Mal aufgehört haben. Wir haben darüber nachgedacht, dass Sie zurück in das Dorf fahren, in dem Sie aufgewachsen sind. Haben Sie das getan? Waren Sie dort?
- Ja.
- Das ist großartig, Ben. Erzählen Sie.
- Ich habe erst mal lange auf einer Bank gesessen und gewartet. Ich dachte, es wird leichter, je länger ich dort sitze.
- Wo haben Sie gesessen?
- Auf dem kleinen schäbigen Bahnhof. Ich wollte in den nächsten Zug steigen und wieder zurückfahren.
- Was Sie aber nicht getan haben, oder?
- Nein.
- Was haben Sie stattdessen gemacht?
- Ich habe mich unter meiner Kapuze versteckt, sie mir über den Kopf gezogen, dann bin ich in den Ort spaziert. Ich habe niemanden angesehen, ich habe auf den Boden geschaut, niemandem die Gelegenheit gegeben, mich wie-

derzuerkennen. Der Mörderjunge war wieder da, aber sie haben es nicht bemerkt. Da war nichts, das es ihnen verraten hätte. Ich war einfach nur ein Fremder, für den sich niemand interessierte, ein Tourist vielleicht, einer, der unauffällig durch das verregnete Dorf ging.
- Was haben Sie empfunden?
- Ich habe kaum atmen können. Die Angst hat mir den Brustkorb zugeschnürt.
- Trotzdem sind Sie weitergegangen?
- Ja. Weil alles noch da war. Die Orte von damals, ich wollte sie sehen. Der kleine Bach, in den ich gefallen bin, als ich elf war. Mein Kindergartenweg, der Kastanienbaum, hinter dem ich mich versteckt habe, weil ich mir in die Hose gemacht hatte mit acht. Die rosa Jeans, die meine Mutter in den Müll warf, weil sich der Alte dafür schämte, dass sein Sohn mit vollgepissten Hosen durchs Dorf gelaufen war.
- Die Erinnerungen kamen wieder?
- Ja. Und Sie werden es mir nicht glauben, aber es war schön. Dass meine Geschichte plötzlich um ein paar Seiten länger wurde. Dass ich dem kleinen Jungen zusehen konnte, wie er auf dem Schulweg Äpfel vom Baum des Nachbarn stahl.
- Ihr Schulweg? Sie sind also zu Ihrem Elternhaus gegangen?
- Ja.
- Es war noch da?
- Es war alles noch genauso wie früher. Das Horrorhaus am Waldrand, niemand hatte es abgerissen, es war so, als hätte es auf mich gewartet.
- Wie meinen Sie das?
- Es hing Wäsche im Garten. Handtücher, die ich kannte. Ein vertrautes Muster von damals. Dreißig Jahre alt, sie hat nichts weggeworfen.

- Ihre Mutter?
- Ja.
- Sie haben sie also tatsächlich wiedergesehen?
- Ich habe einfach geläutet. In meinem Kopf hat eine Stimme laut *Nein* geschrien, mein Bauch aber hat *Ja* geflüstert.
- Ich freue mich so für Sie, Ben.
- So einfach, wie Sie vielleicht denken, war es aber leider nicht.
- Warum nicht?
- Sie hat mich nicht wiedererkannt. Sie hatte keine Ahnung, wer ich war, nichts an meinem Gesicht hat sie überrascht, sie wusste nicht, wer da vor ihrer Tür stand.
- Wie kann das sein?
- Sie ist wohl dement. Eine grausame Fügung des Schicksals, nicht wahr? Sie hat alles vergessen, und ich beginne mich wieder zu erinnern.
- Wie furchtbar. Das tut mir sehr leid, Ben.
- Ein völlig Fremder war ich für sie. Ein junger Mann aus der Stadt, der danach fragte, ob sie ein Zimmer zu vermieten hätte für ein paar Tage.
- Wie bitte?
- Ich habe ihr gesagt, dass ich ein entfernter Verwandter ihres verstorbenen Mannes sei. Dass ich zufällig in der Gegend sei und dass ich mich darüber freuen würde, sie kennenzulernen. In der Verwandtschaft müsse man doch zusammenhalten, sagte ich.
- Warum haben Sie das getan?
- Weil ich Angst davor hatte, dass sie mich davonjagen würde, wenn sie erfahren würde, wer ich wirklich bin.
- Sie hatte tatsächlich keine Ahnung, wer Sie sind?
- Keinen Augenblick lang. Sie sprach mich mit dem Namen

an, den ich ihr genannt habe. *Komm herein*, hat sie gesagt. *Ich zeige dir dein Zimmer, Rasmus. Es ist das Zimmer meines Sohnes, er ist leider vor langer Zeit schon verstorben.*
- Verstorben?
- Ja.
- Hatten Sie nicht das Bedürfnis, ihr zu widersprechen?
- Was hätte das gebracht? Sie hätte ohnehin alles, was ich ihr entgegnet hätte, ein paar Stunden später schon wieder vergessen.
- Das ist wirklich eine grausame Fügung des Schicksals.
- Vielleicht ist es besser so. Ich weiß nicht, was passiert wäre, wenn sie noch bei Verstand gewesen wäre, wahrscheinlich hätte sie mich beschimpft, mich davongejagt, mich angespuckt.
- Vielleicht hätte sie Sie ja auch umarmt.
- Das glaube ich nicht. Wenn sie das gewollt hätte, hätte sie das all die Jahre jederzeit tun können, bevor sie den Verstand verloren hat. Sie hätte mich in der Psychiatrie besuchen können und auch später. Es wäre ein Leichtes für sie gewesen herauszufinden, wo ich in den letzten zwanzig Jahren gelebt habe.
- Wahrscheinlich ist sie nie über das alles hinweggekommen, was passiert ist.
- Das bin ich auch nicht.

Weil sich alles so vertraut anfühlte.

Diese alte zerbrochene Frau. Meine Mutter oder was von ihr noch übrig war. Weiße Haare, ihr Buckel, ein Stock in der Hand. Sie sah so aus, wie ich mir in den Märchen immer die Hexe vorgestellt habe. Nur die Katze auf ihrer Schulter fehlte. Weil die Katze bei ihr wohl verhungert wäre. Die Hexe konnte kaum für sich selbst sorgen, sie war wütend auf die Welt, da war kein nettes Wort, keine liebevolle Berührung, für niemanden. Damals nicht und auch heute nicht.

Es wäre wohl besser gewesen, ich hätte ihn nie bekommen, sagte sie. Nach so vielen Jahren kam da immer noch dieser Satz aus ihrem Mund. Sie hatte mir nicht verziehen, sie hatte mich in ihren Gedanken begraben, mich entsorgt wie ein Stück Müll. Ich saß ihr gegenüber, und sie verurteilte mich, ihren toten Sohn, sie konnte nicht darüber reden, als ich sie danach gefragt hatte, was auf dem Dachboden damals passiert war. *Sie haben ihn gefunden? Haben Sie gehört, was da oben passiert ist? Warum hat er es getan?* Sie wusste es nicht. *Der Junge war krank*, sagte sie nur. *Es ist besser, dass er tot ist.*

Ob sie tatsächlich keine Ahnung hatte, wer ich war? Sie wusste immerhin, wovon ich sprach, wonach Rasmus sie fragte. Sie schüttelte betroffen den Kopf, schmierte Butter auf ein Brot und hörte mir zu. Meine Fragen drangen zu ihr durch, in manchen Momenten schien sie völlig klar im Kopf zu sein.

Ich wollte, dass sie die letzten Erinnerungen zu mir zurückbringt, dass sie es ist, die mir sagt, was ich getan hatte. *Ich kann mir vorstellen, dass das nicht leicht für Sie gewesen ist. Ihr Sohn ein Mörder. Das ganze Dorf muss in Aufruhr gewesen sein. Wie haben Sie das nur ertragen?* Wahrscheinlich spürte sie so etwas wie Mitgefühl, meine falsche Anteilnahme. Vielleicht schmeichelte es ihr, dass ich bei ihr saß und mich mit ihr unterhielt, mich für sie interessierte.

Langsam tastete ich mich vor, verbarg meinen Hass. Die Enttäuschung, die Kränkung darüber, dass sie mich nicht besucht, mich für tot erklärt hatte. Ich wollte nur, dass sie den Mund aufmachte. Dass sie endlich mit mir redete. Doch nur wenige Sätze kamen aus ihr heraus. Keine Erklärungen waren es, kein Wort über den Mord, darüber, wie sie mich gefunden hatte. Kein Bedauern, kein schlechtes Gewissen, nur ein weiterer Schlag in mein Gesicht. *Ich habe es ein Leben lang bereut*, sagte sie, *dass ich dieses Monster auf die Welt gebracht habe*, sagte sie. *Mein Mann hätte ihn erschlagen sollen, bevor er sich aufgehängt hat.*

Dann tauchte sie wieder ab, machte ihren Mund nur noch auf, um Belangloses loszuwerden, zusammenhanglose Dinge, Gedanken, denen sie nachhing. Alt und breit saß sie vor mir und kaute ihr Brot. *Wie war noch mal Ihr Name*, fragte sie. *Ich kann ein Gulasch für uns kochen*, sagte sie. *Schön, dass Sie endlich die Heizung reparieren.* Sie war nur eine verwirrte Frau, die von einem Moment zum anderen glaubte, dass ich der Installateur war, auf den sie seit Tagen wartete. Eine Frau, der ich am liebsten ins Gesicht geschlagen hätte. Ich wollte sie beschimpfen, sie bestrafen dafür, dass sie mich alleingelassen hatte. Doch ich tat es nicht. Ich saß nur da und hörte ihr zu, nickte, stellte Fragen, die ihr das Weiterreden leichter machten. Wie ein kleines Kind war ich. Enttäuscht, wütend, nicht in der Lage, mit dieser Wut umzugehen. Ich war allein mit ihr am Küchentisch, ängstlich und nervös auf der Eckbank, auf der ich früher so oft gesessen hatte. Wie jemand, der etwas angestellt hatte, verhielt ich mich, jemand, der nicht erwischt werden wollte. Ich spielte Theater, um mich zu schützen. Ich war aufgeregt, ich war angespannt, ich wollte schreien und zugleich schweigen. Ich wollte verschwinden. Und ich wollte bleiben.

Weil sich alles so vertraut anfühlte. Beinahe nichts hatte sich verändert. Die Tapeten an der Wand, die Möbel, das große Holzkreuz in der Ecke, der Herrgottswinkel. Wenn ich an diesem Platz gesessen hatte, hat er mir nichts getan. Wenn der Gekreuzigte über mich gewacht hat, hat sich der Alte zurückgehalten. *Komm mit mir ins Bösland.* Er wagte es nicht, es auszusprechen, wenn Jesus in der Nähe war. Er schaute mich nur mit finsteren Augen an, dann ging er aus der Küche und ließ von mir ab. Einen Nachmittag lang, einen Vormittag. Dann musste ich wieder mit ihm nach oben, weg von den Keksen, die meine Mutter gebacken hatte, von ihrem Mund, von den Worten, die sie aussprechen hätte können, um mich zu beschützen. *Lass den Jungen in Ruhe, er hat doch nichts getan.* Doch ihr Mund war immer zu geblieben, sie hatte weggesehen, sie hatte Mittagessen gekocht, während er mich schlug, sie hatte Wäsche gewaschen, den Flur gefegt. Eine gute Hausfrau war sie gewesen. Das schon.

Dreißig Jahre später war alles verwahrlost, ein Trauerspiel. Mein Kinderzimmer, das schäbige Wohnzimmer, in dem immer noch diese schweren, weinroten Vorhänge hingen, die Heiligenbilder an den Wänden, der Holzriemenboden am Gang, die Treppen nach oben ins Bösland. So viele Erinnerungen kamen zurück, sie überrannten mich, als ich mich umsah im Haus. Die Geschichten von damals klebten an den Dingen, ich konnte mich ihnen nicht entziehen. Ich strich durch das Haus, nachdem ihre Augen auf dem Sofa zugefallen waren, ich schnüffelte herum, atmete vergangene Luft. Ich war schon so weit gekommen, ich wollte nicht mehr umkehren, ich wollte nicht, dass jemand mich aufhielt. Schon gar nicht ich mich selbst.

Ich brannte darauf, mehr zu sehen als die Namen, die wir im ersten Stock in den Türstock geritzt hatten. Kux und ich. Und Matilda. Ich wollte meine Erinnerung zurück, die auf dem Dachboden auf mich warten würde. Lange stand ich da und zögerte. *Komm mit mir ins Bösland*, hörte ich mich sagen. *Komm schon, Ben. Worauf wartest du noch?* Einmal noch musste ich nach oben. Nur aus diesem Grund war ich gekommen. Das war alles, worum es ging. *Es kann Ihnen nichts passieren*, hörte ich Frau Vanek sagen. Ihre Stimme beruhigte mich, selbst in der Erinnerung, und doch war ich kurz davor, unterzugehen. *Nimm deine Strafe an, du kleiner Mistkerl.* Ich trieb mich an. *Verdammt noch mal, reiß dich zusammen, Ben.* Ich wiederholte diese Sätze immer wieder. *Du setzt jetzt einen Fuß vor den anderen. Tu es endlich, Ben.* Dann bin ich nach oben.

Da war Blut.

– Und was ist dann passiert?
– Ich wollte umkehren, die Treppen wieder nach unten steigen, ich war kurz davor, mich zu übergeben. Doch ich bin weiter. Ganz langsam, ich habe ausgeatmet, eingeatmet, gegen meine Panik angekämpft. Einen Schritt nach dem anderen getan. Bis ich oben angekommen bin.
– Haben Sie etwas auf dem Dachboden gefunden, das Ihnen weitergeholfen hat?
– Ich konnte mich nicht mehr bewegen, ich konnte nichts mehr dagegen tun.
– Wogegen konnten Sie nichts tun?
– Da war Blut.
– Sie hatten wieder einen Flashback?
– Nein.
– Was dann?
– Nichts hatte sich verändert. Die Dachbalken, die Matratze in der Ecke, das Leintuch, das Kux und ich zum Projizieren unserer Filme aufgehängt hatten. Überall waren Staub und Dreck, aber ich konnte es genau sehen.
– Was meinen Sie?
– Da war immer noch Matildas Blut am Boden. Auf den Holzdielen, niemand hat es weggewischt. Nach all den Jahren war es immer noch da.
– Das kann nicht sein.
– Lange habe ich nur den Blutfleck angestarrt, mir gewünscht,

dass er weggeht, dass es nie passiert wäre. Ich wollte nur, dass sie wieder aufsteht, mit diesem Lachen im Gesicht davonrennt. Ich wollte nicht, dass sie stirbt.
– Sie haben sie festgehalten. Matilda in Ihren Armen, ihr zertrümmerter Schädel. Was haben Sie noch gesehen?
– Ich kann nicht darüber sprechen.
– Sie müssen sich nicht unter Druck setzen, Ben. Lassen Sie sich Zeit, Sie entscheiden, worüber Sie sprechen, was erträglich ist und was nicht. Wichtig ist nur, dass Ihnen bewusst ist, dass niemand Sie mehr verurteilt für das, was Sie getan haben. Was passiert ist, ist vorbei. Es geht nur noch darum, dass Ihre Wunden sich schließen, dass Sie es annehmen können, trauern können.
– Nein, darum geht es nicht mehr.
– Worum geht es dann?
– So einfach, wie es war, ist es nicht mehr.
– Was ist anders als vorher? Was ist passiert auf dem Dachboden? Etwas mit Ihrer Mutter?
– Nein.
– Was dann? Ist es Ihr Schuldgefühl? Das, was Sie gesehen haben, es lähmt Sie, nicht wahr?
– Nein.
– Was dann?
– Ich habe die Kamera gefunden und die alten Filme, den Projektor. Es war alles noch genau dort, wo ich es damals hingelegt hatte. Mein Versteck im Bösland, das kleine Loch in der Ziegelwand, ich habe mich daran erinnert und nachgesehen, ob die Sachen noch da sind. Niemand hatte sie gefunden. Dreißig Jahre lang, verstehen Sie? Das Haus hätte verkauft und abgerissen werden können. Es hätte saniert und vermietet werden können, ich hätte all das nicht gesehen.

- Was?
- Meine Filme. Was ich damals gedacht und gefühlt habe, wie ich mir die Welt vorgestellt, wie ich sie mir zurechtgezimmert habe. So vieles, wovon ich Ihnen bereits erzählt habe, ich habe mir alles wieder angesehen. Ich habe gewartet, bis die alte Frau ins Bett geht, dann habe ich mir eine Flasche Wein aufgemacht. Ich habe sie unten in der Küche ausgetrunken, bevor ich wieder nach oben ging. Bevor ich den Projektor in Position brachte und die erste Filmrolle einlegte. Ich habe mir Mut angetrunken und dann auf Play gedrückt.
- Der Projektor funktionierte noch? Die Filme hatten keinen Schaden genommen?
- Nein. Alles hat funktioniert, es war so, als hätte ich die Sachen eben erst aus der Hand gelegt. Ich habe mich fünf Tage lang auf dem Dachboden verkrochen, erst war alles noch völlig harmlos. Wie die Ruhe vor dem Sturm war es.
- Wie meinen Sie das?
- Ich hätte niemals dorthin zurückkehren dürfen.
- Aber warum denn? Es klingt doch gut, was Sie erzählen. Dass Sie die Filme gefunden haben, nichts Besseres hätte passieren können, oder?
- Nein. Ich hätte nicht auf Sie hören dürfen. Ich hätte alles so belassen sollen, wie es war. Niemand hätte etwas zu befürchten gehabt.
- Wovon sprechen Sie, Ben. Erzählen Sie mir, was in den letzten fünf Wochen passiert ist. Reden Sie mit mir, Ben.
- Nein.
- Was um Himmels willen hat Sie so durcheinandergebracht?
- Kux.
- Ihr Freund? Sie haben ihn wiedergesehen?

- Ja.
- Sie hätten mich jederzeit kontaktieren können.
- Das ging nicht.
- Warum?
- Weil ich Angst um Sie hatte.
- Um mich?
- Ich will nicht, dass Ihnen etwas passiert.
- Was sollte mir schon passieren? Wie gesagt, ich habe keine Angst vor Ihnen, vor Ihrer Geschichte.
- Das sollten Sie aber.
- Wie meinen Sie das?
- Genau so, wie ich es sage.

Ich hatte das alles nicht zu Ende gedacht.

Ich konnte ihr nicht sagen, was sie von mir wissen wollte. Nicht darüber reden, was in diesen Wochen, in denen ich sie nicht aufgesucht hatte, passiert war. Ich wollte nicht, dass ihr etwas zustieß, ich wollte einen Schlussstrich ziehen. Deshalb bin ich zu ihm gefahren.

Es war wie ein kleines Wunder, dass er in derselben Stadt lebte wie ich. Kux. In so vielen anderen Gegenden hätte er sich ein Haus kaufen können, aber er hat es hier getan, nur acht Komma drei Kilometer von dort entfernt, wo ich in den letzten fünfundzwanzig Jahren eingeschlafen und aufgewacht bin. Zwanzig Minuten mit dem Rad oder ein ausgedehnter Spaziergang, so nah war er mir immer gewesen, so unglaublich war es, dass wir uns in all den Jahren nie über den Weg gelaufen sind. Kein Zufall, der uns zusammengeführt hätte. Bis zu dem Moment, in dem ich ihn auf dem Foto erkannt habe. Nur ein flüchtiger Blick war es gewesen, ein Dominostein, der umgefallen ist und alles in Bewegung gesetzt hat.

Ich wollte die Augen nicht länger zumachen, ich musste mit ihm reden, tun, was Frau Vanek vorgeschlagen hatte. Ihn dazu bringen, mit mir in die Vergangenheit zurückzugehen. Ich wollte mich mit ihm an die alten Geschichten erinnern, wollte sein Gesicht sehen, wenn auch ihm wieder alles einfiel. Die Waffen aus Holz, die wir schnitzten, die Schwertkämpfe im

Stall, die Kühe, die brüllten. Ich wollte, dass er mir zuhörte, dass er mir sagte, was er dachte, woran er sich erinnerte. Ich wollte es aus seinem Mund hören. Kux war ein Teil meiner Wahrheit. Deshalb habe ich ihn gesucht und gefunden.

Es war ganz leicht. Der Sachverständige der Versicherung sagte mir, wo er das Foto aufgenommen hatte. Der Besitzer der Werkstatt wusste sofort, nach wem ich fragte. Er hatte Kux' Wagen repariert, einen Oldtimer, eine Rarität. Es brauchte nur ein paar Geldscheine, und der Mann mit dem ölverschmierten Overall sagte mir, was ich wissen wollte. Wem der Wagen gehörte, wo der Besitzer wohnte. *Ein Paradies hinter hohen Mauern*, sagte er. *So etwas haben Sie noch nicht gesehen. Ich war dort, als ich ihm den Wagen gebracht habe, alles vom Feinsten, ein Park, ein riesiger Teich, eine Villa, wie Sie sie noch nie gesehen haben, atemberaubend alles.* Begeistert beschrieb mir der Mechaniker das Anwesen, auf dem Kux lebte, der Mann mit dem Muttermal auf dem Foto. *Ein sehr guter Kunde. Immer gutes Trinkgeld, ein Liebhaber schöner Autos, ein Sammler, es ist immer ein Vergnügen, mit ihm Geschäfte zu machen.* Der Mechaniker strahlte, schwärmte. Mit glasigen Augen stand er vor mir und beschrieb, was ich kurze Zeit später selbst sehen sollte.

Heimliche Blicke über die Mauer. Der Mechaniker hatte nicht übertrieben, Luxus war es, mächtig war alles, mehrere Stockwerke, goldverzierte Balkone, kleine Türmchen. Wie ein kleines Schloss war es, vor dem ich ehrfürchtig stand. Noch hatte ich nicht den Mut, um zu klingeln. Wie ein Dieb kletterte ich auf einen Baum, wünschte mir, dass er zufällig durch den Garten schlenderte, dass er mit Freunden auf der Terrasse saß. Ich wollte im Verborgenen bleiben, ihn einfach nur eine Zeit lang beobachten, mir ganz sicher sein, dass es richtig war, was ich tat. Zu ihm gehen, mit ihm reden, ihm sagen, wer ich bin. Ich hatte Angst, dass er mich nicht erkannte, dass er mich wegschickte.

Deshalb blieb ich in den ersten Tagen im Abseits. Ich schaute mir nur das Haus an, das Anwesen. Ich umrundete, beobachtete es. Ich sah zu, wie man den Rasen mähte, wie Lieferanten Lebensmittel brachten, wie eine schöne Frau mit schwarzen Haaren durch den Park spazierte. Ich war ein Zaungast, den niemand bemerkte. Stundenlang saß ich da und wartete. Ich erinnerte mich. Wie wir im Wald ein Baumhaus bauten, wie wir kleine Bäume fällten, die Äste entfernten und zusammenschraubten. Ich erinnerte mich an die Bretter, die wir aus dem Sägewerk stahlen, an das Werkzeug meines Vaters, das gelb markiert war. *Hände weg davon*, hatte er immer gesagt. *Wenn du meine Sachen verwendest, prügle ich dich tot.* Seine Säge, mit der wir die Bretter kürzten, sein Hammer, mit dem wir die Nägel ins Holz trieben. *Du bist tot, alter Mann*, hatte ich vor mich hingesagt. Und es hatte sich gut angefühlt. Mit Kux im Baum zu sitzen, Bier zu trinken. *Das ist unser Geheimquartier*, hatte Kux gesagt. Der Ort, an den wir auswichen, wenn meine Mutter uns verbot, im Bösland herumzulärmen.

Es war schön, daran zu denken. Fast fühlte es sich wie Sehnsucht an. Ich wollte Kux die Hand geben, ihn umarmen vielleicht. Doch er zeigte sich nicht, blieb unsichtbar, so wie er es all die Jahre vorher gewesen war. Trotzdem harrte ich weiter vor seiner Villa aus, ohne zu wissen, wie ich vorgehen sollte, was auf mich zukommen würde. Ich hatte keinen Plan, hatte das alles nicht zu Ende gedacht, ich hatte einfach immer nur einen Schritt vor den anderen gesetzt. Ich wartete. Dann klingelte ich.

Doch nichts. Niemand machte mir auf, da war keine Stimme, die aus der Gegensprechanlage kam, da waren nur eine Kamera und ein Eisengitter, das mir sagte, dass ich hier nichts verloren hätte. Ich war enttäuscht, ich ging weg, kam aber wieder zurück. Am nächsten Tag, am übernächsten. Zu viel Überwindung hatte mich alles gekostet, der weite Weg zurück in meine Kindheit, ich konnte nicht einfach wieder verschwinden, nicht einfach wieder wegsehen, ich wollte die Dinge ins Reine bringen und dann mit meiner Therapeutin darüber sprechen. Ich wollte hören, dass sie es sagt. *Sie können stolz auf sich sein. Das war sehr mutig von Ihnen, Sie hätten aufgeben können, aber Sie haben durchgehalten. Das haben Sie gut gemacht, Ben.* Deshalb blieb ich. So lange, bis mein Klingeln Erfolg hatte.

Das Eisentor ging auf. Eine Stimme sagte mir, ich solle hereinkommen, die Einfahrt nach oben bis zum Haupthaus gehen. Ich hatte mein Gesicht vier Stunden täglich in die Kamera gehalten. Ich hatte ihm gezeigt, dass ich da war. Ben am Tor. Ben, der nicht wegging. Ich hatte eigentlich nicht mehr damit gerechnet, dass er mich einlassen würde. Bestimmt hatte er mich die ganze Zeit über beobachtet, sich überlegt, was ich von ihm wollte, was er tun sollte, ob er aufmachen und den kleinen verrückten Jungen aus seiner Kindheit wieder in sein Leben lassen sollte. Ich hatte mir vorgestellt, wie er hinter seinem Schreibtisch saß, den Blick ratlos auf den Bildschirm gerichtet, überrascht. Ich malte mir aus, was ihm durch den Kopf ging, wie er sich fragte, ob es wirklich sein konnte. Dass ich wieder da war.

So lange war es mir unmöglich gewesen, auch nur daran zu denken. Ihn zu suchen, ihn wiederzufinden, mit ihm im selben Raum zu sein. Ich hatte einen großen Bogen um ihn gemacht, und nun war ich kurz davor, ihm wiederzubegegnen. Anstatt in meinem Laden zu stehen und Bilder zu entwickeln, ging ich durch seinen Park, an seinen Autos vorbei in sein Haus. Ich tauchte ein in seine Welt und machte dadurch alles noch viel schlimmer. Wenn ich einfach gegangen wäre und mich zufriedengegeben hätte mit dem, was ich herausgefunden hatte, wäre ich nicht wieder zum Mörder geworden. Und Therese Vanek würde noch leben.

Alles wird sich ändern.

- Ben? Du bist es wirklich.
- Ja.
- Was um Himmels willen machst du hier?
- Ich besuche einen alten Freund.
- Mit allem habe ich gerechnet, aber nicht damit.
- Womit?
- Dass wir beide uns in diesem Leben noch einmal wiedersehen würden. Der gute alte Ben, verdammt.
- Freut mich auch, dich zu sehen, Kux.
- Ich weiß nicht, was ich sagen soll. Ich bin wirklich überrascht, konnte es kaum glauben, ich kann es immer noch nicht.
- Was?
- Mein Personal hat mir gesagt, dass du schon länger auf mich gewartet hast. Ein Mann Mitte vierzig, haben sie gesagt. Sie waren beunruhigt, dass da jemand vor dem Haus herumlungert. Stell dir vor, sie wollten schon die Polizei rufen. *Da ist ein Obdachloser*, haben sie gesagt. *Nein, das ist mein alter Weggefährte Ben*, habe ich gesagt. Ich habe dich sofort wiedererkannt.
- Und ich hatte schon Angst, dass du mich nicht sehen willst.
- Aber warum sollte ich dich denn nicht sehen wollen? Ich freue mich, dass du hier bist.
- Ich habe vermutet, dass du so lange warten willst, bis ich wieder verschwinde. Bis der Streuner wieder abhaut und

dich in Ruhe lässt. Ich dachte, du willst nichts mehr von mir wissen.
- Was redest du denn da, Ben?
- Es wäre tatsächlich das Einfachste für dich gewesen wegzuschauen. Darin warst du doch immer besonders gut, nicht wahr?
- Ach, komm schon, Ben. Es ist so viel Zeit vergangen seit damals, wir sind doch erwachsen geworden, oder? Was passiert ist, ist lange vorbei.
- Ist es das?
- Ja, Ben. Und jetzt komm rein. Du musst mir alles erzählen, was du machst, wo du wohnst, wie dein Leben ist. Ich bin so neugierig, mein Lieber.
- Ich auch, Kux. Ich denke, wir haben einiges zu bereden.
- Lass uns in der Bibliothek einen Drink nehmen.
- Gerne.
- Hier entlang, Ben.
- Es ist wirklich schön hier.
- Ja, das ist es.
- So wie es aussieht, ist es ganz gut gelaufen für dich. Du hast es zu etwas gebracht. Im Gegensatz zu mir bist du wohl auf die Butterseite des Lebens gefallen.
- Ich bin sehr dankbar für alles, ja. Mir ist bewusst, dass es auch anders hätte laufen können. Ich hatte viel Glück.
- Speziell in deiner Jugend, nicht wahr?
- Was meinst du?
- Wie du dir vorstellen kannst, habe ich in den Jahren zwischen dreizehn und zwanzig nicht allzu viel erlebt.
- Es tut mir leid, was damals mit dir passiert ist, Ben.
- Und ich beneide dich darum, was du in dieser Zeit alles erlebt hast. Und auch nachher. Als du fünfundzwanzig warst,

dreißig. Dein Vater hat dir bestimmt alle Türen geöffnet, nicht wahr?
- Jetzt setz dich doch erst mal und lass uns etwas trinken, Ben. Das ist französischer Cognac, *Louis Tres*, wird dir schmecken. Prost mein Lieber. Runter damit.
- In deiner Welt gab es keinen Platz mehr für mich, oder?
- Ich muss zugeben, du überforderst mich langsam etwas.
- Aber warum denn, Kux? Ist doch alles in bester Ordnung, oder? Der kleine Ben wird sich schon wieder beruhigen. Er wird ein paar Cognacs trinken und bestimmt wieder verschwinden, wenn du schön freundlich bleibst.
- Ich weiß, es ist unverzeihlich.
- Was denn?
- Dass ich dich nicht besucht habe.
- Du hast ein schlechtes Gewissen?
- Ja. Es tut mir leid.
- Das ist gut zu hören. Deshalb bin ich gekommen. Von mir aus können wir das alles nun hinter uns lassen.
- Ernsthaft jetzt? Du trägst mir das nicht nach?
- Nein.
- Das klang eben noch anders, aber ich freue mich natürlich, wenn du das so sehen kannst. Wichtig ist mir nur, dass du weißt, dass ich wirklich alles sehr bedauere.
- Ich bin nicht hier, um dir Vorwürfe zu machen.
- Warum bist du dann hier?
- Ich habe dich vermisst, Kux.
- Das ist alles?
- Reicht das nicht?
- Natürlich reicht das. Ich bin einfach nur überrascht. Ich fühle mich schuldig, weil ich mir vorstellen kann, was du durchgemacht hast. Es tut mir wirklich leid, dass ich den

Kontakt zu dir abgebrochen habe. Aber du weißt ja, mein Vater, er hat es mir verboten. Und später konnte ich es dann nicht mehr. Weil ich einfach zu feige war. Es hat uns alle sehr erschüttert, was passiert ist.
- Du hast so getan, als wäre es nie passiert, richtig?
- Ja.
- Das habe ich auch. Nur war es in meinem Fall keine Absicht. Wie du bestimmt gehört hast, wurde bei mir damals eine dissoziative Persönlichkeitsstörung diagnostiziert. Es war alles wie ausgelöscht.
- Ich habe gehört davon, mein Vater hat es mir erzählt. Er sagte mir, dass du nicht mehr gesprochen hast und dass du alles vergessen hast, was passiert ist.
- Es war einfach nicht mehr da. Bis vor ein paar Wochen. Da kam es dann plötzlich wieder zurück.
- Was?
- Du wirst es nicht glauben, aber ich kann mich wieder erinnern.
- Woran?
- An alles.
- Das freut mich für dich, Ben.
- Ja, nicht wahr?
- Es stellt sich allerdings die Frage, ob es erstrebenswert ist, sich daran zu erinnern. Ob es nicht besser wäre, wenn alles so bleibt, wie es ist. Es ist Gras über die Sache gewachsen, wir sollten keine alten Narben aufreißen, findest du nicht auch?
- Hast du Angst?
- Wovor sollte ich Angst haben?
- Vor mir.
- Mach dich bitte nicht lächerlich, Ben. Wir trinken jetzt

einen, und dann essen wir etwas. Meine Frau wird uns was Schönes kochen, du wirst es lieben, das verspreche ich dir.
- Du bist verheiratet?
- Ja. Eine wunderbare Frau, ich weiß gar nicht, womit ich sie verdient habe. Ihr Green Curry ist einzigartig, glaub mir. Soy ist so wie das Land, aus dem sie kommt. Exotisch und wunderschön.
- Thailand?
- Ja. Und du? Was ist mit dir? Gibt es in deinem Leben auch eine Frau?
- Leider nein.
- Das tut mir leid für dich, Ben, aber das wird schon. Am Ende findet doch jeder Topf seinen Deckel, du wirst sehen. In meinem Fall hat es ja dann auch geklappt.
- Darauf sollten wir noch einen trinken, Kux.
- Gerne, mein Lieber. Prost.
- Ich hoffe, du nimmst dir etwas Zeit für mich in den nächsten Tagen. Es gibt so viele Dinge, die ich mit dir besprechen muss.
- Schaut nicht gut aus, Ben. So sehr ich mich auch freue, dich zu sehen, ich habe wirklich viel zu tun. Ein Termin jagt den nächsten. Ist wirklich ungünstig in den nächsten Wochen.
- Es hat mich viel Überwindung gekostet hierherzukommen.
- Das glaube ich dir. Aber wie gesagt, der Zeitpunkt ist äußerst ungünstig.
- Es wäre wirklich schön, wenn du dich mit den Problemen deines alten Freundes auseinandersetzen würdest.
- Ich möchte nicht, dass du das jetzt falsch verstehst, Ben. Aber ich muss wirklich arbeiten. Wir können gerne den heutigen Abend miteinander verbringen und über die alten Zeiten reden, aber ab morgen muss ich mich wieder um die Gegenwart kümmern.

- Du könntest dir doch ein paar Tage freinehmen, oder? Wir haben uns schließlich seit dreißig Jahren nicht mehr gesehen. Ist doch ein guter Grund, einmal blauzumachen, oder?
- Ach, wenn das nur so einfach wäre.
- Egal, wie du dich entscheidest, Kux. Ich werde hierbleiben.
- Was meinst du damit?
- Ich werde so lange bleiben, bis du Zeit für mich hast. Bis wir alles besprochen haben.
- Das ist nicht dein Ernst, oder?
- Doch, mein Freund, das ist mein Ernst. Deshalb habe ich auch den Koffer mitgebracht. Ich werde mich ein paar Tage bei dir einquartieren, ich bin mir sicher, es gibt schöne Gästezimmer hier in diesem großen Haus.
- Ich weiß wirklich nicht, was du von mir willst, Ben.
- Wir werden über Matilda reden.
- Bitte hör auf damit, Ben. Ich kann die Uhr nicht zurückdrehen. Egal wie lange wir alles zerreden, es wird sich nichts ändern. Matilda ist tot, sie wird nicht wiederkommen. Nichts wird sich ändern, wenn du hierbleibst.
- Doch, Kux.
- Was meinst du?
- Alles wird sich ändern.

Unheimlich war alles,
unheilvoll.

Kux hatte Angst, ich sah es in seinem Gesicht. Angst vor mir, vor dem kleinen Psychopathen, den er in sein schönes Haus gelassen hatte. Kux sprach es nicht aus, aber er wollte mich natürlich loswerden, er wünschte sich, ich würde mich in Luft auflösen. Ich passte nicht zu dem schönen Nussholzfußboden, zu den teuren Bildern an den Wänden, ich war ein Fremdkörper, ein Eindringling, ein Virus, das er auslöschen wollte, bevor er sich damit anstecken konnte.

Ich werde hierbleiben, hatte ich gesagt. Stur wie ein kleines Kind. Ich blieb in seinem Haus, in seiner Bibliothek, ob es ihm passte oder nicht. *Was ist jetzt mit dem Essen*, fragte ich ihn. *Ich habe Hunger*, sagte ich. Und er führte mich in die Küche, stellte mich seiner Frau vor, weil er nicht wusste, was er sonst tun sollte. Sie lächelte mich an und schüttelte mir die Hand. *Ich freue mich, Sie kennenzulernen*, sagte sie. *Wir waren Freunde, als wir Kinder waren*, sagte Kux. Ich nickte und lächelte.

Unheimlich war alles, unheilvoll. Ich hatte nicht gezögert, ganz selbstverständlich hatte ich es ausgesprochen. Ich würde nicht wieder gehen, bevor ich nicht mit ihm darüber gesprochen hatte. Über das Bösland, über Matilda, darüber, wie sie gestorben war. Kux war ein Teil meiner Geschichte, er war der Schlüssel. Das hatte Frau Vanek zu mir gesagt, und sie hatte Recht. Kux war der einzige Mensch auf der Welt, der wusste, was damals passiert war. Deshalb verjagte er mich auch nicht. Er duldete es, dass ich mich langsam und beharrlich einnistete in seinem Haus.

Anfangs fühlte es sich so an, als würde ich träumen, als wäre es nur ein Bild in meinem Kopf, das ich bunt ausmalte. Kux und ich gemeinsam an einem Tisch, Besteck und Stoffservietten. Keine Torte, die wir mit bloßen Händen aßen, sondern Tom Yum Gai, eine thailändische Suppe, Gemüsebrühe, Ingwer, Zitronengras, Hühnerfleisch. Da war dieser fremde Geschmack in meinem Mund. Dieser fremde Mann mir gegenüber, nur das Muttermal auf seiner Stirn war mir vertraut. Er wollte seiner Frau erklären, warum ich plötzlich da war, er wollte ihr von mir erzählen, doch er konnte es nicht. Es war ihm peinlich. Er wollte nicht über die Psychiatrie sprechen, darüber dass sein Freund nicht ganz normal war, dass sie ihn jahrelang weggesperrt hatten.

Kux tat so, als wäre alles in bester Ordnung. Nur ein Mittagessen mit einem Freund aus Kindertagen. Er verlor kein Wort über Matilda, darüber, dass ein Mörder an seinem Tisch saß, er schwieg es tot. Kux' schöne Welt wäre mit Blut besudelt worden, er wollte sein Leben nicht verkomplizieren, seine Frau nicht erschrecken, ihr Angst machen. *Es war eine schöne Zeit damals*, sagte er nur, mehr nicht. Während wir aßen, sprach er über seine Arbeit, über die große Pharmafirma, die er zum Erfolg geführt hatte. Kux war reich. Alles, womit er sich umgab, war wertvoll, Marmor auf der Gästetoilette, goldene Wasserhähne, man sollte sehen, dass er es zu etwas gebracht hatte, Wohlstand, teure Autos vor der Tür, Oldtimer und eine Frau, die offensichtlich alles tat, was er sagte. *Noch etwas mehr Suppe für Ben. Bitte sei so lieb, mein Engel.* Kux stand auf. *Ich muss ein paar Telefonate führen*, sagte er. *Soy kümmert sich in der Zwischenzeit um dich. Wir sehen uns dann um fünf im Schwimmbad, Ben. Das wird uns guttun.* Dann verschwand er in seinem Arbeitszimmer, und ich war mit seiner Frau allein.

Soy. Die ganze Zeit über hatte sie so gut wie gar nichts gesagt. Schweigsam war sie und schön, alles an ihr war fremd, ihre Haut, ihre Augen. Auch als ich mit ihr allein war, redete sie nicht viel, fragte nichts, nur höflich war sie. Gelassen und freundlich zeigte sie mir das Anwesen. Das Zimmer, in dem ich schlafen sollte, eine kleine Wohnung war es. Bettwäsche aus Seide, überall Gerüche, die guttaten, wie in einem dieser wunderschönen Hotels, die ich von den Urlaubsfotos aus dem Labor kannte. Plötzlich Luxus für Ben. Ich war Gast in Kux' Haus, nicht weil er mich eingeladen hatte, sondern weil ich es so wollte. Ich hatte plötzlich das Gefühl, die Zügel in der Hand zu halten, ich hatte keine Angst mehr. Als ich ihn gesehen hatte, war sie von mir abgefallen. Seine Verwunderung, seine Hilflosigkeit, die Tatsache, dass er nicht wusste, wie es weitergehen sollte, wie er mich dazu bringen könnte, zu verschwinden, machten mir Mut. Ich hatte ihn an sein schlechtes Gewissen erinnert, an seine Schuld.

Genau deshalb trank ich Champagner. Genau deshalb las das Personal mir jeden Wunsch von den Augen ab. Alles, was Soy mir zeigte, war wie in einem Märchen, ich war direkt aus dem Bösland in den Himmel gekommen. *Unser Personal wird sich rund um die Uhr um Sie kümmern*, sagte sie. *Wenn Sie einen Wunsch haben, sprechen Sie ihn aus. Sie sollen sich hier wohlfühlen, mein Mann will, dass es Ihnen an nichts fehlt.* Kux ließ mich bleiben. *Mein Mann freut sich sehr, dass Sie hier sind*, sagte sie. Soy nahm alles mit einer Selbstverständlichkeit, die außergewöhnlich war. Sie war respektvoll, unvoreingenommen. Ich spürte keine Vorsicht, keine Skepsis, ich war ein Gast, sie die Gastgeberin. Kux wollte, dass ich mich wie zu Hause fühle. Und er wollte, dass ich mit ihm schwimmen ging.

Er hatte mich in den Keller bestellt. Ich nahm die Badesachen, die mir die Hausdame auf mein Zimmer gebracht hatte, und zog mich um. Den Koffer mit den Filmen und dem Projektor stellte ich in den Schrank. Ich wollte noch warten. Ich wollte seine volle Aufmerksamkeit. Vielleicht wollte ich den Freund von damals an meiner Seite und nicht den Fremden, der nichts mehr von alldem wissen wollte. Ich wollte, dass er mir zuhört, wenn ich ihm erzähle, was damals im Bösland passiert ist. Mit Matilda und mit mir.

Nur die Phantasien
zweier Kinder.

– Da staunst du, oder? Das ist ein 40-Meter-Becken, fast olympisch. So macht Schwimmen Spaß.
– Du hast das Schwimmen doch früher immer gehasst.
– Früher war früher, heute ist heute.
– Ich erinnere mich, dass du Tode gestorben bist. Du hast dich gesträubt, dich geweigert an vielen Tagen, dein Vater musste dir immer irgendwelche Entschuldigungen schreiben, Erkältungen, Entzündungen, nur, damit du in der Umkleide die Hosen nicht runterlassen musstest.
– Daran kann ich mich nicht erinnern.
– Wirklich nicht? Das gemeinsame Duschen war dir ein Gräuel, du hast es mir erzählt. Es war dir unangenehm, aber mir hast du es anvertraut.
– Was?
– Dass du dich geschämt hast, dass du Angst davor hattest, dich auszuziehen.
– Ach, die alten Geschichten, Ben.
– Du warst mir dankbar, dass ich nicht so reagiert habe wie all die anderen, dass ich dich nicht ausgelacht habe.
– Das wird mir jetzt langsam peinlich, Ben. Können wir bitte über etwas anderes reden.
– Aber warum denn, Kux? Wir waren doch so vertraut miteinander. Da ist sehr viel Schönes, an das ich mich erinnere.
– Was versprichst du dir davon? Warum lässt du die Vergan-

genheit nicht ruhen? Lass uns doch einfach unser Wiedersehen feiern und ein bisschen Spaß haben.
- Das geht nicht, Kux, dreißig Jahre lang habe ich einfach meine Augen zugemacht. Ich kann das jetzt nicht mehr.
- Aber was habe ich damit zu tun, Ben? Nur weil wir befreundet waren damals, bin ich doch nicht dazu verpflichtet, mit dir deine Vergangenheit aufzuarbeiten. Wir waren Freunde, ja, aber wir sind völlig unterschiedliche Wege gegangen, es ist doch ganz normal, dass man sich irgendwann aus den Augen verliert. Vor allem nach dem, was passiert ist.
- Ist es das?
- Ja, Ben. Jeder hat sein eigenes Leben, jeder muss selbst schauen, dass er so gut wie möglich durchkommt. Es gibt keine Garantien, für niemanden. Mit dem einen meint es das Schicksal gut, mit dem anderen nicht. So funktioniert das Spiel nun mal.
- Du meinst, der eine wird zum Mörder und der andere nicht?
- Wenn du so willst, ja. So tragisch das auch klingt, aber genau darum geht es. Der eine hat Glück und der andere nicht.
- Und du meinst, ich hatte keines?
- Nein, du hattest keines, von Anfang an nicht. Aber dafür kannst du niemanden verantwortlich machen. Schon gar nicht mich.
- Ich habe dir keine Vorwürfe gemacht, oder?
- Aber du bist hier.
- Wie gesagt, ich besuche nur einen alten Freund. Ich bin hier, um mit dir zu schwimmen, Kux. Die Wassertemperatur ist übrigens sehr angenehm.
- Du hast mich gefragt, ob ich Angst vor dir haben muss.
- Und?
- Muss ich?

- Wer weiß.
- Sag mir, was du von mir willst, Ben.
- Ich möchte, dass du mit mir ein paar alte Filme anschaust. Ich habe alles mitgebracht, wir können es uns nachher in deiner Bibliothek gemütlich machen.
- Unsere Filme von damals?
- Ja.
- Um Himmels willen, Ben. Wozu soll das denn gut sein? Ich habe keine Zeit dafür, ich muss ein Unternehmen führen, ich kann mich nicht um deine Therapie kümmern. Beim besten Willen nicht.
- Ich bitte dich nur um ein paar Stunden deiner Zeit. Ich möchte dir zeigen, was mich beschäftigt.
- Lass es gut sein, Ben.
- Was ich dir zeigen werde, wird dir gefallen.
- Das bezweifle ich. Das sind nur die Phantasien zweier Kinder, denen langweilig war.
- Du irrst dich, Kux. Da ist mehr, viel mehr. Du wirst sehen.
- Wenn ich tue, worum du mich bittest, wirst du mich dann in Ruhe lassen? Bist du dann zufrieden?
- Ja.
- Na gut. Aber jetzt wird geschwommen. Fünfzig Längen. Danach schauen wir uns von mir aus deine verdammten Filmchen an.

Drei Jahre meines Lebens.

Er schwamm auf und ab. Er beachtete mich nicht, hob nicht seinen Kopf, ich konnte seine Augen nicht sehen. Da war nur die getönte Schwimmbrille, wenn er umdrehte. Ich saß am Beckenrand und stellte mir vor, was unter dem Wasser durch seinen Kopf ging. *Was will dieser Psychopath von mir? Warum taucht er nach all den Jahren wieder auf? Ich bin ihm nichts schuldig, gar nichts.* Kux wäre wahrscheinlich davongeschwommen, wenn das Becken größer gewesen wäre. Hundert Meter, fünfhundert Meter, kein Beckenrand hätte ihn aufgehalten. *Wie nahe soll ich ihn noch heranlassen an mich?* Kux wusste es nicht. Wie er sich verhalten sollte, wie er mich so schnell wie möglich dazu bringen konnte, sein Haus zu verlassen. *Du hast hier nichts verloren, Ben.* Ich konnte ihn hören unter Wasser. *Das ist nicht meine Geschichte, Ben. Das ist deine. Lass mich in Ruhe, Ben.*

Kux kraulte. Ich saß am Beckenrand und ließ meine Füße im Wasser baumeln. Ich hatte keine Eile, ich wartete. Eine Stunde, zwei, es war mir egal. Er musste es ertragen, dass ich ihn beobachtete, dass ich in seiner Nähe blieb. Neben ihm war, als er aus dem Becken stieg. Er musste es hinnehmen, dass ich ihm zuschaute, wie er sich duschte. Unangenehm berührt wandte er sich von mir ab, die Vertrautheit von damals stellte sich nicht wieder ein. Noch nicht.

Er trocknete sich ab, wir sprachen nicht miteinander. Nur Blicke waren es, die wir wechselten. Vorsichtig war er, so als würde er jederzeit damit rechnen, dass ich etwas sagen könnte, das sein Leben durcheinanderbringen würde. So als hätte er tatsächlich Angst vor dem Irren, der in sein Haus eingefallen war. *Komm mir nicht zu nahe, Ben.* Ich hörte ihn denken. *Was du hier machst, ist nicht normal. Man quartiert sich nicht einfach im Haus eines Fremden ein. Du bist hier nicht willkommen, Ben.* Wortlos, aber laut. Seine Körperhaltung, seine Gestik, seine Mimik, alles verriet, was in ihm vorging. Kux kochte vor Wut, aber er beherrschte sich. Es fiel ihm schwer, doch er blieb freundlich. *Wir ziehen uns um, dann treffen wir uns in der Bibliothek, Ben.* Er lächelte.

Es war Theater, das er für mich spielte. Freundlich schaute er mir zu, wie ich den Projektor aufstellte. Wie ich Bilder von den Wänden nahm, um eine weiße Fläche zu schaffen. Wie ich den ersten Film einlegte. *Ist es das Gerät von damals*, fragte er. *Ja*, sagte ich. *Ich bin deinem Vater immer noch sehr dankbar. Und natürlich auch dir, dass du mir die Sachen geliehen hast.* Kux grinste. *Geschenkt*, sagte er und öffnete eine Flasche Wein. Ich startete den Projektor.

Einen Film nach dem anderen schauten wir uns an. Alles, was ich eine Woche zuvor im Bösland alleine gesehen hatte. Drei Jahre meines Lebens im Schnelldurchlauf. Bruchstücke von Erinnerungen, die sich in den letzten Wochen aus dem Nebel geschält hatten, liebevoll festgehalten mit der Kamera. Meine schlafende Mutter. Kux und ich im Wald. Wie wir Tiere quälten. Wie wir heimlich auf dem Friedhof übernachteten. Wie wir im Bösland bei Zigaretten und Bier erwachsen wurden. *Wir waren ziemlich verrückt*, sagte Kux und grinste. Ein gequältes Grinsen war es, weil ich nicht aufhörte, Filmrollen einzuspannen, weil immer noch mehr Bilder auf der weißen Wand der Bibliothek auftauchten.

Wie ich die Welt sah vor dreißig Jahren. Die Schönheit der Natur, Bäume im Wind, zwei Minuten lang ein Ameisenhaufen, Nahaufnahmen, Dinge, die mich berührten, die uns damals beiden wichtig waren. Mir und Kux. Und dann auch Matilda. Das Mädchen, das mit Wucht und Leidenschaft in unser Leben geplatzt war, ihre großen weißen Zähne, ihre Lippen. Wie sie strahlte, in die Kamera grinste, frech und verführerisch. Matilda am Leben, unversehrt ihr Gesicht. Drei Minuten ein Mädchen, das es genoss, bewundert zu werden. Es war wunderschön, und doch wollte Kux, dass es aufhörte. *Schalt das aus*, sagte er. *Nein*, sagte ich.

Wenn es vorbei ist.

- Ich will das nicht sehen, Ben.
- Aber warum denn nicht?
- Ich weiß nicht, was du dir davon versprichst, aber es reicht jetzt endgültig, Ben.
- Es gibt da etwas, das ich dir noch zeigen muss.
- Ich habe getan, worum du mich gebeten hast, ich habe mir das alles angesehen, aber jetzt will ich nicht mehr. Das war genug Vergangenheit, mein Freund.
- Du willst sie nicht sehen, richtig?
- Unsinn.
- Du hast sie doch auch gemocht, oder?
- Natürlich habe ich sie gemocht.
- Warum wehrst du dich dann dagegen?
- Sie ist tot, Ben.
- Ja. Und ich habe sie umgebracht. Jeder weiß das.
- Komm schon, Ben. Es muss nicht so enden, wir können das alles ganz friedlich lösen, ohne Streit auseinandergehen.
- Wir werden nicht auseinandergehen, Kux. Noch nicht.
- Ich denke, dass du Hilfe brauchst, psychologische Betreuung. Es ist wichtig, dass du mit jemandem redest.
- Ich rede mit dir, Kux. Du bist der Einzige auf dieser Welt, der mir helfen kann, meine Probleme zu lösen.
- Du irrst dich, Ben, glaub mir.
- Wir werden uns noch einen letzten Film gemeinsam ansehen, dann höre ich auf. Versprochen.

- Dann wirst du deinen Projektor wieder einpacken und verschwinden?
- Wir werden das dann gemeinsam entscheiden. Wenn es vorbei ist.
- Ich habe keine Ahnung, wovon du redest. Ich gebe dir noch fünf Minuten, Ben, aber dann bin ich weg.
- Dieser Film hier ist mir besonders wichtig. Lehn dich zurück und genieß es.
- Drück endlich den verdammten Knopf, Ben.
- Nichts mache ich lieber, Kux.

Doch sie war
nicht still.

1987. Meine Mutter rief mich. Ich solle nach unten kommen und den Stall ausmisten. Ich ließ Kux und Matilda kurz allein. Ich schaufelte Mist in die Schubkarre, ich tat, was meine Mutter mir aufgetragen hatte, aber ich wollte nichts als zurück zu ihr. Ich ertrug es kaum, ohne sie zu sein. Ich wollte wieder nach oben, wissen, was im Bösland passierte. Ich wollte sehen, was sie machten, hören, was sie sagten.

Lass dir Zeit, hatte Kux mir noch nachgerufen, als ich die Treppen hinuntergestiegen war. *Wir kommen auch ohne dich zurecht, Ben.* Es war unerträglich, nicht bei ihr zu sein. Deshalb ließ ich die Schaufel fallen und schlich mich wieder zurück nach oben. Nur ein Gefühl war es gewesen, Angst vielleicht, dass er mehr bekommen könnte als ich. Dass Matilda ihm gab, was ich mir von ihr wünschte. Eine Berührung, einen Kuss vielleicht, ein liebevolles Wort, ein Flüstern. Für ihn, nicht für mich.

Sie wussten nicht, dass ich wieder da war. Sie hörten mich nicht, sahen nicht, wie ich die Kamera nahm und filmte. Da war nur Matilda in ihrem gelben Shirt. Und wie sie um Kux herumtanzte, ausgelassen, eine Flasche Bier in der Hand. Wie sie mit ihren Fingern durch seine Haare fuhr. Ich habe ihn dafür gehasst. Ich war wütend, ich wollte hinrennen und mich zwischen sie stellen, ich wollte, dass es aufhörte, ich wollte etwas sagen. Aber ich konnte es nicht. Ich versteckte mich hinter meiner Kamera und sah zu, wie sie sich auszog.

Weil er sie dazu anstachelte. Weil sie betrunken war. Sie schob ihr gelbes Shirt nach oben und zeigte ihm ihre Brüste. Das Schönste, das ich je gesehen hatte. Einen kurzen Augenblick lang war ich im Himmel, durch die Kamera konnte ich sehen, was ich mir nachts in meinem Bett oft vorgestellt hatte. Ich hielt die Luft an, blieb weiter im Verborgenen, ich hielt die Kamera in der Hand und schwieg. Da waren nur das leise Surren und die Angst, dass sie es hören konnten. Doch die Musik, die sie eingeschaltet hatten, übertönte es. Mich, meine Verletztheit, die Wut, die ich empfand, meine Erregung.

Ich wollte, dass es aufhörte, doch ich wusste nicht, was ich tun sollte. Ich kauerte in meinem Versteck und sah zu. Ich hörte, wie sie sagte, dass er jetzt an der Reihe sei. Sie stachelte ihn an. *Zeig es mir, Kux. Deine Hose, zieh sie aus, Kux. Mach schon, Kux.* Dann trank sie wieder aus der Bierflasche und schaute zu, wie er sich wand, sich zierte. *Enttäusch mich nicht, Kux*, sagte sie. *Wenn du es tust, dann küsse ich dich. Mit Zunge, Kux.* Wie ein Spiel war es, immer noch tanzte sie um ihn herum, sie berührte ihn wieder, sie küsste ihn auf die Wange. *Jetzt trau dich doch endlich, Kux. Ben kommt so schnell nicht wieder.* Ich war wie gelähmt. Enttäuscht und traurig. Kux hörte auf, sich zu wehren. Er tat es einfach. Auf der Wand in seinem Arbeitszimmer sah man jetzt, wie er seine Hosen nach unten zog.

Wie sie dastanden vor dreißig Jahren im Bösland. Ein Junge und ein Mädchen auf einem Dachboden, halb nackt plötzlich. Kux und ich verfolgten, was damals passiert war. Wir schauten uns diesen Film an, von dem er nicht wusste, dass es ihn gab. Da war dieses Mädchen, das lachte. Und da war dieser Junge, der verunsichert vor ihr stand. Kux hatte sie gebeten, damit aufzuhören. Beschämt war er. Weil sie immer weiter lachte, sich lustig über ihn machte. Matilda zeigte mit dem Finger auf ihn, auf sein Glied. Sie lachte und trank, während er sich die Hosen wieder nach oben zog und brüllte. Matilda konnte nicht aufhören, sie verstand nicht, wie ernst es ihm war. Sie wusste nicht, was in ihm vorging, sie konnte ihn nicht hören, obwohl er sie anschrie. Sie hatte keine Ahnung davon, wie sehr sie ihn demütigte. Wie unerträglich es für ihn war.

Ich habe noch nie so einen kleinen gesehen, sagte sie. *Halt endlich dein verdammtes Maul*, schrie er. Dann fiel die Bierflasche zu Boden. Kux packte sie an den Schultern, schüttelte sie. Matilda glaubte immer noch, dass alles nur Spaß war. *Du hast den kleinsten Schwanz der Welt*, sagte sie und riss sich von ihm los. *Sei endlich still*, schrie er. Doch sie war nicht still. Deshalb nahm er den Golfschläger, der neben ihm am Boden lag. Und schlug zu.

Immer wieder. Bis sie endlich aufhörte, sich über ihn lustig zu machen. Dann erst ließ er den Schläger fallen und rannte los. Er rannte einfach aus dem Bild. Die Treppen nach unten aus dem Bösland davon. Matilda blieb zurück. Sie lachte nicht mehr. Rührte sich nicht mehr. Da war nur noch das Blut, das aus ihrem Kopf kam. Das Bild wackelte. Zwei Sekunden noch. Dann wurde es dunkel. Und der Film war zu Ende.

Man kann alles
genau sehen.

- Das ist unmöglich.
- Ist es nicht, Kux.
- Wie kann das sein?
- Ich war da, Kux. Ich habe alles mitangesehen.
- Du hast es gefilmt.
- Ja, das habe ich. Ist perfekt belichtet, oder? Die Farben, der Ton, das Filmmaterial hat nach all den Jahren keinen Schaden genommen. Unfassbar, oder?
- Verdammt noch mal, was willst du von mir?
- Du hast sie umgebracht, Kux. Du bist der Mörder, nicht ich.
- Hör auf damit, Ben. So war das nicht.
- Doch, genau so war das. Ich kann es dir gerne noch einmal zeigen, wenn du willst. Man kann alles genau sehen. Wie du den Schläger nimmst, wie du zuschlägst, wie sie stirbt. Du erinnerst dich wieder, oder?
- Mir ist schlecht.
- Das kann ich verstehen, mein Lieber.

Wie sie einfach verschwand.

Kux übergab sich. Es kam einfach aus ihm heraus, er konnte es nicht mehr zurückhalten, Erbrochenes auf den Perserteppich in seiner Bibliothek. Was kurz zuvor noch sauber war, war nun dreckig. Kux wischte sich den Mund ab, lehnte sich wieder zurück und starrte mich an. Ich konnte sehen, dass er nach Sätzen suchte in seinem Kopf, nach einer Erklärung für das, was er gerade gesehen hatte. Diese Bilder, die es eigentlich nicht hätte geben dürfen, die über die leere Wand in seiner Bibliothek geflimmert waren. Matildas Gesicht, ihr Lachen, das einfach nicht aufhörte. Kux hörte es immer noch, obwohl die Filmrolle sich nicht mehr bewegte. Er verstand es nicht. So wie ich es zuerst nicht verstanden hatte.

Eine Woche vorher im Bösland. Meine Zweifel, meine ungläubigen Augen, als ich die Kamera in die Hand genommen und gesehen hatte, dass da immer noch ein Film eingelegt war, ein belichteter Film. Ich wusste nicht, was darauf zu sehen sein würde, wie sehr diese kleine Entdeckung alles verändern würde. Ich war einfach nur neugierig gewesen, versuchte, mich zu erinnern, aber mein Gehirn ließ es nicht zu, es wollte mir nicht einfallen, was ich als Letztes gefilmt hatte.

Ich fuhr in die nächste Stadt und kaufte Chemie. Anschließend verkroch ich mich in dem kleinen Bad, in dem ich auch vor dreißig Jahren schon im Dunkeln gestanden und Filme in den

Entwicklungstank gespult hatte. Vertraut fühlte sich alles an, in einer Kiste im Keller hatte ich die alten Wannen und Trichter gefunden. Oft getane Handgriffe waren es, es war ganz leicht. Zwischenspülen, Stabilisieren, diesen vertrauten Geruch einsaugen, fünfzehn Meter Film auf eine Wäscheleine hängen, trocknen lassen, aufspulen.

Ich brannte darauf zu sehen, was auf dem Film war, es war dieser Reiz von damals, die Nervosität und die Vorfreude, wenn wir eine Filmrolle in den Projektor einlegten und unsere Neugier kaum noch ertrugen. Wir wollten sehen, was wir erschaffen hatten, ob die Belichtung, der Ton stimmten. Unsere Ideen, die wir festgehalten hatten, glückliche Momente, unsere kleinen Experimente, gut gehütete Geheimnisse, Momente, die nur uns gehörten. Aufgeregt waren wir jedes Mal gewesen, Kux und ich auf der Matratze im Bösland. Gespannt, wenn die Filmrolle begann sich zu drehen. Bild für Bild warf der Projektor an die Wand.

Wonach ich in der Therapie in den Monaten zuvor mit Gewalt gesucht hatte, lag plötzlich einfach vor mir. Mein Leben, das ich vergessen hatte, dieser Tag, der alles auslöschte. So wie Kux in seiner schönen Bibliothek eine Woche später der Mund offen stehen sollte, so war er auch mir offen gestanden. Während meine Mutter unten im Tiefschlaf lag, wachte ich oben im Dachboden endlich auf. Gebannt starrte ich auf die Leinwand, jede Sekunde des Films war verstörend, ich saß nur da und wartete, bis es zu Ende war. Ich wollte es nicht glauben. Was ich sah, konnte nicht sein. Doch egal wie oft ich die Filmrolle noch einspannte, es blieb dabei. Nicht ich hatte nach dem Schläger gegriffen. Nicht ich war es, der auf sie eingeschlagen hatte, bis sie tot war.

Langsam kam alles zu mir zurück. Ich war nur derjenige, der die Kamera in der Hand gehalten hatte. Derjenige, der diese Bilder gemacht und die Kamera in Panik wieder an ihren Platz gelegt hatte, nachdem es passiert war. Niemand sollte sehen, was ich getan hatte. Ich war zu Matilda hingelaufen und hatte sie in meine Arme genommen. Ich erinnere mich wieder daran. Ich wollte, dass sie sich wieder bewegt, dass sie etwas sagt, ich wollte, dass sich ihre Wunden wieder schließen. Ich sah nur noch Blut, ich wollte, dass es aufhörte, aus ihr herauszurinnen. Bei ihr bleiben wollte ich, auf sie aufpassen, nicht von ihr weggehen, sie nicht alleine lassen. Sie festhalten, sie wieder aufwecken, wach flüstern. Sie zurückholen, sie so lange hin und her wiegen, bis sie sich wieder bewegte.

Es war alles wieder da. Dieses Gefühl. Wie hilflos ich war. Wie dunkel und leer plötzlich alles war, wie schwer. Wie es mich erdrückte. Und wie meine Mutter irgendwann vor mir stand und mich anstarrte. Wie sie kamen und mich von ihr wegzerrten, auf mich einredeten, mich anschrien. Aber ich schwieg, ich hatte keine Worte dafür. Da waren nur Tränen. Damals und auch vor drei Monaten. Wie sie über meine Wangen liefen, als ich es wieder vor mir sah. Als ich es endlich verstand.

Mindestens fünfzigmal habe ich es mir seitdem angesehen. Es war so, als wäre keine Zeit vergangen im Bösland, als würde ich immer noch unbemerkt im Abseits stehen und sie belauschen, voller Scham zusehen, wie sie sich nahekamen, wie Matilda Bier aus der Flasche trank und glaubte, dass alles nur Spaß sein würde. Zusehen, wie alles aus dem Ruder lief, wie alles von einer Sekunde zur anderen zum Alptraum wurde. Wie sie einfach verschwand.

Matilda. Jedes Mal wenn der Film zu Ende war, spulte ich um und schaltete wieder ein. Immer wieder holte ich sie zurück. Ihr wunderschönes Gesicht, ihr Lachen, ich machte sie wieder lebendig, ich wollte nicht daran denken, dass sie irgendwo vergraben in der Erde lag, verwest, vergessen. Ich wollte, dass sie zurückkam. Doch sie kam nicht. Immer wieder starb sie, egal wie oft ich mir den Film anschaute, Kux erschlug sie. Und ich konnte nichts dagegen tun. Damals nicht, und auch so viele Jahre später nicht.

Ich habe mich gefragt, ob ich es hätte verhindern können. Wenn ich nicht in den Stall gegangen wäre, um auszumisten, wäre sie vielleicht noch am Leben. Wenn ich sie nicht allein gelassen hätte. Wenn ich etwas getan, etwas gesagt, wenn ich mich zu erkennen gegeben hätte. Immer wieder waren da diese Sätze, die mich erschlugen, diese Schuld, die mich lähmte, diese Fragen, die mich vor dreißig Jahren stumm gemacht hatten. *Hätte ich noch rechtzeitig bei ihr sein können? H*ätte ich ihm den Schläger noch aus der Hand reißen können? *Warum habe ich nichts getan?* Nur wegen mir war da überall Blut, nur wegen mir war da ein Loch in ihrem Kopf. *Dieser verdammte Golfschläger, warum war er da? Warum lag er genau neben ihm am Boden? Warum habe ich ihn in die Ecke geworfen, ihn berührt, meine Fingerabdrücke auf dem Griff hinterlassen? Warum habe ich nicht einfach die Polizei gerufen? Warum habe ich nichts gesagt? Mich nicht gewehrt? Warum nicht?*

Wahrscheinlich, weil ich dachte, dass ich verantwortlich für alles war. Wenn sie nicht im Bösland gewesen wäre, wäre das nicht passiert, wenn ich sie nicht dorthin eingeladen hätte. Wenn ich bei ihr geblieben wäre, mich nicht versteckt und nur zugesehen hätte. Ich war schuld, dass sie tot war, ich hatte sie umgebracht. Dass dem nicht so war, habe ich erst verstanden, als ich mir den Film angesehen habe. Als ich an diese Stelle kam, an der sie starb, und ich mich zwang, endlich hinzusehen.

Es war schwer. Kaum auszuhalten war es. Weil ich plötzlich wissen wollte, ob es etwas geändert hätte, wenn ich zu ihnen hingerannt wäre. Ob ich es hätte verhindern können, wenn ich die Kamera einfach fallen gelassen hätte. Ich wollte unbedingt daran glauben, dass es nichts genützt hätte. Sie wäre bereits tot gewesen in dem Moment, in dem ich bei ihr angekommen wäre. Ich wollte mir sicher sein. Und deshalb versuchte ich es. Ich rannte genau zu der Stelle, an der sie vor dreißig Jahren gestorben war, von genau dort, wo ich mich damals versteckt hatte. Ich tat so, als würde ich sie retten wollen. Ich zählte die Sekunden von dem Moment an, als er nach dem Schläger gegriffen und zum ersten Mal ausgeholt hatte, bis zu dem Moment, in dem sie aufgehört hatte zu zucken. Ich stellte es nach, immer wieder versuchte ich es. Ich wollte ihr Leben retten, aber immer kam ich zu spät, immer starb sie, niemand hätte damit rechnen können.

Du hättest nichts mehr für sie tun können, Ben. Es hätte nichts genützt. Es ist nicht deine Schuld, Ben. Nicht deine, Ben. Da war Wut in mir, Verzweiflung, aber auch etwas, das mich antrieb, etwas, das gegen die Ohnmacht von damals ankämpfte. *Du warst nur ein Kind, Ben. Du hättest es nicht verhindern können.* Mit Gewalt ordnete ich die Dinge, alle Bilder und Gedanken lagen plötzlich wieder am richtigen Platz. *Du kannst jetzt endlich aufstehen und dich wehren, Ben. Du hast diesen Film. Du bist unschuldig, Ben.* Diese Stimme in mir, sie war laut, während ich den Projektor und die Filme in einen Koffer packte. Während ich die Treppen nach unten stieg und heimlich das Haus verließ. Ich sagte es vor mich hin, während ich zurück in meine Stadt fuhr. *Nicht du hast sie umgebracht, Ben. Nicht du.*

Nur ein Kratzer
im Lack.

– Willst du Geld?
– Nein.
– Wie viel willst du?
– Du verstehst es nicht, oder?
– Was denn? Warum hast du mir das gezeigt, wenn du kein Geld willst? Sag's mir, verdammt noch mal. Was willst du, Ben?
– Ich möchte die Dinge richtigstellen.
– Dafür ist es reichlich spät, findest du nicht auch?
– Nein.
– Was soll ich denn sagen, Ben? Dass es mir leidtut? Ist es das, was du hören willst? Dass ich einen Fehler gemacht habe?
– Einen Fehler?
– Ich wollte nicht, dass du die Schuld dafür auf dich nimmst, aber aus irgendeinem Grund hast du es getan. Ich habe dich nicht dazu gezwungen, oder?
– Du hast sie erschlagen, nicht ich.
– Ich wollte das alles nicht, glaub mir. Ich wollte nur, dass sie still ist, dass sie aufhört, mich auszulachen.
– Du hast ihren Schädel zertrümmert.
– Sag mir bitte einfach, wie du das geregelt haben willst, Ben.
– Ich möchte nur mit dir darüber reden.
– Worüber denn? Matilda ist tot. Es bringt nichts, die alte Geschichte wieder aufzuwärmen. Niemand hat etwas davon.
– Ich war verliebt in sie.

- Ich weiß.
- Und trotzdem hast du es zugelassen, dass sie sich für dich ausgezogen hat.
- Hunderttausend?
- Was meinst du?
- Hunderttausend Euro und du verschwindest, einverstanden?
- Nein.
- Zweihunderttausend.
- Ich habe doch gesagt, dass ich kein Geld von dir will.
- Du solltest meine Geduld nicht überstrapazieren.
- Ich möchte einfach nur in deiner Nähe sein. Deshalb werde ich noch ein Weilchen hierbleiben. Mein neues Zimmer gefällt mir, Kux.
- Du bist ja völlig durchgeknallt.
- Das würde ich so nicht sagen. Ich habe nur endlich verstanden, was mit mir passiert ist. Dass du verantwortlich dafür bist. Du hattest eine Zukunft, Kux, ich nicht. Darüber werden wir uns unterhalten.
- Dreihunderttausend. Das ist mein letztes Angebot.
- Das ist dir deine Freiheit also wert?
- Das ist viel Geld, Ben.
- Während du irgendwelche Mädchen geküsst hast mit sechzehn, während du unbeschwert groß geworden bist, bin ich mit verrückten alten Männern in einem versifften stinkenden Aufenthaltsraum gesessen. Ich habe Karten mit ihnen gespielt, immer hat einer geschrien, manchmal hat sich einer umgebracht. Insgesamt waren es sieben Jahre in der Psychiatrie, Kux. Das kann man mit Geld nicht aufwiegen.
- Wenn ich etwas gelernt habe in meinem Leben, dann das, dass man mit Geld alles aufwiegen kann. Deshalb rate ich

dir, nimm mein Angebot an und geh wieder dorthin zurück, wo du hergekommen bist.
- Ich könnte aber auch zur Polizei gehen.
- Das ist lächerlich, Ben. Was glaubst du denn, was passieren würde? Gar nichts nämlich, Ben. Sie würden dir auf die Schulter klopfen und dich wieder wegschicken. Und weißt du auch, warum? Weil das alles niemanden mehr interessiert, es ist verjährt, niemand würde mich anklagen. Außerdem war ich erst dreizehn Jahre alt damals, ich war noch nicht strafmündig. Ich habe mich bestens informiert, Ben.
- Du hast also damit gerechnet, dass ich irgendwann hier auftauchen würde? Du hattest Angst davor, stimmt's?
- Nein. So wichtig bist du nicht, Ben. Du mit deinem kleinen Film. Ich fürchte mich nicht vor dir. Du bist nur ein Kratzer im Lack, nicht mehr.
- Ich könnte den Film den Medien zuspielen. Die Welt würde erfahren, wer Felix Kux wirklich ist. Das könnte dann aber vielleicht doch zum Problem werden, oder?
- Ach, Ben. Es ist mir relativ egal, was die Welt von mir denkt. Ich führe ein Unternehmen mit weltweit über achttausend Mitarbeitern. Ich habe nicht nur Freunde da draußen, das kannst du mir glauben. Manche zerreißen sich das Maul über mich, manche hassen mich, träumen davon, dass ich untergehe. Aber das berührt mich nicht, Ben. Würde es das, wäre ich nicht da, wo ich jetzt bin.
- Dir ist also alles egal? Und trotzdem willst du mir dreihunderttausend Euro geben? Das passt irgendwie nicht zusammen, oder?
- Ich bin kein Unmensch, Ben. Ich denke, dass ich dir das schuldig bin. Nach dem, was du durchgemacht hast, finde ich es nur fair, wenn ich dir etwas unter die Arme greife. Das

Geld ermöglicht es dir vielleicht, dein Leben ein bisschen angenehmer zu gestalten. Du könntest dir ein paar Wünsche erfüllen, in Urlaub fahren, eine kleine Hütte im Wald kaufen vielleicht. Davon hast du doch immer geträumt, nicht wahr?
- Ich habe davon geträumt, Matilda auf den Mund zu küssen. Mehr wollte ich nicht. Das war alles, was ich mir wirklich gewünscht habe.
- Es gibt noch andere Frauen, Ben. Ich weiß, wovon ich rede, glaub mir. Also gib mir einfach deine Kontonummer, und ich lass dir die dreihunderttausend überweisen.
- Das reicht nicht, Kux.
- Treib es nicht zu weit, Ben.
- Wir sind noch lange nicht fertig miteinander.
- Tu das nicht, Ben.
- Sonst? Bringst du mich auch um, oder was?
- Du hast wirklich nicht die geringste Ahnung, mit wem du dich hier anlegst.
- Ich weiß, wer du bist, Kux.
- Nein, das weißt du nicht, Ben. Aber wenn du nicht aufpasst, wirst du es bald herausfinden.

Nichts konnte mir passieren.

Wieder saßen wir in seiner Bibliothek und tranken. Keiner von uns wollte noch etwas sagen. Es war so, als hätten wir beide Angst, dass es eskalieren könnte. Dass es uns entgleiten würde. In diesem Moment reichte es mir, seine Unsicherheit zu sehen, die Panik in seinen Augen. Ich hatte ihn aus der Fassung gebracht, seine perfekte Welt wankte. Ich war der Alptraum, vor dem er seit dreißig Jahren Angst gehabt hatte. Fieberhaft überlegte er, was er tun sollte, in Gedanken spielte er alle Szenarien durch, er malte sich aus, was passieren könnte, versuchte einzuschätzen, was ich als Nächstes tun würde. Er versuchte, gelassen zu wirken, doch innerlich stand er in Flammen. Kux taumelte, ich war mir sicher.

Ich saß ihm gegenüber und schaute ihm zu, wie er versuchte, seine Fassung wiederzuerlangen. Man konnte immer noch das Erbrochene riechen, das er unter einer Wolldecke verborgen hatte. Ich war die Krankheit, deren Diagnose er gerade bekommen hatte. Kux war angeschlagen. Ich lehnte mich zurück und genoss es. Es fühlte sich gut und richtig an, ich war genau dort, wo ich sein wollte, einen Abend lang drehte ich die Uhr zurück, ich ließ ihm keine Gelegenheit, dass er wieder davonrennen und sich allem entziehen konnte. Ich hatte sein Angebot abgelehnt, weil ich nicht wollte, dass er mir sein Geld in die Hand drücken und so tun würde, als hätte das alles noch immer nichts mit ihm zu tun.

Kux hatte zugeschlagen, nicht ich. Es war ein Mantra, das ich innerlich ständig wiederholte, eine Wahrheit, die ich immer noch zu begreifen versuchte. Er war es, nicht ich. Kux stritt es nicht ab, es wäre sinnlos gewesen zu lügen. Keine Sekunde lang wollte er sich mit irgendwelchen Geschichten aus der Situation retten, er hatte schnell verstanden, dass es keinen Ausweg gab. Ich ging nicht weg. Ich blieb. Freikaufen konnte er sich nicht, weil ich ihn nicht ließ. Deshalb drohte er mir. Sagte mir, dass er der Stärkere von uns beiden sei. Am liebsten hätte er mich einfach erwürgt und mich irgendwo verscharrt, aber er beherrschte sich. Er blieb bei mir, über zwei Stunden lang saßen wir nur da. Nichts passierte. Nichts, das man sehen konnte.

Ich spürte, wie der Alkohol sich in mir ausbreitete. Wie er alles, was vor sich ging, noch intensiver und bunter zeichnete. Schluck für Schluck. Kux war wieder in meinem Leben, ich war in seinem. Der kleine Ben, der sich ihm entgegenstellte, der Bauernjunge, der dem Arztsohn liebevoll den Krieg erklärte, der Fotolaborant, der dem mächtigen Pharma-Vorstand die Stirn bot. *Ich werde es dir nicht noch einmal so leicht machen, Kux.* Ich flüsterte es in mich hinein, wiederholte es immer wieder. *Ich werde nicht gehen, Kux. Ich habe nichts zu verlieren. Ich werde nicht mehr still sein. Nicht mehr schweigen.* In meinen Augen konnte er es sehen, es gab keine schnelle Lösung. Ich hatte die erste Runde überstanden, den Gong für die zweite Runde konnte man bereits hören.

Was konnte mir schon passieren. Kux konnte mich nicht einfach verschwinden lassen, mich entsorgen, mich irgendwo einsperren. Seine Frau wusste, dass ich da war, das Personal hatte mich gesehen, ich war offiziell sein Gast. Kux musste davon ausgehen, dass ich eine Kopie von dem Film gemacht hatte. Dass es nichts bringen würde, ihn mir wegzunehmen, ihn zu vernichten, wahrscheinlich nahm er an, dass ich ihn irgendwo hinterlegt, dass ich mich abgesichert hatte. Deshalb ertrug er es, dass ich ihn anlächelte und ihm sagte, er könne ruhig zu Bett gehen, ich würde noch sitzen bleiben, noch ein paar Gläser von seinem herrlichen Cognac trinken. *Wir sehen uns beim Frühstück*, sagte ich. Wortlos verließ er den Raum. Er ließ mich im Paradies allein.

Neun Tage lang sah ich ihn nicht wieder. Ich war erstaunt, wie leicht es mir fiel, mich mit Selbstverständnis auszubreiten. Ich nahm mir, was mir zustand, ich schnitt ein großes Stück des Kuchens für mich selbst ab. Der Preis für mein Leiden. Wie Wiedergutmachung fühlte es sich an, ich tauchte ein in Kux' Welt. Vom Bahnhofs- ins Villenviertel, ich saugte alles in mir auf, wie Edmond Dantès fühlte ich mich. Der junge Seemann, der nach seiner Flucht aus dem Inselgefängnis Château d'If zum Grafen von Monte Christo wurde. Der Mann, der jahrelang unschuldig eingesperrt war, der zu Unrecht Verurteilte, der zurückschlug, der die Menschen, die ihm sein Leben gestohlen hatten, damit konfrontierte, dass er wieder da war und sich nach Rache sehnte. Es war dieser Roman von Alexandre Dumas, an den ich mich erinnerte, während ich in seinem Garten in der Sonne lag.

Es fühlte sich richtig an, dass ich mich von seinen Angestellten bedienen ließ. Dass seine Frau höflich zu mir war, zuvorkommend. *Felix hat mir gesagt, ich solle mich um Sie kümmern. Es ist ihm sehr wichtig, dass es Ihnen an nichts fehlt, bis er wiederkommt.* Sie war irritiert, weil sie nicht verstand, warum ihr

Mann einem völlig Fremden erlaubte, in seinem Haus zu bleiben. Trotzdem bemühte sie sich. *Felix sagt, Sie seien vorübergehend wohnungslos. Sie werden sehen, meinem Mann wird etwas einfallen, er wird Ihnen helfen. Felix hat ein großes Herz*, sagte sie. Ich nickte nur, weil es einfacher war, ich entschuldigte mich für mein Eindringen und dafür, dass ich ihr Umstände machte. Ich spielte ihr etwas vor. Ich gab den weltoffenen Mann, der es gewohnt war, im Luxus zu schwelgen. Selbstverständlich schlürfte ich Austern, nachdem ich ihr zugesehen hatte, wie sie es machte. Ich ekelte mich, zeigte es ihr aber nicht. Ich nahm, was ich kriegen konnte, ich war gierig, ich wollte Genugtuung, einen Trost für alles, ein Schulterklopfen, sein Geld vielleicht, sein Haus, sein Leben.

Es fühlte sich gut an. An keinem anderen Platz auf der Welt wollte ich sein. Ich wartete auf Kux. Wartete gespannt darauf, wie es weiterging. Doch Soy schien mich zu durchschauen. Es fühlte sich zumindest so an. Sie war mir ein Rätsel. Sie ahnte, dass etwas nicht stimmte, dass da irgendetwas war, das ihren Mann so beunruhigte, dass er sich dazu hinreißen ließ, mich in seinen heiligen Hallen zu dulden. Sie musste sich fragen, was es war, das Kux und mich verband. Sie beobachtete mich. Hielt Abstand.

Sie wusste nichts von dem Film, nichts darüber, dass ihr Mann ein Mädchen erschlagen hatte. Beim gemeinsamen Essen beschränkte sie sich auf Smalltalk, sie stellte auch keine Fragen, wollte nichts wissen von mir, sie erhielt einfach nur das System aufrecht, versorgte mich mit den nötigsten Informationen. Sie blieb freundlich, doch immer mit diesem Hauch von Skepsis. *Mein Mann wird in ein paar Tagen wieder hier sein. Er musste dringend nach New York, aber das wissen Sie sicher, oder? Felix sagt, es tue ihm sehr leid, dass das Wiedersehen so kurz gedauert habe. Er freut sich aber auf seine Rückkehr. Freundschaft ist etwas sehr Schönes*, sagte sie. Dann lächelte sie wieder.

Soy behielt mich im Auge, beaufsichtigte mich, bis er wiederkam. *Wir finden eine Lösung*, hatte Kux auf den Zettel geschrieben, den er auf mein Kopfkissen gelegt hatte nach dem Abend in der Bibliothek. Ich wollte daran glauben, ich malte mir alles schön. Ich war naiv und dumm, weil ich mir wünschte, dass für immer alles so blieb. Schuld, die ich von meinen Schultern auf seine gelegt hatte. Die Wahrheit, die sich so leicht anfühlte. Seine Großzügigkeit, die ich als Zeichen seines guten Willens interpretierte, seine Gastfreundschaft, die unendlich guttat. Ich wollte den Moment so lange wie möglich auskosten, in dem schönen Bett liegen, die Seidenbettwäsche weiter auf meiner Haut spüren, ich wollte ein kleines Stück von diesem schönen Leben für mich abschneiden, ich wollte, dass er um Gnade betteln, um Vergebung flehen, dass er für alles bezahlen würde. Ich wollte, dass er mit mir redete. Mir zuhörte. Aber er war nicht da. Er war einfach wieder weggelaufen.

Kux war auf Dienstreise. Er wollte die Zeit für sich arbeiten lassen, mich zermürben, er wollte abwarten, bis ich es satthatte, bis ich einfach wieder ging. Doch ich blieb. Genoss die Tage am Pool, im Garten die Cocktails, die Sorglosigkeit, die sich einstellte, die grausamen Bilder in meinem Kopf, die ich langsam wieder zurückdrängte. Ich versuchte, nicht mehr an Matilda zu denken. Weil Kux wahrscheinlich Recht hatte. In seiner Welt gab es keinen Platz für meinen Film, das Bösland war eine Erinnerung, die nicht mehr zu allem anderen passte. Ich war angekommen im Wunderland, ich schlief ein und wachte wieder auf. Ein Tag verging, und dann noch einer. *Die Rückkehr meines Mannes verzögert sich noch etwas*, sagte Soy. *Kann ich mit ihm telefonieren*, fragte ich. *Nein*, sagte sie. *Er ist nicht erreichbar. Aber er will, dass Sie sich wie zu Hause fühlen.* Und das tat ich. Ich vertrieb mir die Zeit, ich schnüffelte, öffnete Türen und Schubladen. Ich schaute mir alles an, Fotos, Bücher, die er las, die Kleidung, die er trug. Niemand verbot es mir, keine Tür war verschlossen, das Personal stoppte mich nicht, und auch Soy sagte nichts, als sie mich in seinem Schlafzimmer erwischte.

Ich rechnete mit dem Schlimmsten, doch da war kein böses Wort. Sie war nicht überrascht, sie lächelte nur höflich. *Mein Mann sagt, Sie können sich gerne alles ansehen, bis er wieder da ist. Ich soll Ihnen sagen, dass er keine Geheimnisse vor Ihnen hat.* Mit diesen Worten, die Kux ihr in den Mund gelegt haben musste, ließ sie mich allein in ihrem Schlafzimmer zurück. Ich blieb dort, wo er normalerweise schlief, wo er nackt war. Ich nahm einen Apfel von der Kommode und legte mich in sein Bett. Ich wartete. Bis er wiederkam.

Ein besonderer Tag.

- Wo warst du?
- Arbeiten.
- Es ist so wie damals, oder?
- Was ist so wie damals?
- Du bist wieder weggelaufen, bist einfach wieder die Treppen nach unten und abgehauen. Nach dir die Sintflut. Der gute Kux hat nichts mit alldem zu tun.
- Das stimmt so nicht, Ben. Wie ich von Soy gehört habe, ist es dir zwischenzeitlich nicht schlecht ergangen, oder? Sie sagte mir, dass du die Tage hier genossen hast, dass du dich wunderbar eingelebt hast. Und das ist gut so, Ben, nichts anderes habe ich gewollt.
- Warum hast du dich nicht von mir verabschiedet? Ein Zettel auf meinem Kopfpolster, das ist etwas wenig nach dem, was ich dir gezeigt habe, oder?
- Ich wollte dich nicht wecken, Ben. Ich bin früh los, wir haben ein neues Medikament vorgestellt in den Staaten. Ich habe dir doch gesagt, dass ich nicht einfach alles liegen und stehen lassen kann, oder?
- Du hast anscheinend noch nicht ganz begriffen, dass dein kleines Problem nicht so klein ist, wie du vielleicht denkst.
- Ach, Ben. Es bringt doch nichts, wenn wir uns gegenseitig an die Gurgel gehen, oder? Es zählt doch nur, dass ich jetzt wieder hier bin, oder? Und zwar genau zum richtigen Zeitpunkt.

- Was meinst du?
- Ich habe uns eine Torte mitgebracht und Wein. Das ist ein besonderer Tag heute.
- Du erinnerst dich daran?
- Wie könnte ich das vergessen? Der Geburtstag meines besten Freundes. Lass uns feiern, mein Lieber.
- Feiern? Dein bester Freund? Hast du vergessen, warum ich hier bin?
- Ich hatte Zeit, über alles nachzudenken.
- Und?
- Ich könnte es als Bedrohung sehen, dass du hier bist, aber wenn ich ehrlich bin, finde ich es schön, dass du gekommen bist. Wir könnten doch einfach dort anfangen, wo wir aufgehört haben, wir haben uns doch immer gut verstanden, oder?
- Du meinst, wir könnten einfach so tun, als wäre sie nicht gestorben?
- Wir wissen beide, dass das nicht geht. Aber wir könnten versuchen, einen Weg zu finden, damit umzugehen.
- Ich glaube nicht, dass wir das können.
- Ich habe es damals verabsäumt, mich um dich zu kümmern. Das möchte ich jetzt nachholen.
- So einfach ist das nicht.
- Ein ganzes Leben liegt zwischen dem, was jetzt ist, und dem, was damals passiert ist. Wir haben beide die Chance auf einen Neuanfang. Ich weiß, dass ich einen großen Fehler gemacht habe und dass du für diesen Fehler bezahlt hast. Und genau das möchte ich wiedergutmachen.
- Mit Geld? Dreihunderttausend Euro für den armen Ben, und alles ist gut und vergessen? Stellst du es dir so vor? Das kann ich nicht, Kux.

- Es war falsch, dir das anzubieten, das weiß ich jetzt.
- Gar nichts weißt du.
- Ich weiß, dass ich etwas Furchtbares getan habe, Ben. Damit muss ich leben, seit dreißig Jahren schon. Ich wollte wirklich nicht, dass alles so kommt, ich wollte ihr nichts tun, ich weiß nicht, warum ich zugeschlagen habe. Ich kann dir nur sagen, dass es mir mehr als alles andere in meinem Leben leidtut. Von ganzem Herzen.
- Du glaubst wirklich, das reicht?
- Es ist vielleicht ein Anfang, Ben.
- Nein, Kux.
- Doch, Ben. Lass uns raus in den Park gehen und auf deinen Geburtstag anstoßen. Du und ich. Wir essen die Torte mit den Fingern, so wie damals. Lass uns einen Abend lang so tun, als wären wir einfach nur Freunde. So wie früher.
- Das kann ich nicht.
- Doch das kannst du, Ben.

Hand in Hand
plötzlich.

Ich lag neben ihm im Gras. Es war dunkel, wir waren betrunken. Keine Vorwürfe, keine Vergangenheit, nur er und ich. Von Schluck zu Schluck unbeschwerter, irgendwann war da kein böser Gedanke mehr, keine Sehnsucht nach Vergeltung, nur noch unsere Finger, die wir uns ableckten, die Torte, die uns daran erinnerte, dass es auch eine Zeit vor Matilda gegeben hatte. Nebeneinander unter dem mächtigen Nussbaum, wir lachten, erinnerten uns an schöne Dinge. *Alles Gute zum Geburtstag*, sagte er.

Es war alles ganz anders gekommen, als ich gedacht hatte. Was ich mir vorgenommen hatte, ihm zu sagen, was ich ihm an den Kopf werfen wollte. Es kam nicht aus meinem Mund, als er plötzlich wieder da war. Kux umgarnte mich, entwaffnete mich, er hörte mir zu, er gab mir das Gefühl, dass er verstand, was ich durchgemacht hatte. Demütig schlug er sich auf meine Seite und zog mich zugleich auf die seine. Der Grund, warum ich gekommen war, rückte in den Hintergrund. Da war nur noch diese Torte. Der Wein, und der einzige Freund, den ich jemals gehabt habe.

Felix Kux, der Arztsohn. Die Vertrautheit, die da gewesen war vor dreißig Jahren, ein paar Stunden lang war sie wieder zurück. Beide taten wir so, als wären wir die Kinder von damals, es war eine kurze Auszeit, ein verrücktes Gefühl, das plötzlich wieder laut und bunt in uns war. Und der Wein, flaschenweise, bis wir nicht mehr reden konnten. Bis da nur noch die Äste des Nussbaums waren. Und die Sterne dazwischen. Bis Kux' Hand die meine suchte. Seine Finger, die mich berührten. Hand in Hand plötzlich. Bis wir einschliefen.

Ich habe mir Urlaub für dich genommen, sagte er. Er wollte nicht nur meinen Geburtstag mit mir feiern, er wollte Zeit mit mir verbringen, mir den Kopf verdrehen, mich vergessen lassen, warum ich hergekommen war. *Wir sind doch Freunde*, sagte er. *Es gibt da einiges, das ich für dich tun kann.* Und immer wieder dieser eine Satz. *Wir finden eine Lösung.* Als wäre ich ein Problem, das im Rahmen seiner Arbeit aufgetaucht war. Eine Störung seines normalen Lebens, die er mit allen Mitteln beheben wollte, egal was dafür notwendig war, egal wie sehr er sich dafür verbiegen musste. Kux gab alles. Er hielt meine Hand, spielte mir vor, dass er es ernst meinte, dass er tatsächlich daran glaubte, dass wir noch immer miteinander verbunden waren.

Ich war beinahe glücklich. Ich träumte davon, dass endlich alles zu Ende sein würde. Dass ich nicht mehr darüber nachdenken müsste. *Lass uns das alles vergessen, Ben. Das Bösland gibt es nicht mehr.* Wie gerne ich in diesen Tagen daran geglaubt habe, wie schön es war, die Bilder zu vergessen. Matildas zertrümmerter Kopf. Ich legte die Filmrolle nicht mehr ein. Matilda war tot. Kux war da. Neben mir.

Wir redeten, ich erzählte ihm von mir, wir schlugen ab im Garten. Es war so wie früher, nur die Schläger waren besser. Einen ganzen Kübel voller Bälle schlugen wir in den Nachthimmel. *Irgendjemand wird sie morgen wieder einsammeln*, sagte Kux und grinste. *Lass uns Spaß haben, Ben.* Und wir hatten Spaß. Kux tat alles dafür, wiegte mich in Sicherheit. Dass etwas passieren könnte, kam mir nicht in den Sinn. Es war so, als wäre da nichts mehr, das diese wiederbelebte Freundschaft gefährden konnte. Kux war wieder die Heimat, die ich lange nicht mehr gehabt hatte. Ich genoss jeden Augenblick mit ihm, es war Jugend, junges Erwachsensein, ein ganzes Leben, das ich mir in meinem Kopf zusammendichtete. So viele unerfüllte Wünsche, die wieder einen dummen Jungen aus mir machten.

Kux bedrohte mich nicht, verjagte mich nicht. Er lief nicht mehr weg, drei Wochen lang blieb er bei mir. Verbrachte Zeit mit mir. Auch wenn seine Frau es wohl immer noch nicht verstand, dass ihr Mann plötzlich einen besten Freund aus dem Hut gezaubert hatte, ihn so selbstverständlich und großzügig in sein Leben aufnahm. Dass er ihn Dinge tun ließ, die er sonst niemandem erlaubte, dass er ihn so nahe an sich herankommen ließ. Soy wunderte sich jeden Tag erneut, ich konnte es sehen. Doch trotz ihrer Neugier, obwohl sie verunsichert war, sie hielt sich zurück, lange Zeit verbarg sie, was sie sich wirklich dachte.

Die kann das, sagte Kux an einem Abend bei Rum und Zigarren. *Die lernen schon als Kind, ihre wahren Gefühle zu verbergen, immer freundlich zu sein.* Kux erzählte mir, wie er sie kennengelernt hatte. Irgendwo in Thailand am Strand hatte sie ihn massiert, und er hatte sich in sie verliebt. *Ich wollte, dass sie das jeden Tag mit mir macht, ich wollte nicht mehr ohne diese Hände sein. Sie war so wunderschön. Deshalb hab ich sie eingepackt und mitgenommen.* So als hätte er ein hübsches Souvenir mitgebracht, so als hätte er sie am Straßenrand gekauft, wie eine exotische Frucht. Kux lachte, er prahlte. Dass sie ihm vom ersten Tag an zu Füßen gelegen habe. Dass sie verstanden habe, was ihm wichtig war, dass er sie aus Thailand ins wirkliche Paradies gebracht habe und dass sie ihm dankbar dafür sei. *Kein Leben im Dreck mehr. In einer schäbigen Hütte am Strand hat sie gewohnt, jetzt ist sie meine Königin.* Kux strahlte. Ich hatte den Eindruck, dass Soy sein Spielzeug war, dass er manchmal nicht mehr als das in ihr sah. Sie war für ihn da, tat alles, was er sich wünschte. *Sie ist mein braves Mädchen*, sagte er und verabschiedete sich von mir. *Gute Nacht, Ben. Ich muss zu ihr, sonst wird sie noch eifersüchtig.* Dann verschwand er im Haus.

Ich blieb noch wach. Spazierte durch den Park, wollte noch nicht schlafen, starrte aus der Ferne auf die Villa. Ich sah die Lichter in seinem Schlafzimmer brennen, ich sah, dass die Vorhänge offen standen. Und ich sah Soy. Sie war nackt, sie stand am Fenster und kämmte sich. Eine Stimme in mir sagte, dass ich verschwinden sollte, es war mir unangenehm und doch blieb ich. Anstatt mich zu entfernen, näherte ich mich. Ganz langsam. Ich schlich mich an, verbarg mich hinter Büschen und Bäumen, immer näher kam ich ihr. Weil ich sie noch besser sehen wollte, hören wollte. Was sie sagte. Ihr schöner Körper. Wie sie dastand und rauchte. Wunderschön war sie.

Die Terrassentür stand offen, sie blies den Rauch in die Luft, drehte sich nicht um, als Kux hinter ihr auftauchte. Sie sprach mit ihm, ich konnte sie hören. Endlich konnte sie aussprechen, was sie die ganze Zeit gedacht hatte, die vier Wochen, seit ich da war. *Wann verschwindet er endlich wieder*, fragte sie. *Bald,* sagte er. *Ich will ihn nicht in meinem Haus haben*, sagte sie. Kux stellte sich neben sie. Auch er steckte sich eine Zigarette in den Mund und rauchte. *Das ist nicht dein Haus*, sagte er. *Und du wirst weiterhin tun, was ich dir sage, du wirst die freundliche Gastgeberin spielen, hast du das verstanden?* Kux' Stimme war kalt, es war ein Befehl, keine Bitte. *Es ist erst vorbei, wenn ich sage, dass es vorbei ist.* Soy schaute ins Dunkle. Genau in meine Richtung. Dorthin, wo ich mich versteckte. Ich verstand es nicht. Und wieder konnte ich nichts tun.

Denn Kux schlug zu. Ohne ein weiteres Wort boxte er seine Faust in ihren Bauch. Ohne Vorwarnung zwang er sie in die Knie. Mit einem einzigen Schlag. Mit voller Kraft in die Mitte ihres nackten Körpers. Soy krümmte sich, sank in sich zusammen, sie stöhnte. *Du wirst nicht mehr widersprechen*, sagte er. *Bald ist er weg, vertrau mir.* Dann verließ Kux den Raum. *Gute Nacht, meine Schöne*, sagte er noch.

Kux' Schlag war aus dem Nichts gekommen. Mir war übel. Soy lag am Boden, ich atmete ein und aus, drei Mal. Dann lief ich zu ihr. Bot ihr meine Hilfe an. Diesmal konnte ich es. *Soll ich einen Arzt rufen? Können Sie sich bewegen? Warum hat er das getan? Was passiert hier? Geht es Ihnen gut?* Ich wollte etwas tun, damit sie aufhörte zu wimmern, ich wollte wissen, ob sie ernsthaft verletzt war, was sein Schlag angerichtet hatte, ich wollte ihr helfen, aber ich konnte nicht. Weil sie nackt war. Weil ich mich schämte, nicht wusste, was das Richtige in diesem Moment war. Abstand halten, mich zurückziehen, sie allein lassen oder sie in den Arm nehmen. Ich holte ein Laken von ihrem Bett und deckte sie zu.

Langsam hörte sie auf zu wimmern. *Gehen Sie*, sagte sie. *Wenn er Sie hier findet, wird es nur noch schlimmer.* Dann schwieg sie wieder. Trotzdem blieb ich. Ich wollte sie in diesem Zustand nicht alleine lassen, ich sorgte mich um sie. Es war mir in diesem Moment egal, was Kux gesagt hätte, wenn er zurückgekommen wäre. Ich wollte nur, dass es ihr gutgeht, ich war so froh, dass sie sprechen, dass sie aufrecht sitzen konnte. Kux war nicht wichtig in diesem Moment. Nur wir beide waren es. Soy und ich. Aus irgendeinem Grund fühlte es sich gut an. Plötzlich waren wir uns ganz nah. Vertraut, obwohl wir uns völlig fremd waren. *Ich weiß nicht, was da zwischen Ihnen beiden ist, aber es wird nicht gut enden, glauben Sie mir.* Soy zitterte. Am liebsten hätte ich sie festgehalten, sie in den Arm genommen, doch das konnte ich nicht. *Machen Sie sich keine Sorgen*, sagte ich nur. *Sie kennen meinen Mann nicht*, antwortete sie. *Sie haben keine Ahnung, wer er ist.*

Und sie hatte Recht. Immer noch war ich völlig planlos, blind. Ich hatte nicht nachgedacht, nie weiter als bis zum nächsten Tag. Kux war mir immer einen Schritt voraus, er hatte mich weichgeklopft, alles aus mir herausgepresst, was er wissen wollte. Alles, was er brauchte, um die Dinge für sich wieder in Ordnung zu bringen.

Nichts mehr stimmt.

– Was ist denn nur los mit Ihnen, Ben?
– Ich sagte doch, ich will nicht, dass Ihnen etwas passiert.
– Und ich sagte Ihnen, dass ich keine Angst vor Ihnen habe. Ich bin Ihre Therapeutin, Sie können mit mir reden, Ben. Wenn Sie sich mir anvertrauen, kann ich Ihnen helfen.
– Sie können mir nicht mehr helfen.
– Was macht Sie da so sicher? Wovor wollen Sie mich denn schützen?
– Vor meiner Geschichte.
– Sie sagten, dass es mit Ihrem Freund zu tun hat. Nachdem Sie aus dem Dorf zurückgekommen sind, haben Sie ihn ausfindig gemacht und aufgesucht, das ist doch richtig, oder?
– Ja.
– Sie haben sich noch mehr mit der Vergangenheit konfrontiert? Das hat Sie wahrscheinlich aus der Bahn geworfen. Sie konnten mit niemandem darüber reden. Es ist Ihnen alles zu viel geworden, ist es so?
– Wenn es nur so einfach wäre.
– Sie könnten dieses Kapitel Ihres Lebens endgültig abschließen.
– Ich weiß aber nicht, wie. Ich weiß nicht, was richtig ist, was falsch. Wie es jetzt weitergehen soll, ich weiß es nicht. Ich weiß nur, dass ich kein gutes Gefühl habe. Ich glaube, dass etwas passieren wird. Deshalb ist es wirklich besser, wenn ich nicht mehr herkomme. Ich bin Ihnen sehr dankbar, was

Sie alles für mich getan haben, aber ich möchte Sie da nicht noch mehr mithineinziehen.
- Sie vergessen, dass das hier meine Aufgabe ist, dass ich das freiwillig mache, dass ich Sie gern auf Ihrem Weg begleite. Ich höre Ihnen gerne zu. Und wie gesagt, was auch immer Sie befürchten, Sie müssen sich um mich keine Sorgen machen.
- Ich muss jetzt gehen.
- Wohin?
- Zurück zu Kux. Er hat seine Frau geschlagen. Er hat sie vor meinen Augen zu Boden geprügelt.
- Bitte reden Sie weiter.
- Er wusste, dass ich es sehe, er wollte mir zeigen, dass er stärker ist als ich. Ein dunkler blauer Fleck auf ihrem Bauch, den er für mich auf ihr hinterlassen hat. Vielleicht wollte er mich warnen.
- Ich kann Ihnen im Moment nicht wirklich folgen.
- Ich kann mich wieder erinnern. An alles, was damals passiert ist. Alles hat sich verändert.
- Das ist gut, Ben, das ist sehr gut. Wir werden den Dingen jetzt ihren Platz geben, Sie werden endlich Ihren Frieden finden.
- Sie haben ja keine Ahnung.
- Habe ich nicht?
- Alles, worüber wir gesprochen haben, hat sich als falsch herausgestellt. Mein ganzes Leben ist ein Irrtum. Alles, woran ich geglaubt habe. Nichts mehr stimmt.
- Wollen Sie mir nicht endlich sagen, was los ist?
- Das kann ich nicht.
- Warum hat Kux seine Frau geschlagen? Was ist passiert? Ich möchte gerne verstehen, was Sie durchmachen. Aber das

kann ich nicht, wenn Sie nicht deutlicher werden. Ich habe wirklich nicht die geringste Ahnung, worüber Sie sprechen.
- Das ist wahrscheinlich auch das Beste.
- Das ist es nicht, Ben, und das wissen Sie.
- Ich kann Ihnen nicht sagen, was passiert ist.
- Aber warum denn nicht?
- Weil ich noch nicht weiß, was ich als Nächstes tun werde.
- Was haben Sie denn vor, Ben?
- Je weniger Sie wissen, desto besser. Deshalb werden wir das hier jetzt beenden.
- Ich möchte Sie gerne davon überzeugen, das nicht zu tun. Nehmen Sie sich ein paar Tage Zeit, und denken Sie noch einmal über alles nach. In einer Woche sehen wir uns wieder, und dann reden wir darüber. Ich bin mir sicher, wir werden für alles eine Lösung finden.
- Das hat Kux auch gesagt.

Er wischte alles vom Tisch.

Ich hatte ihm davon erzählt. Von der Therapie und wie sehr Frau Vanek mir geholfen hat. Ich hatte mit Kux darüber geredet, bevor das mit Soy passiert war. Ich hatte versucht, ihm zu erklären, wie es mir ergangen ist in all den Jahren, dass da niemand war außer ihr. Dass sie da war für mich wie kein anderer, dass sie mir geholfen hat, meine Erinnerungen wiederzufinden. *Sie heißt Therese Vanek. Früher war sie Psychiaterin im Klinikum, heute ist sie Psychotherapeutin mit eigener Praxis, sie war mein Anker vor dreißig Jahren und auch in den letzten Monaten wieder. Ohne sie wäre ich wahrscheinlich immer noch in der Psychiatrie*, hatte ich zu Kux gesagt. *Sie hat mir das Leben gerettet.* Kux hatte zugehört und genickt.

Wir hatten getrunken, und ich hatte mich geöffnet. Kux war wieder der Freund gewesen, der für mich da war. Er hatte seine Schuld eingelöst. Weil es gar nicht anders ging. Kux hatte mich beschworen. *Du darfst es niemandem sagen, Ben. Es muss unter uns bleiben. Deine Therapeutin darf nichts davon erfahren. Wir werden uns einigen, du wirst sehen.* Freundlich war er gewesen, verzweifelt. Mit einem Lächeln versuchte er, mich anzulügen. *Es kümmert mich nicht, was die Leute* über mich denken, hatte er gesagt. Dabei wollte er einfach alles unter den Teppich kehren, es ausradieren. *Ich kann dich ja verstehen, Ben. Aber bitte denk darüber nach, was das bringen würde. Niemand hätte etwas davon, wenn noch ein Leben kaputtgeht, oder?*

Drei Wochen lang hatte Kux auf eine Antwort gewartet. Darauf, dass ich ihm endlich sagen würde, dass ich ihn in Frieden lassen, dass ich mit meinem Film wieder verschwinden würde. Immer wieder hatte er damit angefangen, immer wieder hatte er sanft eine Entscheidung eingefordert. *Was willst du jetzt tun, Ben? Du willst das alles hier doch nicht zerstören, oder? Mein Leben? Das von Soy? Ist es nicht besser, wenn alles friedlich bleibt?* Er hatte mich angelächelt. Mich angefleht auf seine Art und Weise. Doch ich wollte es ihm nicht so einfach machen.

Ich kann dir nichts versprechen, Kux. Noch nicht. Und was ich meiner Therapeutin erzähle und was nicht, ist meine Sache. Ich habe nicht darüber nachgedacht, welche Auswirkungen es haben könnte, ich konnte nicht einschätzen, wie weit er bereit sein würde zu gehen. Da war nur dieses Gefühl in meinem Bauch, das mich lenkte, mich antrieb, mein Leben, wie es war, einfach abzubrechen. Ich war zwar immer noch der kleine Ben, der neben Kux durch sein beinahe olympisches Becken schwamm, aber ich war unberechenbar geworden für ihn. Mit jedem Tag mehr. Aber das verstand ich erst später.

Kux konnte mich nicht kaufen, und das machte ihn wütend, so wütend, dass er seiner Frau in den Bauch boxte. *Das hat nichts mit dir zu tun*, sagte er, als ich ihn darauf ansprach am nächsten Morgen. *Schnüffelst du mir hinterher*, fragte er mich. *Das ist eine Sache zwischen mir und Soy. Das ist nichts, was dich beunruhigen sollte, Ben.* Und wieder lächelte er. *Soy geht es gut, sie wird einen wunderbaren Papayasalat für uns machen.* Er ignorierte, was ich sagte, er wischte alles vom Tisch, er löschte meine Sätze aus, meine Fragen. *Warum hast du das getan, Kux?*

Du kannst sie nicht so behandeln, so brutal zu ihr sein. Es war ihm egal.

Lass uns vor dem Essen noch eine Runde mit dem Porsche drehen, sagte er nur. *Du fährst. Du wirst es lieben, Ben.* Nichts weiter, nur dieses Grinsen in seinem Gesicht, weil er im Gegensatz zu mir zu diesem Zeitpunkt schon wusste, was als Nächstes passieren würde. *Komm schon, Ben. Lass uns ein bisschen Spaß haben. Ich muss heute Abend weg, dich wieder für ein paar Tage in meinem Paradies hier allein lassen. Aber ich komme bald wieder zurück, versprochen.*

Ich sagte *nein*. Ich fuhr nicht mit ihm in seinem schönen Auto herum. Ich trank auch nicht mehr mit ihm, ich schlug auch sein Angebot aus, mit ihm noch eine weitere Runde zu golfen im Garten. Kux war zu weit gegangen, er hatte mir gezeigt, wozu er fähig war, er machte mir Angst. Ich mied ihn, überlegte mir, was ich tun sollte. Bleiben, gehen, davonlaufen und nie wieder zurückkommen? Ich musste eine Entscheidung treffen, ich war froh darüber, dass er für ein paar Tage verschwand. So hatte ich Zeit zu überlegen. Und auch endlich Zeit, sie besser kennenzulernen. Soy.

Farang.

- Wir könnten Du zueinander sagen.
- Gerne.
- Ich bin dir sehr dankbar, Ben.
- Wofür?
- Dass du dich um mich gekümmert hast.
- Es tut mir leid, Soy. Dass er dir das angetan hat.
- Das muss es nicht.
- Kann ich irgendetwas für dich tun?
- Du solltest endlich etwas für dich tun, Ben.
- Was meinst du?
- Felix scheint keine Geduld mehr mit dir zu haben.
- Ich habe keine Angst vor ihm.
- Das solltest du aber. Irgendwas musst du getan haben, das ihn sehr wütend macht. Er ist anders als sonst. An deiner Stelle würde ich so schnell wie möglich verschwinden. Er ist unberechenbar, glaub mir.
- Hat er dir aufgetragen, das zu sagen?
- Was?
- Dass ich gehen soll.
- Nein.
- Wer sagt mir, dass du nicht einfach nur das tust, was er dir aufgetragen hat? Du bist seine Frau. Warum solltest du mir helfen?
- Du hast mir doch auch geholfen, oder? Außerdem hast du mich nackt gesehen. Wenn es so wäre, wie du sagst, dann

hätte ich doch nach ihm gerufen, oder? Du hast doch sicher gehört, was ich zu meinem Mann gesagt habe, bevor er mich geschlagen hat. Ich wollte dich nur schützen. Aber so wie es aussieht, macht das keinen Sinn. Du bist sturer und dümmer, als ich dachte.
- Ich bin nicht dumm.
- Doch, das bist du. Jeder, der sich mit ihm anlegt, ist dumm. Ich weiß, wovon ich spreche, glaub mir. Ich habe es oft genug versucht, und jedes Mal habe ich dafür bezahlt.
- Also sitzen hier zwei Dummköpfe herum?
- Ja.
- Fühlt sich irgendwie gut an.
- Wenn es nach mir ginge, könnten wir für immer hier sitzen bleiben. Seit du da bist, ist mein Leben leichter. Er konzentriert sich nicht mehr auf mich. Warum auch immer, aber du spielst jetzt die Hauptrolle in seinem Leben.
- Er hat dich schon öfter geschlagen, nicht wahr?
- Ja, das hat er.
- Und warum bist du dann noch hier? Warum gehst du nicht weg? Du könntest genauso von hier verschwinden wie ich.
- Nein, das kann ich nicht. Du weißt nicht, wo ich herkomme, wie viele Menschen davon profitieren, dass ich hier bin.
- Du hast noch Familie in Thailand?
- Eine Mutter, einen Vater, sieben Geschwister, Tanten, Onkel. Sie alle leben davon, dass ich mit ihm zusammen bin.
- Du schickst Geld nach Hause?
- Auch das, ja. Und Felix hat gebaut dort. Viele Menschen haben Arbeit wegen ihm. Meine Familie kümmert sich um alles.
- Ihr habt ein Haus dort?
- Mehr als das. Du kennst doch deinen Freund. Er liebt es

zu übertreiben, wann immer sich die Gelegenheit dazu bietet.
- Wo in Thailand?
- Koh Samui, ganz im Süden an einem einsamen Strand.
- Gibt es so etwas dort noch, einen einsamen Strand?
- Ja. Aber es ist die Ausnahme, und das hat ihm gefallen. Das Grundstück gehört meinen Eltern, Felix hat es gepachtet. Wo niemals hätte ein Farang hinbauen dürfen, hat er sich ein Schloss gebaut.
- Farang?
- Thailändisch für Ausländer, Fremder, Tourist.
- Er hat mir erzählt, dass du ihn am Strand massiert hast.
- Und?
- Ich wollte nur von dir hören, wie ihr euch kennengelernt habt.
- Du musst mich nicht so anschauen.
- Wie schaue ich dich denn an?
- Ich bin keine Prostituierte.
- Das weiß ich doch, Soy.
- Woher willst du das wissen?
- Ich wollte dich wirklich nicht kränken, bitte verzeih mir. Ich wollte dich nur fragen, wie du hierhergekommen bist.
- Die Frage sollte ich wohl eher dir stellen, oder? Wie kommst du hierher, Ben? Warum tauchst du nach all den Jahren einfach hier auf? Was stimmt hier nicht? Sag es mir.
- Diese Frage kann ich dir leider nicht beantworten.
- Warum vertraust du mir nicht, Ben?
- Wie könnte ich das?
- Versuch es einfach.

Sie war wie ein Gemälde.

Als sie meine Hand nahm und mich hinter sich herzog, war ich peinlich berührt. Ich wusste nicht, was sie vorhatte, wo sie mich hinbringen wollte, was passieren würde. Ich war aufgeregt, ich spürte ihre Finger, die mich festhielten, den zarten Druck, mit dem sie mich lenkten. Ich wusste nicht, was Soy vorhatte, ich fragte mich, was sie von mir erwartete, was sie tun wollte, um mein Vertrauen zu gewinnen. Mit allem rechnete ich in diesem Moment. Bilder schossen durch meinen Kopf. Ich sah wieder ihre Haut, sie war nackt, ich schluckte. Mein Mund war trocken, ich war nervös, ungeschickt in meinen Bewegungen. *Komm schon, Ben*, sagte sie. Weil ich bremste, ihr das Signal gab, dass ich nicht mitkommen wollte. *Es wird dir nichts passieren, Ben. Ich werde dich einfach nur glücklich machen.*

Sie strahlte mich an, spielte mit mir. Alles an ihr sagte mir, dass sie es genoss. Zu sehen, dass ich tatsächlich glaubte, sie würde mich verführen wollen. *Es wird heiß*, sagte sie noch und lachte. Dann stieß sie die Küchentür auf. Wieder schämte ich mich. Und schwieg. Es war lächerlich, was ich gedacht hatte. Ich nickte nur, als sie sagte, dass sie mich jetzt in die thailändische Kochkunst einführen wolle. *Du wirst es lieben*, sagte sie. *Ich werde dir all meine Geheimnisse anvertrauen, in ein paar Tagen wirst du kochen wie ein Gott.* Sie ließ meine Hand los und gab mir stattdessen eine Kochschürze. *Es kann losgehen, Ben.*

Sie war wie ein Gemälde. Ich schaute sie einfach nur an. Beobachtete sie, wie sie den Kühlschrank öffnete, die Lebensmittel auf die Arbeitsplatte legte, wie sie Weißwein in die Gläser füllte. *Kann nicht schaden*, sagte sie. *Macht uns locker*. Dann begann sie zu reden, eine Liebeserklärung an die Küche ihres Landes war es, Hintergründe, Gemüsekunde, alles über diese exotischen Gewürze. Sie holte mich weg von Kux, sie verführte mich mit Gerüchen, verzauberte mich. *Gut machst du das, Ben. Schau mir genau zu.* Sie klopfte mir freundschaftlich auf die Schulter.

Während ich Zitronengras in Stücke schnitt, erinnerte ich mich daran, wie ich mich vor dreißig Jahren danach gesehnt hatte, dieses Mädchen zu küssen. Ich erinnerte mich an die nackte Haut, die ich mir immer wieder gekauft hatte in den letzten zwanzig Jahren. Fremde Frauen in fremden Zimmern, weil da sonst niemand war, der mich berühren wollte. Diese traurigen Besuche im Bordell, die Suche nach Liebe im Bahnhofsviertel und wie schnell immer alles vorüber war. Wie sich danach alles noch leerer anfühlte. Weil ich es nicht konnte, es nie gelernt hatte, weil ich immer Angst davor hatte. Vor diesen Blicken, davor, nicht genug zu sein, davor, dass sie herausfinden könnten, wer ich wirklich war. Der kleine gestörte Ben. Keine Beziehung, keine Frau, nie. Nur bezahlte Momente, Pornos. Nur meine eigenen Hände auf mir. Sonst keine.

Und nun Soy. Auch wenn sie nichts tat, außer mit mir zu kochen, war es mehr als alles andere vorher. Die Zeit, die sie mir schenkte, die Leidenschaft, mit der sie diese wunderbaren Gerichte zubereitete, ihr Humor, der so erfrischend war, so leicht. An jedem Tag verführte sie mich ein wenig mehr. Immer wieder brachte sie mich dazu, mit ihr in der Küche zu verschwinden. Wir verbrachten Zeit miteinander, Vormittage, Nachmittage, wir kamen uns näher. *Du hast Talent, Ben. Schmeckt das nicht herrlich?* Wie euphorisch sie war. Goong Pad Thai, gebratene Reisnudeln mit Garnelen. Nua Pad Nam Dou-Ci, im Wok gebratenes Rindfleisch mit Frühlingszwiebeln und Champignons. Pad Plaag Gaeng, Rotbarschfilet mit Gemüse in Knoblauch-Chili-Sauce. Und es hätte noch viel mehr gegeben, das sie mir hätte zeigen können, viele Gerichte, die wir hätten gemeinsam kochen können. Doch plötzlich war Schluss damit. Soy hörte auf, sie war wie ausgewechselt. Der Herd war wieder kalt.

Es gab kein Lächeln mehr für mich, keine gemeinsame Zeit mehr in der Küche. *Ich muss mich jetzt um andere Dinge kümmern, Ben.* Ich fragte mich, ob ich etwas Falsches getan oder gesagt hatte. Ob ich sie gekränkt hatte mit irgendeinem Satz, ob ich ihr zu nahegetreten war. Aber ich fand keine Erklärung. Da waren nur diese Gedanken in mir, die schleichend immer lauter wurden. Vielleicht hatte sie das alles nur getan, weil er es ihr gesagt hatte? Vielleicht war sie nur deshalb nett zu mir gewesen? Ich wusste nicht mehr, ob sie log, ob sie nur mit mir gespielt hatte, weil sie sich die Zeit vertreiben wollte. Ob sie mich mochte oder nicht. Soy hatte sich zurückgezogen. Nur noch diese thailändische Höflichkeit war geblieben. Kein Blick mehr zu viel in meine Richtung. Soy war wieder weit weg.

Weil es besser für
uns beide ist.

– Warum gehst du mir aus dem Weg?
– Weil es besser für uns beide ist.
– Habe ich irgendetwas gesagt, das dich verärgert hat? Können wir darüber reden? Was ist passiert, Soy?
– Gar nichts ist passiert. Und wir müssen auch nicht darüber reden. Wir haben ein bisschen gekocht, mehr war da nicht. Hör bitte auf, darüber nachzudenken.
– Das kann ich nicht, Soy.
– Lass es gut sein, du machst die Dinge nur noch komplizierter.
– Warum gehst du mir aus dem Weg? Was spricht dagegen, dass wir einfach wieder in die Küche gehen und kochen?
– Alles, Ben. Du hast jetzt wirklich andere Sorgen, glaub mir.
– Kux?
– Ja.
– Was ist mit ihm? Was hat er gesagt? Was hat er vor? Bitte sag mir, was du weißt, Soy.
– Gar nichts weiß ich. Nur, dass wir beide den Ball jetzt sehr flach halten sollten. Alles andere würde ihn noch wütender machen.
– Hat er dir gedroht? Will er dir wieder wehtun?
– Nicht mir, Ben. Dir.

*Nicht mehr untergehen.
Nie wieder.*

Sie verschwieg mir, was sie wusste. Dass er bereits erfahren hatte, dass wir mehrere Tage gemeinsam in der Küche verbracht hatten. Einer seiner Angestellten hatte ihn wohl telefonisch auf dem Laufenden gehalten, ihm gesagt, dass seine Frau einen äußerst glücklichen Eindruck machte. Dass sie sehr viel Zeit mit mir verbrachte. Eine andere Möglichkeit gab es nicht. Keine andere Erklärung für ihr Verhalten. Soy hatte Angst vor Kux. Soy beschützte mich. Daran wollte ich glauben. Dass sie verhindern wollte, dass er mir etwas antat, weil ich ihr zu nahe gekommen war. Deshalb ignorierte sie mich, wehrte all meine hilflosen Versuche ab, darüber zu reden. Schadensbegrenzung war es, das konnte ich spüren. Trotzdem war ich enttäuscht. Unter den Augen der Bediensteten lebten wir noch drei Tage lang nebeneinander her. Soy war ganz Kux' Frau. Und ich war wieder der Gast, der wartete, bis sein Gastgeber endlich zurückkam. Mir wurde klar, dass ich endgültig eine Entscheidung treffen musste.

Ich vermisste sie. Ich lag nachts wach im Bett. Wie ein verliebter Halbwüchsiger stand ich im Garten vor ihrem Schlafzimmer. Mit der Hoffnung, dass sie die Vorhänge zur Seite schob, stand ich da für Stunden. Ich stellte mir vor, wie sie schlief, wie sie dabei aussah, ich malte es mir aus, ihr Gesicht, ihre Lippen, wie sie atmete. Ich träumte vor mich hin, anstatt mir Gedanken darüber zu machen, was ich tun würde, wenn Kux zurückkommen sollte. Ich war zu sehr mit ihr beschäftigt. Mit diesem Gefühl, das sich still und leise in mich hineingeschlichen hatte.

Die ganze Zeit über wollte ich ihr die Wahrheit sagen, mit ihr teilen, was immer noch wie eine schwarze Wolke über mir hing. *Dein Mann ist ein Mörder. Er hat ein Mädchen erschlagen. Ich kann es dir zeigen, Soy. Er hat sie einfach totgeprügelt. Schau es dir an. Ich habe alles gefilmt, Soy.* So einfach wäre es gewesen, diese Sätze auszusprechen. Doch ich tat es nicht. Weil Soy seine Frau war und nicht meine. Das hatte sie mir klargemacht. *Mein Mann sagt, ich soll dir ausrichten, dass er eine Überraschung für dich hat.* Soy schaute mich nicht an. *Er kommt morgen zurück.* In ihrer Stimme lag Bedauern. *Es wäre wirklich besser gewesen, du wärst gegangen.* Ihr Blick war gesenkt. Kurz berührte sie mich. Ihr Oberarm, der meinen streifte, bevor sie aus dem Raum ging. *Es tut mir leid*, sagte sie noch. Ich wollte sie fragen, was sie damit meinte, doch es war zu spät.

Ich war wieder allein. Und ich wusste, dass ich Hilfe brauchte. Dass ich endlich mit jemandem darüber reden musste, es nicht länger aufschieben konnte. Mir war klar, dass es nicht ewig so weitergehen konnte. Ich schwamm allein in dem großen Becken, tauchte unter, hielt die Luft an. Ich musste zu ihr gehen. Meinen Termin wahrnehmen, Frau Vanek sehen. Alles aussprechen, ihr alles erzählen. Von dem Moment an, als ich im Bösland die Filme entdeckte, bis zu dem Moment, in dem Soy mir beibrachte, wie man Garnelen zubereitete. Ich wollte hören, was Frau Vanek zu alldem sagt, bevor ich Kux wiedertraf. Ich wollte, dass sie mir die Entscheidung abnahm. Wie es weitergehen sollte. Deshalb fuhr ich in die Stadt. Ich freute mich darauf, sie wiederzusehen, konnte es kaum erwarten. Mir fiel ein, wie oft ich davor Angst gehabt hatte, die Treppen zu ihr nach oben zu steigen. Ich erinnerte mich daran, wie immer alles im Dunkeln gelegen hatte, wie ich mich davor gesträubt hatte, es zu sehen. Wie gern ich an diesem Tag die Klinke der Eingangstür nach unten gedrückt hätte. Doch das leise Surren des Türöffners, das mich immer eingeschüchtert hatte, es blieb aus. Frau Vanek hörte mich nicht.

Hatte ich vielleicht den falschen Termin notiert? Hatte sie unser Treffen vielleicht vergessen? Unmöglich, das war noch nie passiert. Ich war verunsichert, wartete. Klingelte weiter. Verzweiflung überkam mich, die Hilfe, die ich annehmen wollte, ich bekam sie nicht. Ich wollte schon gehen, als plötzlich die Tür aufging. Atemlos stieg ich die Treppen hinauf. Bestimmt hatte sie mich einfach nicht gehört. Die Tür war nur angelehnt. Ich klopfte, rief leise ihren Namen. Mehrmals, doch nichts. Ich ging hinein. Fand sie. Sie lag auf dem Perserteppich in ihrer Praxis. Ihr Schädel war zertrümmert, überall war Blut.

Es ist vorbei, hatte sie in der letzten Sitzung zu mir gesagt. *Nichts mehr kann passieren.* Wie sehr sie sich getäuscht hatte. Und wie sehr mich alles an damals im Bösland erinnerte, wie ohnmächtig ich wieder war. Weil kein Wünschen half, kein Weinen, kein Bitten, Frau Vanek war tot. Die offen stehende Tür hatte angekündigt, was kommen würde. Ich fiel wieder in dieses Loch, spürte die Ohnmacht, die Verzweiflung, weil sich alles wiederholte und ich nichts dagegen tun konnte. Ich kniete hilflos neben ihr. Konnte ihr Blut riechen. Sehen, wie es im Teppich verschwand. Die Stellen, die weiß waren, hatten sich rot gefärbt, die Muster, die ich während unserer Sitzungen immer angestarrt hatte, wenn ich ihr nicht in die Augen sehen konnte. Wenn ich nicht reden wollte, nicht wusste, was ich sagen sollte. Die braunen Seidenstrümpfe und ihre altmodischen Hausschuhe. Ihre graue Strickweste.

Frau Vanek stellte keine Fragen mehr. Kein Wort kam mehr aus ihrem Mund. Nur aus meinem, kaum hörbar. *Du musst weg, Ben. Sie dürfen dich hier nicht finden.* Weit weg eine Stimme in mir, die mich antrieb. *Du musst sauber machen, beweg dich, Ben. Alles, was du berührt hast, wisch es ab.* So als ob mich jemand wach rütteln würde, da war etwas in mir, das überleben wollte, das mir sagte, dass das nicht alles noch einmal passieren durfte. Deshalb machte ich sauber. Den Boden, die Türklinke, alles, was ich berührt hatte. Nichts von mir sollten sie finden, keine frischen Spuren von mir. *Du warst nicht hier, Ben, du hast nichts damit zu tun.* Immer wieder sagte ich es vor mich hin. *Du hast das nicht getan, Ben.* Ich war panisch. *Du warst das nicht. Nicht du, Ben. Reiß dich zusammen, verdammt.*

Weil ich beinahe zusammengebrochen wäre. Ich konnte mich kaum auf den Beinen halten, ich wollte losbrüllen, schreien, weinen. Doch ich blieb still, zwang mich, klar zu denken, schnell zu handeln. Weil ich wusste, was passiert wäre. Sie hätten mich wieder eingesperrt, mich von ihr weggezerrt, wenn ich sie in den Arm genommen hätte. Sie hätten mich wieder in die Psychiatrie gebracht. Ich sah es vor mir. Die entsetzten Gesichter, der lange weiße Gang, das Bett, an dem sie mich festgezurrt, die Medikamente, die sie in mich hineingespritzt hätten. Das war es, was Kux für mich vorgesehen hatte, so hatte er es sich ausgedacht. *Mein Mann hat eine Überraschung für dich,* hatte Soy gesagt.

Eine Leiche vor mir auf dem Boden. Diese Frau, die mir näher gestanden hatte als alle anderen Menschen auf der Welt. Ich bemühte mich, nicht in ihr Blut zu steigen. Ich suchte den Schlüssel, sperrte von außen ab, schloss sie ein. Ich musste mich in Sicherheit bringen. Nachdenken. Nichts fühlen. Ich lief die Treppen nach unten hinaus auf die Straße. Nur weg von hier. Nicht mehr untergehen. Nie wieder.

Die Karten werden
neu gemischt.

- Du verdammtes Schwein.
- Ich freu mich auch, dich zu sehen, Ben. Ich hoffe, du hattest einen guten Tag. Immer wieder spannend, was das Leben so zu bieten hat, oder?
- Dafür bring ich dich um.
- Begrüßt man so einen Freund? Was ist los mit dir, mein Lieber? Du schaust aus, als könntest du einen Schnaps vertragen, du bist ja ganz bleich im Gesicht. Du solltest mehr an die Luft gehen. Eine kleine Partie Golf vielleicht?
- Warum hast du das getan?
- Ich habe natürlich keine Ahnung, wovon du sprichst.
- Ich weiß, dass du das warst.
- Hör mir jetzt mal gut zu, Ben. Ich werde nicht reagieren auf deine Anschuldigungen. Ich werde so tun, als würde ich völlig verstört sein, wenn du mir gleich erzählen wirst, was du heute erlebt hast. Wie könnte ich auch anders. Ich muss ja annehmen, dass du deine kleine Kamera wieder irgendwo aufgebaut hast. Ein offenes Gespräch zwischen uns beiden wird also nur möglich sein, wenn du mir dein Telefon gibst. Ich habe leider kein Vertrauen mehr zu dir, mit großer Wahrscheinlichkeit muss ich mit einem kleinen Mitschnitt unserer Unterhaltung rechnen, den du mir in ein paar Jahren wieder unter die Nase reiben wirst. Du musst also verstehen, dass ich darauf bestehe, dass du deine Taschen leerst, mein Lieber, dann können wir gern über alles reden.

– Du hast eine unschuldige Frau ermordet, Kux.
– Welche Frau? Ein Mord? Du bist ja völlig durcheinander, mein Lieber.
– Warum tust du mir das an?
– Ich sagte dir doch, dass du dich mit dem Falschen anlegst. Ich habe dich gewarnt, oder? Sogar Soy hat es versucht. Aber wie ich gehört habe, wolltest du ja unbedingt hierbleiben. Du hast mein schön verdientes Geld ausgeschlagen, du könntest längst irgendwo in Griechenland in der Sonne liegen und es dir gut gehen lassen. Es hätte alles nicht so kommen müssen, Ben. Nur du allein bist verantwortlich dafür, was heute passiert ist. Nur du allein, Ben.
– Wie kannst du nur so grausam sein?
– Gib mir dein Telefon.
– Es ist in meinem Zimmer.
– Leere deine Taschen aus, zeig es mir.
– Hier.
– Gut so, Ben. Du musst mir meine Vorsichtsmaßnahmen bitte verzeihen, aber diesen Fehler mache ich kein zweites Mal, das verstehst du doch, oder?
– Das wird dir alles noch sehr leidtun, Kux.
– Das bezweifle ich. Ich habe mir nämlich sehr lange überlegt, was ich tun kann, um dich wieder zur Vernunft zu bringen. Die letzten drei Wochen waren ein Martyrium. Ich hasse es, in der Defensive zu sein, nicht zu wissen, wie die Zukunft aussehen wird. Ich brauche Kontrolle, Ben. Deshalb war das der einzig vernünftige Weg.
– Sie hat dir nichts getan, sie hatte nichts mit alledem zu tun.
– Das sehe ich anders. Es war nur eine Frage der Zeit, bis du ihr von unserem kleinen Geheimnis erzählt hättest, wahr-

scheinlich wolltest du dich heute schon bei ihr ausweinen. Das wolltest du doch, oder?
- Das geht dich nichts an.
- Ach, Ben. Ich bin dir wirklich dankbar, dass du mir von ihr erzählt hast. Hättest du es nicht getan, wäre da jetzt noch jemand, der wüsste, was für ein böser Junge ich bin. So bleibt alles weiterhin unser Geheimnis. Das ist doch schön, oder?
- Sie war mir wichtig.
- Ich weiß. Aber was hätte ich denn tun sollen, Ben? Hätte ich warten sollen, bis du ihr deinen schönen Film zeigst? Du hast mir wirklich keine andere Wahl gelassen.
- Du hast ihr den Schädel eingeschlagen.
- Ja, das habe ich. Und ich muss dir sagen, es war ganz einfach. So wie damals. Einmal, zweimal, dreimal. Es war ganz schnell vorbei, ich denke nicht, dass sie leiden musste.
- Warum um Himmels willen hast du das getan?
- Ich will ehrlich zu dir sein, Ben. Dein kleiner Film hat mich wesentlich mehr erschüttert, als ich zugegeben habe. In meiner Position wäre es wohl katastrophal, wenn diese alte Geschichte wieder ans Licht kommen würde. Alles, was ich mir in den letzten zwanzig Jahren aufgebaut habe, es würde den Bach runtergehen, und das musste ich natürlich verhindern. Das verstehst du doch, oder?
- Du hast eine unschuldige Frau getötet, einfach so.
- Nicht einfach so. Ich habe mir wirklich große Mühe gegeben, um herauszufinden, wie und wann ich mein Vorhaben am besten umsetzen kann. Ich muss sagen, ich bin sogar ein bisschen stolz auf mich. Was ich da ausgeheckt habe, hat Hand und Fuß. War gar nicht so leicht herauszufinden, wann du deinen nächsten Termin hast. Und dann die Sorge, dass du ihn vielleicht nicht wahrnehmen könntest. Kurzfris-

tig hatte ich Angst, dass du nicht hingehen würdest, aber Soy sagte mir freundlicherweise, dass du dich seit langem wieder mal aufgemacht hast, um in die Stadt zu gehen.
- Wir konntest du nur?
- Es ist alles perfekt gelaufen. Ich bin ungesehen rein und raus, über den Hofeingang. Ich habe geklingelt, und sie hat mir aufgemacht.
- Du hast gesagt, dass wir eine Lösung finden. Und ich habe dir geglaubt. Das hättest du nicht tun müssen. Wir hätten uns irgendwie einigen können.
- Ach, Ben. Du bist ein Träumer. Es konnte doch nicht ewig so weitergehen. Wie lange, dachtest du, spiele ich dieses Spiel noch mit? Es war sehr schwer für mich zu akzeptieren, dass du die besseren Karten hast als ich. Und du kennst mich ja, ich verliere nur sehr ungern. Die Karten werden also neu gemischt, wenn du so willst. Zuerst hattest nur du einen Joker, jetzt haben wir beide einen. Das ist doch schön, oder?
- Was soll das heißen?
- Du warst der letzte, der Frau Vanek lebend gesehen hat. Du hattest einen offiziellen Termin bei ihr.
- Was redest du da?
- Es schaut alles danach aus, als hättest du erneut zugeschlagen. Aus irgendeinem Grund hast du deine Therapeutin umgebracht. Soll immer wieder mal vorkommen, dass es bei Klienten zu Kurzschlussreaktionen kommt.
- Ich habe nichts getan.
- Du bist zu ihr nach oben und hast sie erschlagen.
- Das habe ich nicht.
- Das weißt du, und das weiß ich, Ben. Aber leider wird dir niemand glauben. Nicht, wenn ich dir nicht helfe.
- Ich brauche keine Hilfe von dir.

– Oh doch, die brauchst du. Ich weiß nämlich, wo du die Mordwaffe versteckt hast. Ich kann der Polizei jederzeit einen Tipp geben, und sie werden den Golfschläger finden, mit dem du die arme Frau umgebracht hast. Dann wird alles ganz schnell gehen, Ben, glaub mir. Du wirst für immer in einem Loch verschwinden. Und du wirst dir mehr als alles andere auf der Welt wünschen, dass du mein großzügiges Angebot angenommen hättest.
– Welcher Golfschläger?
– Du erinnerst dich doch, oder? Wir haben abgeschlagen im Garten, es war so ein schöner Abend. Du warst unbeschwert, niemand hätte in dieser Nacht wissen können, dass dein Schläger einmal ein wichtiges Beweisstück in einem Mordfall werden würde. Niemand außer mir natürlich.
– Du bist ja völlig wahnsinnig.
– Ich bin nur gründlich, Ben. Ich habe mich wirklich sehr angestrengt, deine Fingerabdrücke nicht zu verwischen. Ich habe den Schläger also nicht am Griff gehalten, sondern am Stiel, was die Sache natürlich nicht einfacher gemacht hat. Man hat nicht mehr so viel Punch. Aber es ging schon.
– Du krankes Schwein.
– Im Gegensatz zu dir habe ich mein Leben im Griff, Ben. Ich laufe nicht herum und drohe alten Freunden, ihr Leben zu zerstören.
– Habt ihr miteinander geredet? Hat sie noch etwas gesagt?
– Sie war natürlich überrascht, als ich ihr sagte, wer ich bin. Aber sie bat mich, Platz zu nehmen. Sie war sehr freundlich. *Es ist schön, dass Sie gekommen sind*, hat sie gesagt. *Ben wird Ihnen sehr dankbar sein dafür. Lassen Sie uns doch einen Termin vereinbaren und über alles reden*, hat sie noch angeregt. Aber zum Reden war ich ja leider nicht dort.

- Damit kommst du nicht durch, Kux.
- Oh doch, mein Freund. Und weißt du auch, warum? Weil wir zusammenhalten werden. Wir werden uns gegenseitig helfen, so wie gute Freunde das machen.
- Ich gehe zur Polizei.
- Das musst du nicht, Ben. Die werden zu dir kommen, vertrau mir. Es wird nicht mehr lange dauern, dann werden sie deine Frau Doktor finden, sie werden eins und eins zusammenzählen, sie werden schnell herausfinden, dass der Mörderjunge wieder zugeschlagen hat. Wo er abgeblieben ist. Dass er es sich bei seinem alten Freund gemütlich gemacht hat. Sie werden sich festbeißen an dir, dich wieder einsperren wollen. Es ist wirklich eine Freude, wie sich das alles ineinanderfügt.
- Ich werde ihnen den Film zeigen.
- Du weißt, dass das nichts bringt. Rein rechtlich bin ich auf der sicheren Seite. Sie werden dich einsperren, nicht mich. Wenn sie die Mordwaffe finden, wirst du es gewesen sein, der die freundliche Frau Vanek umgebracht hat, nicht ich. Deshalb wird es wohl klüger sein, zu tun, was ich dir jetzt sage.
- Was redest du da nur?
- Wenn sie dich fragen, wo du zur Tatzeit warst, wirst du behaupten, dass wir geschwommen sind. Wir beide, zusammen in meinem schönen Pool, sportlich und unschuldig im Wasser. Dann wird dir nichts passieren, Ben.
- Bist du noch ganz dicht?
- Ich gebe dir ein Alibi, Ben, und du mir. Wir beide haben mit der Sache nichts zu tun. So einfach ist das. Wie gesagt, neue Karten, neues Spiel. Mein Blatt ist jetzt mindestens so gut wie deines.

- Dafür wirst du büßen, Kux.
- Ach, komm schon, Ben. Denk nach. Gefängnis oder Villa? Wofür entscheidest du dich?
- Das überlebst du nicht, Kux.
- Doch, Ben.
- Nein, Kux.

Nur ich allein war dafür verantwortlich.

Ich schlug einfach zu. Ich wollte, dass es aufhörte, dass er seinen Mund hielt, dass er nicht noch mehr kaputtmachte. Ich schlug auf ihn ein, und er ließ es zu. Er wehrte sich nicht, ging zu Boden. Und ich schlug noch einmal zu. Und noch einmal. Mit der Faust in sein Gesicht.

Es fühlte sich kalt und taub an, als ich ihn losließ. Ich zitterte. Kux lag am Boden. Blut rann aus seiner Nase, seine Unterlippe war aufgeplatzt, er machte keine Anstalten aufzustehen. Er hatte absolut nichts getan, um es zu verhindern, er hatte sich meiner Wut ausgesetzt, sich von mir schlagen, bestrafen lassen. So als hätte er nur darauf gewartet, dass ich entgleisen, die Fassung verlieren würde. Er hatte mich provoziert, mich gedemütigt, mich dazu gebracht, weit über meine Grenzen zu gehen. Ich wollte ihn totschlagen in diesem Moment, und er wusste das. Kux lächelte mich an. Zwinkerte mir zu. Er führte wieder Regie. Kux hatte mich dazu gebracht, das zu tun, was der alte Mann immer mit mir gemacht hat. Was ich mir nie hatte vorstellen können. Ich war plötzlich derjenige, der den Gürtel in der Hand hatte.

Ohne mich noch einmal umzudrehen, ging ich hinaus. Kauerte mich in meinem Zimmer in eine Ecke und betete dafür, dass es aufhörte. Dass es wegging, dieses Gefühl, das mich nach unten zog, diese Schwere, die mit jedem Gedanken an Frau Vanek größer wurde. Es war unerträglich. Am liebsten wäre ich gestorben an diesem Abend. Ich sehnte mich nach diesem Zustand zurück, in dem ich nichts wusste, nichts tun konnte. Sediert, abseits der Welt in meinem Zimmer in der Psychiatrie. In Sicherheit, beschützt vor allem, daran gehindert, noch etwas zu tun, was meine Welt aus den Angeln hob.

Ich sah mich wie von außen. Mein Oberkörper, der vor- und zurückwippte. Weit weg hörte ich ein Wimmern. Es kam von mir. Ich sah, wie Frau Vanek vor mir auf dem Teppich lag. Ihre Wunden, die blutigen Haare. Ob ich wollte oder nicht, ich sah es vor mir. Wie ihre Strähnen zusammenklebten, ihr Gesicht, das nicht mehr da war. Kaputtgeschlagen ihr Mund. *Ich habe keine Angst vor Ihnen. Sie machen sich zu viele Sorgen, Ben. Sie haben jetzt endlich die Chance, mit Ihrer Vergangenheit abzuschließen. Machen Sie sich keine Sorgen, Ben. Ich habe ein sehr gutes Gefühl.* Ein Gefühl, das sie umgebracht hatte. Ihr Wunsch, mir zu helfen, mich nicht allein zu lassen mit meiner Geschichte, ihr Glaube an mich. *Sie sind ein guter Mensch, Ben. Was auch immer da noch ist, wir werden eine Lösung dafür finden.*

Ich hörte sie. Und ich hörte auch ihn. Wie er über sie gesprochen hatte. So als wäre es nur ein Streich gewesen, den er mir gespielt hatte. *Ich habe die Karten neu gemischt, Ben. Zuerst hattest nur du einen Joker, jetzt haben wir beide einen. Das ist doch schön, oder?* Die Gleichgültigkeit in seiner Stimme. Sie war nur ein Bauernopfer für ihn. *Es war nichts Persönliches, Ben. Ich bin mir sicher, die Dame hat einen guten Job gemacht. Aber es musste sein. Du hast mir keine andere Wahl gelassen, Ben.* Immer wieder hörte ich es. *Du hast sie auf dem Gewis-*

sen, Ben. Und er hatte Recht. Ich war verantwortlich dafür. Ich hatte ihm von ihr erzählt, er wusste, dass ich sie einweihen wollte. Wenn ich geschwiegen hätte, wenn ich ihm nie von ihr erzählt hätte, würde sie noch leben. Wenn ich sein verdammtes Geld genommen hätte und einfach verschwunden wäre.

Ich schlug meinen Kopf gegen die Wand. So wie ich es früher oft getan hatte, um etwas anderes zu spüren als diese Leere, diese Verzweiflung. Weil ich so naiv gewesen war zu glauben, Kux würde nichts gegen all das unternehmen. Er hatte mich in Sicherheit gewiegt, so getan, als wären wir Freunde, als würde er bereuen, was er damals getan hatte. Und ich hatte ihm geglaubt. Ich hatte mich nach diesem neuen Leben gesehnt, alles genommen, was er mir gegeben hatte. Der kleine Ben hatte nicht durchschaut, was Kux im Schilde führte. Ich hatte geglaubt, ihn zu kennen, ich dachte, dem Jungen von damals begegnet zu sein. Aber ich hatte mich getäuscht, und das hatte Frau Vanek das Leben gekostet. So einfach war es. Ich hatte mich geirrt, und er hatte sie dafür umgebracht. Nur ich allein war dafür verantwortlich. Der Mörderjunge hatte erneut zugeschlagen. Wieder war ich schuldig.

Ich blieb, wo ich war, ich schlief nicht, ließ das Essen stehen, das mir Kux vor die Türe stellte, ich ging nicht nach unten, drei Tage lang reagierte ich nicht auf sein Klopfen, auf seine Fragen, sein Drängen. *Was ist los mit dir, Ben? Das Leben geht weiter. Lass dich doch nicht so gehen, Ben.* Ich schwieg, blieb sitzen in meiner Ecke, ich hoffte auf das Wunder, das nicht kam, auf die Nachricht, dass alles nur ein böser Traum sein würde. Ich wartete, bis das eintraf, was er angekündigt hatte. *Es ist so weit, Ben.* Kux drängte mich, er ließ mir keine Wahl. *Du wirst dich jetzt duschen, dich umziehen und nach unten kommen. Der Herr von der Kriminalpolizei ist da. Er möchte mit dir reden, Ben. Du wirst das jetzt hinter dich bringen. Und du wirst keinen Fehler machen.* Ich nickte nur. Tat, was er von mir verlangte. Ich ging nach unten.

Wir sind gemeinsam
geschwommen.

– Sie wissen, worüber ich mich mit Ihnen unterhalten muss?
– Ja. Ich habe es in den Nachrichten gehört. Ich kann es immer noch nicht fassen.
– Wir gehen im Moment jeder Spur nach, wir wollen dieses Verbrechen so schnell wie möglich aufklären. Deshalb überprüfen wir alle Klienten von Frau Dr. Vanek, wir suchen nach Zusammenhängen, nach einem Motiv für diesen Mord.
– Ich habe nichts damit zu tun.
– Das sehen wir anders.
– Wir?
– Meine Kollegen und ich.
– Und wo sind diese Kollegen? Sie sind doch normalerweise immer zu zweit unterwegs, oder?
– Ach, das handhabt jeder ganz nach Belieben. Ich arbeite lieber allein. Da kann ich mich besser auf den Verdächtigen konzentrieren.
– Ich muss nicht mit Ihnen reden, oder?
– Nein, das müssen Sie nicht, aber ich würde es Ihnen raten. Und wenn Sie nichts zu verbergen haben, spricht ja auch nichts dagegen, oder?
– Das hat mich alles sehr mitgenommen. Ich habe wenig geschlafen in den letzten Tagen. Vielleicht können Sie es kurz machen?
– Ich bemühe mich, werde also gleich zur Sache kommen. Ich habe Ihre Akte gelesen, mich sehr intensiv mit Ihrer Ge-

schichte befasst, und ich muss sagen, es passt alles zusammen.
- Das mag sein, aber ich habe nichts getan. Ich bin nur traurig darüber, dass sie tot ist.
- Ja, es ist wirklich tragisch, was passiert ist. Nach so vielen Jahren in diesem Beruf ist es immer noch schwer für mich zu verstehen, warum jemand so etwas tut.
- Was wollen Sie von mir wissen?
- Darf ich mit der Tür ins Haus fallen?
- Das sind Sie bereits.
- Ich denke, Sie haben Frau Dr. Vanek umgebracht. Sie sind mein Hauptverdächtiger in diesem Fall.
- Tatsächlich?
- Ja, ich bin überzeugt davon, dass Sie es waren. Und ich kann Ihnen auch gerne sagen, wie ich zu dieser Überzeugung gelangt bin.
- Sie verschwenden Ihre Zeit. Aber wenn Sie unbedingt meinen, sagen Sie mir, was Sie von mir wollen.
- Erlauben Sie mir vorab eine kleine Frage. Mich interessiert brennend, warum Sie hier sind, in diesem Haus. Das beschäftigt mich im Moment am allermeisten.
- Ich bin hier zu Gast. Felix Kux ist mein Freund, wir haben uns lange nicht gesehen. Aber das hat er Ihnen bestimmt schon gesagt.
- Dreißig Jahre, das ist eine lange Zeit. Sie haben sich nicht mehr gesehen seit damals? Seit das mit dem Mädchen passiert ist, richtig?
- Ja.
- Kein Kontakt in all den Jahren, und jetzt wohnen Sie hier. Das ist erstaunlich, finden Sie nicht auch?
- Ja, das ist es. Aber ich bin froh, dass es so gekommen ist. Ich

habe lange gebraucht, bis ich den Mut gefasst habe hierherzukommen.
- Warum ist der Kontakt zwischen Ihnen abgebrochen?
- Ich war in der Psychiatrie, er war es nicht.
- Er hat Sie nicht besucht, richtig?
- Richtig.
- Warum nicht?
- Ich war ein Mörder. Hätten *Sie* mich besucht?
- Ich möchte nur verstehen, warum Sie sich heute wieder so nahe sind. Warum Ihr Freund Sie bei sich aufgenommen hat.
- Weil er zu meiner Geschichte gehört. Weil ich verstehen wollte, warum alles so gekommen ist.
- Er hat Ihnen dabei geholfen? Genauso wie Frau Dr. Vanek?
- Ja.
- Laut Ihren Aufzeichnungen waren Sie monatelang in Therapie bei ihr. Sie standen ihr sehr nahe, richtig?
- Ich war ihr Klient, sie war meine Therapeutin.
- Frau Dr. Vanek wurde erschlagen. Wir gehen davon aus, dass die Mordwaffe ein harter, stumpfer Gegenstand war. Ein Golfschläger vielleicht? Sie können sich also vorstellen, dass alle Alarmglocken bei uns geläutet haben.
- Ja, das kann ich. Trotzdem irren Sie sich.
- Laut berechnetem Todeszeitpunkt und Frau Dr. Vaneks Terminkalender waren Sie der letzte Klient, den sie empfangen hat, bevor sie gestorben ist.
- Ich habe den Termin nicht wahrgenommen.
- Haben Sie nicht?
- Nein.
- Warum nicht?
- Ich hatte das Gefühl, dass ich es alleine schaffe.
- Was?

- Das hier. Meinem alten Freund wiederbegegnen. Ich dachte, dass es nicht mehr notwendig wäre, ihre Hilfe weiter in Anspruch zu nehmen. Ich habe mich spontan dagegen entschieden, zu ihr zu gehen.
- Sie waren also vor drei Tagen nicht in ihrer Praxis?
- Nein. Und ich habe nichts mit ihrem Tod zu tun. Sie verschwenden Ihre Zeit.
- Das lassen Sie mal meine Sorge sein. Zeit habe ich genug. Deshalb habe ich auch Ihre Sitzungsprotokolle gelesen.
- Dürfen Sie das?
- Sie sind der Hauptverdächtige in einem Mordfall, und Frau Dr. Vanek ist tot. Deshalb Ja, ich darf das.
- Wenn Sie alles gelesen haben, dann wissen Sie ja, dass ich keinen Grund gehabt hätte, Frau Vanek zu töten. Warum hätte ich so etwas tun sollen? Sie war der einzige Mensch auf der Welt, der es gut mit mir gemeint hat.
- Die Parallelen zu dem Verbrechen von vor dreißig Jahren sind aber leider unübersehbar. Der Kopf des Opfers wurde zertrümmert, Sie standen mit dem Opfer in direkter Verbindung. Und Sie waren in psychiatrischer Behandlung. Das macht die Sache nicht besser. Dass Sie es schon einmal getan haben, meine ich.
- Das ist dreißig Jahre her. Und ich habe dafür bezahlt. Das, was damals war, hat nichts mit dem zu tun, was jetzt passiert ist.
- So sehr ich das auch glauben möchte, es spricht leider alles gegen Sie.
- Und trotzdem bin ich unschuldig.
- Wo waren Sie vor drei Tagen um 15 Uhr?
- Hier. Aber auch das hat Ihnen mein Freund bestimmt schon gesagt, nicht wahr?

- Er war so freundlich, ja. Ich wollte es nur noch einmal von Ihnen hören.
- Wir sind gemeinsam geschwommen. So wie jeden Tag. Kux ist ein leidenschaftlicher Schwimmer.
- Und er hat ein großes Herz, nicht wahr?
- Wenn Sie das sagen, dann wird das wohl so sein.
- Trotzdem will ich nicht glauben, dass es nur um Ihre Freundschaft geht. Sie haben eine Wohnung in der Stadt, oder? Einen kleinen hübschen Laden. Warum lassen Sie das alles plötzlich links liegen? Warum diese Nähe zu einem eigentlich völlig Fremden? Dieser Zusammenhalt? Das gemeinsame Schwimmen zum Tatzeitpunkt? Sie müssen zugeben, das klingt etwas zu weit hergeholt, oder?
- Wie Sie aus Frau Vaneks Protokollen wissen, hatte ich nie Freunde in all den Jahren. Ich war immer alleine. Umso mehr genieße ich das jetzt hier. Es tut gut, verstehen Sie? Dass da jemand ist, der für mich da ist.
- Was sagt seine Frau dazu? Findet sie das gut, dass da ein völlig Fremder in ihrem Haus wohnt?
- Das müssen Sie sie selbst fragen. Aber mich lassen Sie jetzt bitte in Ruhe, ich kann nicht mehr. Wenn Sie irgendetwas gegen mich in der Hand haben, dann verhaften Sie mich.
- Das kann ich leider nicht. Noch nicht. Außerdem ist die Mordwaffe verschwunden, es gibt keine Fingerabdrücke von Ihnen am Tatort. Wenn ich ehrlich bin, habe ich absolut nichts, das beweisen würde, wovon ich überzeugt bin.
- Was machen Sie dann noch hier?
- Ich möchte noch kurz mit Ihnen über das Mädchen sprechen, das Sie damals umgebracht haben. Ein paar Minuten noch, dann lasse ich Sie wieder allein, versprochen.
- Daran kann ich mich nicht erinnern.

– Sie haben das Mädchen am 13. August 1987 mit einem Golfschläger auf dem Dachboden Ihrer Eltern erschlagen.
– Das liegt immer noch alles im Nebel. Sie wissen das, wenn Sie Frau Vaneks Aufzeichnungen gelesen haben. Ich habe verzweifelt versucht, mich daran zu erinnern, aber es ist mir nicht gelungen.
– Das glaube ich Ihnen nicht. Sie haben wieder und wieder über das alles gesprochen, und dabei soll nichts herausgekommen sein?
– Ich habe eine dissoziative Persönlichkeitsstörung. In den letzten Monaten ist zwar einiges an Erinnerung zurückgekommen, aber ich weiß noch immer nicht, was an diesem Tag passiert ist.
– Sie wissen es, möchten es mir aber nicht sagen, richtig?
– Nein.
– Vielleicht haben Sie es nicht mehr ertragen, dass Frau Dr. Vanek Sie danach gefragt hat. Dass sie immer tiefer gebohrt hat. Vielleicht sind Sie wütend geworden und haben zugeschlagen. Vielleicht wollten Sie nicht, dass alles wieder nach oben kommt, und haben sie deshalb zum Schweigen gebracht.
– Das ist völliger Unsinn.
– In Ihrer letzten Sitzung haben Sie ihr gedroht.
– Was habe ich?
– Sie hat in ihren Unterlagen geschrieben, dass sie sich große Sorgen macht. Ich darf Ihnen den Satz vorlesen, den sie formuliert hat. *Der Patient redet wirr, er spricht von einer Bedrohung. Davon, dass ich Angst vor ihm haben soll.* Das war ihr letzter Eintrag. Sie müssen zugeben, das spricht nicht unbedingt für Sie, oder?
– Das war nicht so gemeint, ich habe ihr nicht gedroht. Ich

weiß nicht mehr genau, was ich gesagt habe, warum sie es so aufgefasst hat. Ich weiß nur, dass ich nichts mit ihrem Tod zu tun habe. Ich war hier im Haus meines Freundes, als es passiert ist.
- Ich denke, dass Sie Herrn Kux gebeten haben, Ihnen ein Alibi zu geben. Wahrscheinlich fühlt er sich schuldig, hat ein schlechtes Gewissen. Vielleicht ist seine Gutmütigkeit, Sie hier aufzunehmen, eine Entschuldigung dafür, dass er seinen alten Freund in den Achtzigern im Stich gelassen hat.
- Uns verbindet mehr als ein schlechtes Gewissen, glauben Sie mir.
- Wir werden sehen.
- Wenn es Ihnen nichts ausmacht, würde ich jetzt wirklich gerne wieder nach oben gehen. Ich bin erschöpft. Ich muss mich hinlegen.
- Wir unterhalten uns einfach später weiter, einverstanden? Ich werde die Zeit nutzen und noch einmal mit Ihrem Freund reden, mit den Hausangestellten, mit Frau Kux. Ich bin mir sicher, ich kann ein bisschen Licht in die Sache bringen, während Sie sich ausruhen.
- Viel Spaß dabei.
- Den werde ich haben.

Im Stillen malte ich mir seinen Untergang aus.

Ich ließ den Kriminalbeamten allein zurück. Ich wollte nur noch weg, alles vergessen. Kux' Worte, seine Sätze, die er mir in den Mund gelegt hatte. Und alles, was er sagte, als er kurze Zeit später zu mir kam. *Hervorragend, Ben. Du hast alles richtig gemacht, mein Lieber. Ich bin stolz auf dich.* Er klopfte mir liebevoll auf die Schulter. *Ist doch wunderbar gelaufen bisher. Weiter so.* Er grinste.

Kux beobachtete mich, während ich die Decke anstarrte. Er setzte sich neben mich. Er redete, ich wusste nicht, was ich tun sollte. Am liebsten hätte ich ihm mit Gewalt geantwortet, ihn versucht wegzujagen, ihn noch einmal geschlagen, ihm so lange wehgetan, bis er aufgehört hätte. Er sah es in meinen Augen, er wusste, was ich dachte, er provozierte mich, von Minute zu Minute machte er es schlimmer. *Ach, Ben. Du würdest mich am liebsten totprügeln, nicht wahr? Ich kann es dir wirklich nicht verdenken, an deiner Stelle wäre ich wahrscheinlich auch durchgedreht. Beeindruckend war das. Da war so viel Zorn in dir, Ben. Mit bloßen Händen wolltest du mich richten. Es war so schön zu sehen, wie weit du bereit wärst zu gehen. Berauschend war das, oder? Wenn einen die Gefühle so überrennen, wenn alles außer Kontrolle gerät. Du hast es genossen, nicht wahr?*

Kux hatte Freude daran, mich so zu sehen, er war dabei, den Krieg zu gewinnen, er zeigte mir, wie stark er war. Dass er alles unter Kontrolle hatte, dass ich nichts dagegen tun konnte. Gegen ihn. Kux hatte die Mordwaffe, er hätte jederzeit nach unten zu dem freundlichen Beamten gehen und ihm sagen können, dass er etwas gefunden hatte. Einen Golfschläger mit Blutspuren. Kux hätte den entsetzten Freund gegeben, für den eine Welt zusammengebrochen ist. So einfach wäre es gewesen, mich für immer loszuwerden. Mich hätten sie eingesperrt, nicht ihn. Man hätte sich auf die vorliegenden Fakten verlassen, sie hätten ihn in Ruhe gelassen. Deshalb versuchte ich, ein weiteres Mal in meinem Leben so zu tun, als wäre nichts passiert.

Kux war mein Freund. Wir hatten uns lange nicht gesehen. Wir genießen es, nach so langer Zeit wieder Zeit miteinander zu verbringen. Nur deshalb war ich in seinem Haus. Das hatte auch er dem Beamten gesagt, genauso wie ich spielte er seine Rolle. Er gab den Besorgten, der sich um mich kümmerte, weil meine Therapeutin umgebracht worden war. Er war nach oben gekommen, um nach mir zu sehen, mich dazu zu bringen, wieder nach unten zu gehen, die noch offenen Fragen des freundlichen Beamten zu beantworten. *Schlafen kannst du später, Ben. Wenn du das jetzt versaust, wird noch etwas passieren, glaub mir.* Wieder drohte er mir. *Du bleibst bei deiner Geschichte*, sagte er. *Dann wird alles gut, Ben. Du warst nie dort. Keiner hat dich gesehen. Sie haben bestimmt alle befragt in der Nachbarschaft, sie haben dein Foto herumgezeigt. Sie wollen beweisen, dass du dort warst, aber es wird ihnen nicht gelingen. Das ist gut, Ben. Bald haben wir es hinter uns.* Kux strahlte, er war aufgeregt, fast war es so, als würde er sich freuen über all das. Für ihn war alles nur ein Spiel. *Wir ziehen das jetzt durch, mein Freund. Du und ich, Ben. Sie können uns nichts anhaben, ich habe alles unter Kontrolle. Er wird wieder gehen, wenn du jetzt keinen Fehler machst. Und er wird nicht wiederkommen, glaub mir.*

Mit der Gewissheit, dass ich schuldig war, wartete der Beamte unten in Kux' Esszimmer auf mich. Er hatte tief zu graben begonnen, eins und eins zusammengezählt, mit allen gesprochen, die nur im Entferntesten damit zu tun hatten. Ich konnte mich seinen Fragen nicht entziehen, ich musste weiter lügen, musste es für mich behalten, dass der Mann, der neben mir saß, ein zweifacher Mörder war. Felix Kux. Er, nicht ich.

Immer wieder sagte ich es mir in Gedanken vor. *Du musst dich wehren, Ben. Noch sind wir nicht am Ende, Kux.* Auch wenn ich alles tat, was Kux von mir verlangte, im Stillen malte ich mir seinen Untergang aus, während ich mich aufraffte und wieder nach unten ging. Obwohl ich wusste, dass Kux am längeren Hebel saß, dass er alles durchdacht hatte, dass er mich ohne Zögern opfern würde, ich wehrte mich innerlich. Zumindest machte ich mir das vor. Damit ich es ertragen konnte, dass er mich immer noch weiter in die Enge trieb. Kux zeigte mir, was er sich als Nächstes hatte einfallen lassen, um mich an sich zu binden, um mir zu zeigen, wer der Mächtigere von uns beiden war. *Du hast es bald hinter dir*, sagte er. *Dann fangen wir neu an.* Ich wusste nicht, was er meinte. Noch nicht.

Es erklärte so vieles.

– Schön, dass Sie sich doch noch ein wenig Zeit für mich nehmen. Ich hoffe, es geht Ihnen besser.
– Was wollen Sie denn noch?
– Wir müssen noch einmal über die Beziehung zu Ihrem Freund sprechen.
– Das hatten wir doch schon, oder?
– Verzeihen Sie mir die Indiskretion, aber ich bin gezwungen, Ihnen eine heikle Frage zu stellen.
– Stellen Sie sie.
– Haben Sie ein Verhältnis mit Herrn Kux?
– Wie bitte?
– Haben Sie eine intime Beziehung zu Ihrem Freund?
– Sind Sie verrückt geworden? Kux und ich sind alte Freunde, mehr nicht.
– Die Faktenlage sagt aber etwas anderes.
– Ich habe keine Ahnung, wovon Sie da reden.
– Meine Kollegen haben diesen Brief gefunden, er wurde mir soeben gebracht. So wie es aussieht, ist da mehr zwischen Ihnen, als Sie zugeben wollen. Viel mehr. Und wie Sie sich denken können, macht das die ganze Sache nicht einfacher für Sie.
– Was für ein Brief?
– Der Brief, den Ihr Freund Ihnen geschrieben hat. Der Brief, in dem er schreibt, dass Sie etwas für ihn empfinden würden, etwas, womit er nicht umgehen könne.

- Was reden Sie da? Das ist doch völliger Unsinn.
- Er schreibt, dass es immer schon so gewesen sei, seit Sie sich kennen, dass Sie immer mehr gewollt hätten als er. Sie wissen, was ich meine, oder?
- Nein, das weiß ich nicht. Ich habe keinen blassen Schimmer, von welchem Brief Sie da reden.
- Sehr schöne Zeilen, ich hatte ehrlich gesagt nicht damit gerechnet. Dass Ihr Freund so gefühlvoll sein kann.
- Ich verstehe kein Wort.
- Wir haben diesen Brief im Schreibtisch von Frau Dr. Vanek gefunden.
- Ich habe nie einen Brief von Kux bekommen.
- Er hat ihn mit der Hand geschrieben. Wir haben das überprüft, es besteht kein Zweifel, dass Herr Kux diese Zeilen für Sie verfasst hat. Außerdem hat er es vorhin schweren Herzens zugegeben.
- Hat er das?
- Ja, das hat er. Demnach haben Sie auch Ihrer Therapeutin nicht die Wahrheit gesagt. Sie waren nicht in Matilda verliebt, sondern in Kux. Und so wie es aussieht, sind Sie es immer noch. Und genau hier haben wir so etwas wie ein Motiv für diesen Mord.
- Das ist völlig verrückt, was Sie sich da ausgedacht haben.
- Ich habe mir das nicht ausgedacht. Das sind Fakten, die mir meine Arbeit Gott sei Dank sehr erleichtern. Ihr guter Freund hat Ihnen diese Zeilen geschrieben, er hat Ihnen seine Sorge mitgeteilt und sie auch mir gegenüber geäußert, nachdem ich ihn lange genug bedrängt habe. Er wollte zuerst nicht darüber reden, ich musste es richtiggehend aus ihm herauskitzeln.
- Dass er lügen könnte, ist Ihnen nicht in den Sinn gekommen?

– Nein. Warum sollte er? Ihr Freund versucht, Ihnen zu helfen. Auch wenn er sich damit natürlich viel zu weit aus dem Fenster lehnt. Jemandem ein falsches Alibi zu geben ist kein Kavaliersdelikt, vor allem dann nicht, wenn es um Mord geht.
– Sie sind auf dem völlig falschen Dampfer, glauben Sie mir.
– Sie haben es nicht ertragen damals, dass dieses Mädchen sich für Ihren Freund interessiert hat. Sie wollten nicht, dass die beiden zusammen sind, Sie waren eifersüchtig auf Matilda. Deshalb musste sie sterben.
– Das stimmt nicht, verdammt noch mal. Ich war in Matilda verliebt, nicht in Kux. Was Sie da sagen, ist haarsträubend.
– Ihr Freund hat es wie gesagt bereits bestätigt. Alles, was zwischen Ihnen war, er spricht es ganz offen an. Worunter Sie gelitten haben, Ihre Einsamkeit, der Tod Ihres Vaters, Ihre depressive Mutter. So wie es aussieht, war Herr Kux lange der einzige Mensch in Ihrem Leben, der Ihnen etwas bedeutet hat. Das haben Sie auch Frau Vanek gegenüber ausgesprochen. Das stimmt doch, oder?
– Ja, das stimmt. Aber alles andere ist Schwachsinn.
– Herr Kux schreibt, dass Sie eine Klette gewesen seien, ein Blutegel, der sich an ihn geheftet habe. Er schreibt, dass er froh gewesen sei, als alles ein Ende hatte, dass er erleichtert gewesen sei, als Sie eingesperrt wurden.
– Wo ist der Brief?
– Hier. Es muss schwer gewesen sein, das zu lesen, nicht wahr? Frau Dr. Vanek sollte Ihnen wahrscheinlich helfen, damit umzugehen. Deshalb haben Sie ihr den Brief gezeigt, richtig? Sie haben ihn mit zur Therapie gebracht, Sie konnten nicht damit umgehen.
– Das ist lächerlich.
– Ganz im Gegenteil, es erklärt so vieles. Man kann jetzt ver-

stehen, was Sie angetrieben hat. Warum Sie das alles getan haben.
- Auch wenn das wirklich alles perfekt zusammenpasst, wäre das trotzdem kein Grund, Frau Vanek zu töten.
- Vielleicht hat Sie Ihnen ja gesagt, dass Sie damit aufhören sollen, ihn zu belästigen. Vielleicht hat sie Dinge ausgesprochen, die Sie nicht hören wollten. Sie sind in Wut geraten, haben sie angeschrien, sie hat nicht eingelenkt. Das eine hat zum anderen geführt, Sie haben die Kontrolle verloren und zugeschlagen. Das geht manchmal schneller, als man denkt. Ich habe da schon sehr viel gesehen in meinem Leben.
- Vielleicht hat mein guter Freund aber auch einfach nur phantasiert. Vielleicht ist es ja gar nicht so, wie er schreibt, vielleicht hat er sich das alles nur eingebildet. Meine Gefühle für ihn. Könnte doch auch sein, oder?
- Sehr unwahrscheinlich. Ihr Freund schreibt, dass er nicht wisse, wie er damit umgehen solle, dass Sie nach all diesen Jahren einfach wieder hier aufgetaucht sind. Verständlich, finde ich. Das Ganze scheint ihn wirklich sehr zu belasten. Und auch wenn er im Gespräch mit mir versucht hat, das Ganze herunterzuspielen.
- Nehmen wir einmal an, dass es wirklich so ist, wie Sie sagen.
- Es freut mich, dass Sie einlenken.
- Sie hätten immer noch nichts, das diese wahnwitzigen Theorien beweisen würde.
- Noch nicht.
- Die Fragen, die Sie stellen, führen nirgendwo hin, und die Antworten, die Sie sich erhoffen, werden Sie hier nicht bekommen. Egal, wie sehr Sie sich auch anstrengen, ich bin unschuldig. Und daran wird sich nichts ändern.
- Wir werden sehen.

Im selben Becken
mit einem Mörder.

Wir saßen zu dritt beim Essen. Kux, Soy und ich. Wir redeten nicht darüber, was an diesem Nachmittag passiert war, Kux wollte das Thema vor seiner Frau nicht ansprechen, er wich ihren Fragen aus. *Was wollte der Beamte? Warum hat er all diese seltsamen Fragen gestellt? Was ist da zwischen euch beiden?* Kux wischte es vom Tisch. *Du sollst nicht darüber nachdenken, Soy. Mach dir keine Sorgen, ich kümmere mich um alles.* Kux küsste sie auf die Wange. *Geht es dir wieder besser, Soy?* Sie nickte nur. Ich stocherte mit der Gabel in frittierten Schweineherzen herum.

Der Kriminalbeamte war gegangen. Irgendwann hatte er aufgehört zu fragen, es für den Moment akzeptiert, dass sich nichts ändern würde, dass ich nicht zusammenbrechen, nicht sagen würde, was er gerne von mir gehört hätte. *Wir werden die Mordwaffe suchen*, hatte er gesagt. *Viel Glück dabei*, hatte ich geantwortet. Weil ich nicht wusste, was ich sonst hätte sagen sollen, weil mich die Situation überforderte, die Trauer über den Tod von Frau Vanek, das Schauspiel, das den ganzen Nachmittag über die Bühne gegangen war. Ich hatte perfekt funktioniert, mich vor dem Gefängnis gerettet mit meinen Lügen, mit dem Verschweigen der Wahrheit. Es war alles genauso gekommen, wie Kux gesagt hatte. Das Verhör hatte im Nichts geendet.

Kux freute sich. Er grinste, er schwärmte einmal mehr von Soys Essen, er unterhielt uns, sprach von belanglosen Dingen, tat so, als wäre alles in bester Ordnung. Ich hörte ihm zu, suchte weiter nach einer Lösung, die ich nicht fand. Ich stand an der Wand, konnte es kaum ertragen. Dass er mich lobte, mir wieder mit seiner Hand auf die Schulter klopfte. *Ich bin stolz auf dich, Ben. Sehr glaubwürdig. Gute Vorstellung, mein Lieber.*

Ich fühlte mich wie Dreck, der auf den Boden gefallen war. Kux wischte mich hin und her. Wie ein Kater, der mit einer halbtoten Maus spielte. Er genoss es, dass ich mich nicht wehren konnte, es bereitete ihm sichtlich Vergnügen. Er grinste zufrieden. *Lass uns noch eine Runde schwimmen*, sagte er. *Das ist das Gute am thailändischen Essen. Man wird nicht träge, aber das weißt du ja mittlerweile. Kein Völlegefühl, man bleibt wendig, jederzeit bereit zu reagieren, sollte etwas Unvorhergesehenes passieren.*

Ich nickte nur, anstatt ihn totzuschlagen. Ich folgte ihm, stellte mir vor, ihn zu ertränken, seinen Kopf unter Wasser zu halten. So lange, bis er aufhörte zu atmen, mich anzugrinsen. Ich schwamm mit ihm. Im selben Becken mit einem Mörder. Eine Zeit lang noch.

Vielleicht hat es ja gerade erst begonnen.

- Dein Oberkörper richtet sich auf, Ben. Deine Haltung wird besser, das Schwimmen tut dir wirklich gut. Schön zu sehen, dass es auch etwas Gutes hat, dass wir wieder zusammen sind.
- Was soll das, Kux?
- Was meinst du? Läuft doch alles nach Plan, oder?
- Dieser absurde Brief, den du da geschrieben hast.
- Du musst zugeben, dass das genial war. Ich bin sehr stolz darauf, dass mir das eingefallen ist.
- Du tickst ja nicht ganz richtig, Kux.
- Es war nötig, dass der Beamte, der sich um die ganze Sache kümmert, auch das richtige Bild von dir bekommt. Ich habe ihm ein schönes Motiv für den Mord von damals geliefert. Deine Eifersucht auf Matilda, deine Liebe zu mir. Passt doch wunderbar zusammen alles. Du sitzt ganz schön in der Scheiße, würde ich sagen.
- Gib mir das Geld, und ich bin weg.
- Das geht leider nicht mehr, Ben.
- Wir ziehen einen Schlussstrich. Ich gehe, ich will nichts mehr mit dir zu tun haben. Es ist vorbei, Kux.
- Nein, Ben.
- Ich werde niemandem etwas sagen. Ich werde weiterlügen, wenn mich jemand befragt. Du hast nichts zu befürchten.
- Das weiß ich, Ben. Trotzdem ist das keine Option mehr.
- Ich gebe dir den Film und du mir den Golfschläger.

- So einfach stellst du dir nun deinen Abgang vor? Das ist doch langweilig, Ben. Außerdem denke ich nicht, dass ich dir jetzt noch vertrauen könnte. Es ist zu viel passiert. Und wer weiß, wie viele Kopien es von deinem schönen Film gibt. Ein kleiner feiner Tausch ist also keine Option.
- Dreihunderttausend Euro, hast du gesagt.
- Deine Einsicht kommt leider zu spät. Mein Angebot ist nicht mehr gültig. Ich bin Geschäftsmann, und wir reden hier von einer großen Summe. Ich muss mich wirklich sehr anstrengen, um so viel Geld zu verdienen. Ich muss auf meine Finanzen achten, Ben. Das verstehst du doch, oder? Allein die Poolheizung kostet ein Vermögen, das Haus, die Autos, meine anderen Immobilien. So gerne ich dich auch finanziell unterstützen würde, ich muss dich enttäuschen. Ich habe leider kein Geld für dich übrig, mein Freund.
- Was willst du dann noch von mir? Sag es mir, Kux. Wie soll das hier deiner Meinung nach enden?
- Es muss nicht enden, Ben. Vielleicht hat es ja gerade erst begonnen. Wir haben uns nach so langer Zeit wiedergefunden. Es wäre sehr bedauerlich, wenn jetzt schon wieder alles zu Ende wäre. Ich hätte gerne, dass du bleibst. Wir haben uns mittlerweile an dich gewöhnt, Soy und ich. Du gehörst jetzt zur Familie. Ist doch ein schöner Gedanke, nicht wahr?
- Du bist ein Mörder, Kux.
- Das klingt aber sehr pathetisch, findest du nicht? *Du bist ein Mörder, Kux.* Fällt dir nichts anderes ein? Du enttäuschst mich, Ben. Ich habe doch nur das Gleichgewicht wiederhergestellt. Ich habe nach deinen Spielregeln gespielt und den nächsten Zug gemacht. Hast du wirklich erwartet, dass ich einfach stillstehe und nichts tue? Das ist nicht meine Art,

Ben, das weißt du doch. Ich war immer schon derjenige von uns beiden, der die Dinge vorangetrieben hat.
- Was willst du?
- Deine Zuneigung.
- Die hattest du.
- Ich will sie wieder zurück. Obwohl ich im Moment wirklich das Gefühl habe, dass das schwer ist. Aber ich gebe nicht auf. Habe ich nie. Man zieht nicht einfach den Schwanz ein, wenn es kompliziert wird.
- Es reicht, Kux. Jetzt bist du an der Reihe. Du schuldest mir etwas. Ich habe dem Beamten gesagt, dass wir zusammen geschwommen sind. Ich habe alles getan, was du wolltest.
- Du verstehst es noch immer nicht, oder? Du hast das für dich getan, mein Lieber, nicht für mich. Es geht hier schließlich um deinen Arsch und nicht um meinen. Außerdem musste ich nachhelfen, mir meine Finger schmutzig machen. Ich musste alles in die richtigen Bahnen lenken.
- Ich werde mit dem Film zur Polizei gehen.
- Langsam wird es mühsam, Ben. Wir drehen uns im Kreis. Wir könnten uns dieses sinnlose Gespräch wirklich ersparen. Es sind doch nur leere Drohungen, und das weißt du auch. Du wirst mit diesem Film nirgendwo hingehen, niemand außer uns beiden wird ihn jemals sehen. Das ist der Deal. Dafür bleibt die Mordwaffe unauffindbar und du ein freier Mann.
- Ich kann nicht mehr, Kux.
- Ach, komm schon, Ben, da geht noch was. Lass uns ein bisschen Spaß haben. Jetzt kommt die ganze Angelegenheit doch erst richtig in Fahrt. Wie du bemerkst, habe ich nun Gefallen an der ganzen Sache gefunden.
- Du kannst aufhören mit dem Irrsinn. Es reicht, du hast ge-

wonnen, ich verschwinde. Zurück in mein Labor, in meine Wohnung. Vergiss einfach, dass ich hier war.
- Nicht doch, Ben. Ich habe da eine viel bessere Idee. Du wirst sie lieben, glaub mir.
- Was werde ich lieben?
- Lass uns gemeinsam in Urlaub fahren, einfach ein bisschen abschalten, neu anfangen vielleicht. In Thailand ist es um diese Jahreszeit wunderschön.
- Du willst Urlaub mit mir machen?
- Soy, du und ich, das wird herrlich. Ich nehme an, du hattest in den letzten Jahren nicht so oft die Gelegenheit dazu. Luxusurlaub, Ben. Ich kann dir gar nicht sagen, wie fantastisch es dort ist. Der Strand, Sonnenuntergänge zum Niederknien, Massagen, alles, was dein Herz begehrt. Auch Frauen, wenn du willst. Du glaubst gar nicht, wie wichtig es ist, dass man manchmal einfach die Sau rauslässt.
- Ich werde nirgendwohin mit dir gehen.
- Doch, das wirst du, Ben. Auch wenn es sehr mühsam ist, darf ich dich an dieser Stelle ein weiteres Mal an den Golfschläger erinnern, mit dem du deine Therapeutin erschlagen hast. So wie es aussieht, hast du keine andere Wahl. Ich wünsche mir, dass du mich auf unserer Reise begleitest, und du wirst meinem Wunsch nachkommen. Ich habe mich extra freigeschaufelt, wir haben drei Wochen zusammen, mein Lieber. Das wird schön, du wirst sehen.
- Ich kann hier nicht weg. Der Beamte sagt, ich muss in der Stadt bleiben. Ich darf nicht ins Ausland. Wenn ich jetzt verschwinde, wird alles nur noch schlimmer.
- Du machst dir viel zu viele Sorgen, Ben. Meine Anwälte sagen, dass dir nichts passieren kann. Es gibt keine Beweise, sie haben nichts, das dich belastet. Und sie können dich

auch nicht daran hindern, ein wenig Entspannung in der Sonne zu suchen.
– Es ist völlig wahnsinnig, was du da sagst.
– Es ist alles in Ordnung, mein Lieber. Beinahe genau so wie früher. Du erinnerst dich doch, oder? Was hat dein Vater immer gesagt? Wie war das noch? *Komm mit mir ins Bösland, Ben.*
– Hör auf damit.
– Nein, Ben, das werde ich nicht. Du kannst mir vertrauen, ich habe alles im Blick. Wir fliegen morgen Mittag.

*Keine Regeln,
keine Richtung,
kein Plan.*

Ich hatte keine Kraft mehr zu verhindern, was dann kam. So sehr ich es mir auch wünschte, es versuchte, ich war nicht mehr in der Lage, mich zu wehren. Ich hätte ihn auslöschen, seinen Kopf gegen den Schwimmbeckenrand schlagen, ihn irgendwo vergraben sollen, doch ich konnte es nicht. Allein der Gedanke an Gewalt lähmte mich. Dass ich ihn verprügelt hatte, machte mir immer noch Angst. Dass ich zu solchen Gefühlen fähig war, dass ich ihn fast bewusstlos geschlagen hatte. Dass da so viel Wut in mir war, ich verdrängte es. Ich verschaffte mir Zeit, ich rechtfertigte meinen Stillstand, meine Ohnmacht. Ich lag am Boden, tat aber so, als würde ich aufrecht stehen vor ihm. Ich redete mir Dinge ein, weil ich zu schwach war. *Verhalte dich ruhig, Ben. Du bekommst deine Chance. Abwarten, Ben. Tu, was er sagt, schluck es hinunter, ignorier ihn, hör weg. Mach jetzt keinen Fehler, Ben. Nichts überstürzen. Denk nach, Ben.*

Ich wollte verstehen, was er mit mir machte. Warum er mich nicht gehen ließ. Ich hatte ihn herausgefordert, ihm gedroht, ich war unberechenbar für ihn geworden. Er musste sichergehen, dass ich keine Dummheiten machte, nicht aus irgendeinem Grund doch zur Polizei laufen würde. Kux wollte alles kontrollieren, er konnte sich nicht verlassen auf mich, ich war in der Psychiatrie gewesen, hatte jahrelang seltsam zurückgezogen vor mich hin gelebt. Ich war ein Unsicherheitsfaktor, eine Bedrohung, schwer einzuschätzen, meine Gefühle schwankten, fast ausschließlich tat ich, was mein Bauchgefühl mir sagte. Keine Regeln, keine Richtung, kein Plan.

Ich hatte an seine Tür geklopft, ohne darüber nachzudenken, was passieren würde. *Alles Weitere ergibt sich dann schon*, hatte ich mir gedacht. Bis zum Schluss wollte ich daran glauben, dass niemand mir etwas Schlechtes wollte. Ich war immer noch dieses bedürftige Kind, das darauf wartete, dass jemand kam und es in den Arm nahm. Jemand, der mir sagte, was richtig war und was falsch, der mir zeigte, wie ich leben sollte. Jemand, der es gut mit mir meinte. Frau Vanek, nicht Kux. Er hatte sie mir genommen und tat so, als könnte er sie ersetzen. *Ich werde auf dich aufpassen, Ben. Du kannst mir vertrauen. Wir fliegen in die Sonne, mein Lieber.*

Seine Stimme prasselte auf mich ein. Ich hörte ihn. Starrte ihn an. Hasste ihn. Weil er lächelte und von Thailand schwärmte, statt über Frau Vanek zu reden. Darüber, was er ihr angetan hatte. Da war keine Reue, kein Bewusstsein von Schuld. Was er getan hatte, war für ihn einfach notwendig gewesen, er hatte die Ordnung wiederhergestellt, wie er sagte. *Was passiert ist, ist passiert, Ben. Wir müssen wieder nach vorn schauen. Das Leben ist zu schön, um es nicht zu genießen, mein Freund.* Kux prostete mir zu und trank mit mir auf eine wunderbare Zeit barfuß am Strand. Er tat so, als hätten wir diese Reise schon lange geplant, als würde sich für uns beide endlich ein lange ersehnter Wunsch erfüllen. Kux spielte mit mir. Alles war Theater, eine Inszenierung, ein neuer Akt hatte begonnen, aus seiner Sicht war alles zu diesem Thema gesagt. Neue Tage, die er mit mir teilen wollte. *Du wirst sehen, alles wird sich zum Guten wenden, Ben. Das Schicksal hält bestimmt noch einige Überraschun-*

gen für dich bereit. Und ich werde dafür sorgen, dass du nicht an ihnen vorüberrennst. Das bin ich dir schuldig, mein Lieber. Er legte seine Hand auf meine Schulter. Und ich ließ es zu.

Was ich mir erhofft hatte, was ich herausgefunden hatte, was sich alles verändert hatte. Dass ich kein Mörder war, es hatte keine Bedeutung mehr. Kux hatte die Uhr wieder auf null gestellt, er gaukelte mir vor, dass es da draußen ein Leben für mich gäbe. Dass alles in bester Ordnung wäre, dass er sich um mich kümmern würde. Der Mensch, der mein Leben kaputtgemacht hatte, sagte mir, dass ich alles wieder vergessen, es tief in mir verbergen solle. Nicht hinsehen, nichts fühlen. Mein Schicksal in seine Hände legen. *Es ist ganz einfach, Ben, glaub mir. Stell dir vor, dass alles nur ein böser Traum war. In Wirklichkeit ist nichts passiert, es kann dir nichts geschehen, niemand mehr sperrt dich ein, keiner zeigt mit dem Finger auf dich. Alles ist in bester Ordnung, Ben.* Fast glaubte ich ihm.

Kux gab mir trotz allem das Gefühl, dass er sich um mich kümmerte, dass er immer noch mein Freund war. Es war das Gute in ihm, das mich blendete, diese Seite, die ich immer schon an ihm gemocht hatte, diese Fähigkeit, Menschen zu begeistern, sie in seinen Bann zu ziehen. *Lass es uns einfach tun, Ben. Es ändert ja nichts, oder? Ob du hier bist oder in Thailand, macht keinen Unterschied. Du kannst auch dort traurig sein,* sagte er. Kux schwärmte, bedrohte mich, umgarnte mich. Alles zur selben Zeit. Er zwang mich, etwas zu tun, das ich nicht wollte, er verführte mich, setzte mich unter Druck. *Green Curry oder Sedativa? Business Class oder Untersuchungshaft?* Er fragte mich, grinste dabei und genoss es. *Ich kann dein Leben mit einem Anruf beenden. Willst du das, Ben?* Ich wollte nicht.

Gar nichts mehr wollte ich. Wie ferngesteuert lief ich hinter ihm her. Tat, was er sagte, ließ mich treiben von ihm. Ein feiges Schwein war ich. Ich packte meine Tasche, anstatt etwas dagegen zu unternehmen. Ich wartete darauf, bis es weiterging. Bis wir im Wagen zum Flughafen saßen. Kux, Soy und ich. Es war Mittag in meinem verschissenen Leben. Ich drehte mich nicht mehr um. Wir stiegen ins Flugzeug und flogen nach Thailand.

Lass es gut sein.

- Soy?
- Ich will nicht mit dir reden, Ben.
- Du willst nicht oder du darfst nicht?
- Lass es gut sein.
- Kux hat eine ganze Flasche Champagner getrunken und eine Schlaftablette genommen, er hört uns nicht.
- Was willst du von mir?
- Reden.
- Worüber?
- Über dich, über Kux, über Thailand. Darüber, warum ich mit euch in diesem Flugzeug sitze.
- Ich will davon nichts wissen. Das geht mich alles nichts an, das ist eine Sache zwischen dir und Felix, ich habe meine eigenen Probleme.
- Welche?
- Es macht dein Leben nicht besser, wenn ich dir davon erzähle.
- Vielleicht ja doch.
- Du bist hartnäckig.
- Sehr.
- Wir feiern morgen den siebzigsten Geburtstag meiner Mutter.
- Aber das ist doch schön.
- Meine Mutter wird bald sterben. Sie hat Krebs. Und das ist gar nicht schön, glaub mir.

- Das tut mir leid.
- Es wird das letzte Mal sein, dass ich sie besuchen kann. Wenn ich das nächste Mal komme, wird sie bereits tot sein.
- Du stehst ihr sehr nahe?
- Ja.
- Du wirst also deine ganze Familie wiedersehen morgen?
- Ja. Das ist alles, was wirklich wichtig ist.
- Und dein Mann?
- Was soll mit ihm sein?
- Wie wichtig ist er für dich?
- Hör auf, solche Fragen zu stellen.
- Ich sehe doch, dass du Angst vor ihm hast.
- Die solltest du auch haben, Ben.
- Er wird mir nichts tun.
- Was macht dich da so sicher?
- Ich weiß etwas über ihn. Und er will nicht, dass das jemand erfährt.
- Du weißt gar nichts über ihn, Ben. Sonst wärst du nicht hier.
- Ich weiß, dass er gefährlich ist. Dass es besser wäre, so schnell wie möglich von hier zu verschwinden. Für uns beide.
- Das wird schwierig. Wir sind in einem Flugzeug, zehntausend Meter über dem Boden. Schaut so aus, als müssten wir noch ein bisschen bleiben.
- Das ist kein Spaß, Soy. Dein Mann hat zwei Menschen umgebracht.
- Lass uns über etwas anderes reden.
- Hast du gehört, was ich gesagt habe?
- Nein, das habe ich nicht.
- Willst du nicht wissen, was er getan hat?
- Nein, das will ich nicht. Und ich will auch mit niemandem mehr darüber reden. Mit dir nicht und nicht mit irgendwel-

chen Leuten von der Polizei. Ich will keine Fragen mehr beantworten, hast du das verstanden? Ich will in nichts mithineingezogen werden. Je weniger ich weiß, desto besser. Das hat bisher funktioniert, und das wird auch weiterhin funktionieren.
– Wir müssen ihn aufhalten, wir müssen irgendetwas tun, damit das aufhört.
– *Wir*? Es gibt kein *Wir*, Ben. Du bist allein, ich bin allein, jeder schaut auf sich selbst. Es ist ganz allein deine Sache, wie du damit umgehst. Warum du nicht einfach abgehauen bist, als du es noch konntest. Ich jedenfalls werde nichts mehr tun, was Felix gegen mich aufbringt.
– Hat er dir wieder etwas getan?
– Es hat ihm nicht gefallen, dass wir zusammen gekocht haben. Und es würde ihm auch nicht gefallen, wenn er uns jetzt reden hören würde. Was du über ihn sagst. Dass du versuchst, mich anzumachen.
– Ich mache dich nicht an.
– Tust du nicht?
– Nein.
– Das ist aber schade.
– Ist es das?
– Ja. Wer weiß, wo das hingeführt hätte.
– Ich bin nicht sehr gut in diesen Dingen.
– Lass uns jetzt schlafen, es wird ein langer Tag morgen. Bis wir auf der Insel sind, das Fest. Ich möchte, dass alles perfekt wird.
– Darf ich deine Familie kennenlernen?
– Was spricht dagegen? Außerdem wird dir nichts anderes übrig bleiben. So wie es aussieht, werde ich dich so schnell nicht mehr los.

- Das ist gut, oder?
- Vielleicht.
- Deine Mutter. Vielleicht hat sie ja noch länger, als du denkst. Ich wünsche es dir.
- Warum?
- Weil ich dich mag.
- Du sollst jetzt still sein.
- Ein bisschen noch, bitte.
- Du bist ein großes Kind, Ben. Naiv und gutgläubig, man kann in deinem Gesicht lesen wie in einem Buch.
- Und gefällt dir, was du liest?
- Ja.

Ein Klangteppich aus Worten.

Kux schnarchte. Soy und ich lachten. Ein paar Stunden lang war alles ganz leicht. Soy erzählte von ihren Verwandten, von dem Strand, an dem sie aufgewachsen war, von den Reusen, die sie gebaut hatten. Kleine Käfige aus Holz, die sie ins Meer hinuntergelassen hatten, in denen sich die wenigen Krebse und Fische verirrt hatten, von denen sie lebten. Von einem einfachen Leben erzählte sie, von Armut. Davon, dass sie nichts gehabt hatten außer der Familie. Zusammenhalt statt Luxus. So etwas wie Liebe.

Soy schwärmte von der Zeit vor Kux. Auch wenn alles schwerer gewesen sein musste, zwischen den Zeilen hörte ich, dass sie sich danach zurücksehne. Keine Angst vor einem Mann, der auf unlautere Art und Weise sein Geld verdiente. Testreihen in Kambodscha und Myanmar, Medikamente, die erprobt wurden, illegal. Menschen, die starben. Soy deutete es an. Dass Kux nicht zufällig in Thailand gewesen war damals, als sie sich kennenlernten. Dass er beruflich in Südostasien zu tun gehabt hätte, dass er immer schon über Leichen gegangen sei. *Mit unseren Medikamenten sind wir Weltmarktführer am Grippesektor*, sagte Kux. *Geld spielt keine Rolle, mein Freund.* Kux spielte lieber als zu bezahlen. Es war etwas in Bewegung geraten, das ich nicht mehr stoppen konnte.

Urlaub mit Kux und Soy. Business Class. Die Stewardess, die uns mit Champagner versorgte und uns fragte, ob wir noch etwas essen wollten. Und Soy, die von Minute zu Minute mehr erzählte. Sie öffnete sich, vertraute sich mir an, während Kux tief und fest schlief. Ohne es auszusprechen, schlugen wir uns auf dieselbe Seite. Plötzlich fühlte sich alles nicht mehr so schlimm an, ich sah wieder eine Zukunft, glaubte daran, dass alles ein gutes Ende nehmen würde. Ich dachte nicht mehr an Frau Vanek, daran, wie sie dagelegen hatte. Ich schob es weit weg, ließ es in Europa zurück. Da war nur mehr Soy, wie sie lachte. Sie war herzlich, unverblümt. Meine Schüchternheit verschwand, sie gab mir das Gefühl, dass ich mehr konnte, als ich mir selbst zutraute. *Du bist ein erwachsener Mann, Ben. Du allein bestimmst, was du aus deinem Leben machst. Wehr dich, Ben.* Sie sprach es nicht aus, doch ich hörte es. Sie machte mir Mut. Zumindest bildete ich mir das ein.

Egal wo es hinführte. Ich genoss dieses Gefühl, diese Stunden mit ihr über den Wolken. Der Flug hätte ewig dauern können, diese Nähe, die so guttat, ihr Gesicht neben mir, als sie irgendwann doch einschlief. Ich schaute sie an und wünschte mir, dass das Flugzeug immer weiterfliegen würde. Dieses naive Kind war ich, das Soy in mir sah. Der kleine Ben, der abwartete, was passierte, der nahm, was er bekam, immer noch unfähig, etwas zu tun, das es beendete. Mir fiel nichts ein. Ich sah keinen Ausweg, nur Soy war ein Lichtblick. Die Tatsache, dass auch sie nur da war, weil das Leben sie in Kux' Arme gespült hatte. Alles, was sie zu mir gesagt hatte. Was sie mir von sich gezeigt hatte. Ich wollte es. Mehr von ihr, länger. Dieses Gefühl nicht loslassen, es festhalten, doch es gelang mir nicht. Kux nahm es wieder weg, als er aufwachte.

Er gähnte, richtete sich auf, er versuchte, mir dieses Land zu erklären, in dem er genauso ein Fremder war wie ich. Ein Eindringling, der sich breitgemacht hatte, der so tat, als würde der Boden ihm gehören, als wäre er der König, dem alle zu Füßen liegen mussten. Soys Familie, die uns Stunden später herzlich begrüßte, ihre Mutter, die ihre Tochter wortlos umarmte. Kanita. Abgemagert, klein, in sich zusammengefallen. Sie gab Kux die Hand, bedankte sich bei ihm, dass er ihre Tochter zu ihr gebracht hatte. *Kòbkûn ká*, sagte sie. *Danke* auf Thai.

Ich war fasziniert. Von dieser Sprache, der Landschaft, alles überschwemmte mich, eine andere Welt war es plötzlich, in die ich eintauchte. Kux hatte nicht zu viel versprochen. *Genieß es, Ben*, sagte er. *Du hast es dir verdient. Prost, mein Lieber.* Kux trank wieder. Lao Khao. Reisschnaps in seinem Mund, während die anderen feierten, zusammensaßen und redeten. Ein Klangteppich aus Worten, eine Flut von Eindrücken, eine imposant gedeckte Tafel, an der wir saßen und schwiegen. Kux und ich beobachteten nur, beantworteten hin und wieder Fragen, die man uns aus Höflichkeit stellte. Sonst blieben wir inmitten aller allein. Man respektierte ihn, doch man mochte ihn nicht. Niemand von ihnen, ich konnte es sehen. Oder ich wollte es mir einreden. Er war der reiche Farang, der ihnen ein schönes Leben ermöglichte, sie kümmerten sich um das herrliche Anwesen am Strand, gossen die Blumen, mähten den Rasen, reinigten den Pool, putzten das Haus. Niemand musste mehr fischen. Alle lebten von ihm. Deshalb lächelten sie ihn an. Und Kux nahm es hin.

Ich sah es in seinem Gesicht. Am liebsten wäre er aufgestanden und hätte sich zurückgezogen. Er hasste es, Soys Familie war ihm ein Gräuel. *Ich mache das nur für meine Frau, Ben. Schau dir an, wie rührend das alles ist. Familie. Hatten wir beide nie, mein Lieber.* Und er hatte Recht. Kitschig war es, was sich da abspielte. Freudige Gesichter. Obwohl Soys Mutter nicht mehr lange zu leben hatte, waren alle fröhlich, sie feierten ihren Geburtstag, ließen Ballons mit Wünschen in den Nachthimmel steigen. *Wir hatten beide keine Eltern, Ben. Da war niemand außer uns beiden. Nur du und ich.* Ich erinnerte mich. Wie wir durch das Dorf strichen, unbeaufsichtigt immer, völlig frei, aber einsam. Da war keine Liebe, nirgendwo. Umso schöner war es, dabei zuzusehen. Wie Soy es genoss, im Kreise ihrer Lieben zu sein. Ihr Bruder Trang, der mit ihr tanzte. Ihr Vater, der barfuß am Stock ging und Betelnüsse kaute. Ihr mit seiner Hand liebevoll über die Haare strich. *Schön ist das*, sagte ich leise vor mich hin. *Was für ein Scheißdreck*, sagte Kux.

Die Sonne scheint
nach wie vor.

– Ich hoffe, du hast gut geschlafen, mein Lieber. Wir beide machen nämlich einen Ausflug heute. Das wird schön, Ben, du wirst sehen.
– Du kannst von mir aus hingehen, wo du willst, aber lass mich in Ruhe. Ich bleibe hier.
– Das geht leider nicht. Ich muss dir die Insel zeigen, es gibt viel zu entdecken, ich gebe heute den Reiseführer für dich. Nur du und ich, Ben. Unbeschwert und fröhlich, so wie früher. Diesen Wunsch wirst du deinem alten Freund doch nicht abschlagen, oder? Ich möchte, dass du das alles hier genießt, dass du es als Wiedergutmachung ansiehst.
– Leck mich, Kux.
– Ich reiche dir die Hand, schlag sie nicht aus.
– Ich habe gelogen für dich. Ich bin mit dir in dieses Flugzeug gestiegen. Aber jetzt lass mich in Ruhe.
– Aber nicht doch, Ben. Jetzt wird es doch erst interessant, jetzt wird sich zeigen, wie dick das Band wirklich ist, das uns verbindet.
– Uns verbindet gar nichts.
– Du denkst, dass ich ein krankes Schwein bin, oder? Dass ich das alles nur mache, weil es mir Spaß macht, richtig?
– Ja, das denke ich.
– So ist das nicht, Ben, glaub mir. Ich habe mich nur gewehrt. Dass ich mich nicht kampflos ergeben werde, ist doch klar. Mein Leben gefällt mir nämlich genau so, wie es ist.

- Du hast zwei Menschen umgebracht.
- Und?
- Einer mehr oder weniger ist doch egal, nicht wahr?
- In gewissem Sinne hast du Recht, ja. Am Ende macht es keinen großen Unterschied. Du siehst ja, die Sonne scheint nach wie vor, das Essen schmeckt, die Insel wartet darauf, von uns entdeckt zu werden.
- Warum tust du es dann nicht einfach?
- Was denn?
- Mich umbringen. Das wäre doch das Einfachste, oder? Du wärst mit einem Schlag alle deine Sorgen los. Du müsstest dich nicht mehr mit mir herumschlagen.
- Soll ich ehrlich sein? Ich habe mir das wirklich eine Zeit lang überlegt. Niemand würde dich vermissen, es würde gar nicht auffallen, wenn du verschwinden würdest. Und deinen kleinen Film würde auch niemand zu sehen bekommen. Es gibt nämlich keine Kopien, richtig? So schlau bist du nicht, Ben. Niemand weiß davon, es ist unser kleines Geheimnis, was damals passiert ist.
- Willst du jetzt von mir hören, dass du Recht hast? Dass ich mich tatsächlich nicht abgesichert habe? Ein bisschen schlauer, als du denkst, bin ich vielleicht doch.
- Ich scherze doch nur. Natürlich würde ich dir nie etwas antun, wir sind doch Freunde. Ich bin einer von den Guten, Ben.
- Das bist du nicht. Warst du auch nie. Ich habe es damals nur nicht bemerkt.
- Ach, Ben. Du hast mich genauso gemocht, wie ich war. Ich habe deine traurigen Tage schöner gemacht, dir die Langeweile vertrieben, dir gezeigt, dass das Leben Spaß machen kann. Deshalb solltest du jetzt nicht so streng mit mir sein. Vielleicht wäre sogar ein bisschen Dankbarkeit angebracht.

- Ich weiß, wer du bist, Kux.
- Wer bin ich denn?
- Steht alles im Netz. War nicht allzu schwierig herauszufinden, was du sonst noch alles verbrochen hast.
- Ich habe keine Ahnung, wovon du sprichst.
- Deine Medikamentenexperimente in Burma.
- Wie langweilig, Ben. Du gräbst eine alte Geschichte nach der anderen aus und denkst, dass du mich damit überraschen kannst. Das ist Schnee von gestern, mein Lieber. Man hat mir nichts nachgewiesen, das waren alles nur Spekulationen, Vermutungen, Hirngespinste irgendwelcher Journalisten. Meine Weste ist weiß, mein Freund.
- Sei dir da nicht so sicher.
- Ich gebe dir einen guten Rat, Ben. Nimm hin, dass du dich mit dem Falschen angelegt hast, leg die Füße hoch und entspanne dich. Alles andere würde deine Situation nur noch verschlimmern. Akzeptiere, was ist, und wir machen uns eine schöne Zeit hier. Ich möchte dir so gerne diesen wunderschönen Wasserfall zeigen, den ich bei meinem letzten Besuch hier entdeckt habe. Ein echtes Naturschauspiel, du wirst staunen.
- Ich werde dafür sorgen, dass man dich einsperrt.
- Das ist lächerlich, Ben. Und weißt du auch, warum? Weil du ein Träumer bist, ein Schwächling. Dir fehlt der Biss, du lässt dich zu sehr von deinen Gefühlen steuern, du bist wehleidig, ein Romantiker, du hast keine Ahnung, wie das richtige Leben funktioniert.
- Du wirst für alles bezahlen, Kux.
- Du willst es einfach nicht begreifen, oder? Es geht einfach nicht in deinen Kopf. Wie kann man nur so stur sein.
- Ich werde dafür sorgen, dass du untergehst.

– In Ordnung, Ben. Ganz wie du möchtest. Wir können dieses Spiel gerne so lange weiterspielen, bis auch du verstanden hast. Ich werde dir gerne noch einmal zeigen, wie sich die Dinge entwickeln können, wenn du die falschen Entscheidungen triffst. Aber vorher düsen wir noch ein bisschen über die Insel. Also mach dich hübsch und schwing deinen Hintern in meinen Wagen. In fünf Minuten geht es los, mein Freund.
– Das wird nicht gut für dich enden, Kux.
– Doch Ben, das wird es.

Fisch, Obst und stinkendes Fleisch.

Am Ende tat ich doch, was er sagte. Weil es nur leere Drohungen waren, die aus meinem Mund kamen. Verzweifelte Versuche, ihm die Stirn zu bieten. Ich war hilflos und überfordert. Er war berauscht und euphorisch, es beflügelte ihn, zu sehen, dass ich nicht weiterwusste, dass ich angeschlagen und ohnmächtig in den Seilen hing. Es stachelte ihn an, was ich sagte. Vielleicht wusste er zu diesem Zeitpunkt schon, was am Nachmittag noch passieren würde. Ich griff ihn an und lenkte wieder ein. Ich legte mich auf den Boden, war der demütige Hund, der bereit war, sich treten zu lassen. Ich tat, was er sich von mir erwartete. Weil ich Angst vor ihm hatte. Weil er unberechenbar war.

Ein Schwächling war ich, ein Dummkopf, ich hatte es tatsächlich immer noch nicht begriffen, mit wem ich mich da eingelassen hatte. Obwohl ich wusste, wozu er fähig war, glaubte ich ernsthaft daran, etwas gegen ihn ausrichten zu können. Wie ferngesteuert fuhr ich mit ihm in der Gegend herum. Ich sagte nichts mehr, das ihn aufbrachte, hielt mich zurück, meinen Zorn, alles, was ich ihm gerne an den Kopf geworfen hätte. Ich war ein braver Junge, ich ließ ihm die Kontrolle, tat so, als würde mich interessieren, was er mir alles zeigen wollte. *Dieser kleine Ausflug wird uns guttun*, sagte er. *Du wirst sehen, am Ende des Tages wirst du mir dankbar sein.* Ich nickte nur. Zwang mich zu einem Lächeln, weil er es sich wünschte.

Kux und ich in diesem Auto. Das Schauspiel ging weiter. Zwei Freunde in Thailand, wie Touristen fuhren wir über das Land, die Tempel, die er mir zeigte, ein Wanderweg durch den Dschungel, der Wasserfall, Straßenküchen. Immer wieder stiegen wir aus dem Wagen, er führte mich zu seinen Lieblingsplätzen, er schwärmte, teilte seine Begeisterung mit mir. Da waren nur noch die Sonne, die schien, die Luftfeuchtigkeit, die mir zu schaffen machte, und dann der Markt, zu dem er mich brachte. Fisch, Obst und stinkendes Fleisch. Es war ein Meer aus Gerüchen, ein buntes Treiben, dem wir zusahen.

Nachmittag in Lamai. Auf Plastikstühlen saßen wir in einer schäbigen Marktkneipe, wir aßen und tranken. Chang-Bier, zwei weiße Elefanten auf einem grünen Etikett, und eine junge Frau, die vor uns Hühnerkrallen frittierte. Wir schauten ihr zu, blieben sitzen, bestellten noch zwei Biere. Und Kux erzählte. Dass er alles gekostet hätte, was sie an den Ständen verkauften. Dass Soy ihm alles schmackhaft gemacht hätte, was er nun mir anbot. Kakerlaken, Maden und Tiere, die ich noch nie gesehen hatte. Er wiegte mich in Sicherheit, zog mich hinter sich her in die Haushaltsabteilung, er machte sich darüber lustig, wie lächerlich billig alles war. Er kaufte ein. *Soy hat mich gebeten, ihr ein paar Dinge mitzubringen.* Ein paar Tassen und Töpfe, bunte Geschirrtücher, ein Teppichmesser, Putzmittel. Ich schaute ihm zu, wie er zahlte. Dann fuhren wir weiter über die Insel.

Da war noch ein Tempel, den er mir zeigen wollte. Räucherstäbchen, die er anzündete. Und dann noch ein Aussichtspunkt, zu dem er unbedingt fahren wollte. *Man kann die ganze Insel von dort oben überblicken. Ein wunderbarer Ort,* sagte er und fuhr weiter. Bis das Auto irgendwann einfach liegen blieb. *Kein Benzin mehr*, sagte er. Mitten im Nirgendwo, weit weg von allem, nur er und ich am Straßenrand. Kux fluchte, sagte, dass wir warten müssten, bis jemand kam, der uns mitnahm. Doch nichts passierte. Lange Zeit nicht. Bis es dämmerte und wir uns darauf einstellten, zu Fuß zu gehen. Zurück. Dorthin, wo Menschen waren. *Es wird uns wohl nichts anderes übrig bleiben*, sagte er. Dann kam das Tuk Tuk.

Eine Art Moped mit Ladefläche, auf der eine Sitzbank festgemacht war, eine Attraktion für Touristen, kurz nachdem es dunkel wurde. Unsere Rettung, dachte ich. Wir winkten, stoppten den freundlichen Mann, der uns zulächelte. *No gasoline, please help*, sagte Kux. *No problem*, sagte der Thai. Mit ein paar Scheinen brachte Kux ihn dazu, uns zur nächsten Tankstelle zu fahren. *Am Ende haben wir ja doch noch Glück*, sagte Kux. Er nahm die Einkaufstüte mit den Sachen vom Markt und sperrte den Wagen ab. Wir stiegen in das Tuk Tuk und fuhren los. Ich war froh, dass ich nicht mehr mit ihm allein war. *Wir holen Benzin, dann fahren wir zurück an den Strand*, sagte er. Müde saß ich neben ihm und schaute in die Landschaft. Taub war alles und leer. *Halt dich gut fest*, sagte er. *So eine Tuk-Tuk-Fahrt kann gefährlich sein.* Kux grinste.

Ich begriff es nicht. Ich hatte nicht gesehen, wie er das Teppichmesser aus der Einkaufstüte zog. Erst als er sich nach vorne beugte, bemerkte ich, dass etwas nicht stimmte. Erst als er den Schnitt machte, kam wieder Leben in mich. Erst als der Fahrer das Lenkrad losließ und das Tuk Tuk die Böschung hinunterfuhr. Plötzlich war ich wieder hellwach. Weil wir umkippten. Und alles wieder voller Blut war.

Er wird nicht aufhören.

- Wo sind Sie?
- In Thailand.
- Was um Himmels willen machen Sie in Thailand? Ich habe Sie doch darum gebeten, im Land zu bleiben. Sie sind der Hauptverdächtige in einem Mordfall, das haben Sie doch mitbekommen, oder?
- Sie müssen mir jetzt genau zuhören.
- Im Gegensatz zu Ihnen muss ich gar nichts. Sie werden sich in den nächsten Flieger setzen und zurückkommen. Und das war keine Bitte, haben Sie das verstanden?
- Ich war das nicht, das müssen Sie mir glauben.
- Rufen Sie deshalb an? Um mir das zu sagen? Das hatten wir schon. Sie haben Ihre Unschuld beteuert, und ich habe Ihnen gesagt, dass ich trotzdem felsenfest davon überzeugt bin, dass Sie Frau Dr. Vanek umgebracht haben.
- Bitte helfen Sie mir.
- Ich kann Ihnen nur helfen, wenn Sie tun, was ich Ihnen sage. Sie haben in dieser heiklen Situation das Land verlassen. Es muss Ihnen doch klar sein, dass Sie das noch schuldiger erscheinen lässt.
- Sie müssen den Mann stoppen, der das alles getan hat.
- Und dieser Mann wäre?
- Kux.
- Ist das Ihr Ernst?
- Ja.

– Der Mann, der Ihnen ein Alibi gegeben hat, soll jetzt der Mörder Ihrer Therapeutin sein? Ihre Geschichte wird ja immer abenteuerlicher.
– Er hat sie umgebracht, nicht ich.
– Verzeihen Sie mir, aber wie soll das gehen? Sie sind doch gemeinsam geschwommen, oder nicht? Somit hat auch Ihr Freund ein Alibi. Offiziell kann er also Frau Dr. Vanek genauso wenig umgebracht haben wie Sie. Eine sehr vertrackte Situation ist das. Sie können Ihr Problem nur lösen, wenn Sie mir sagen, wo Sie an diesem Nachmittag wirklich waren.
– Darum geht es jetzt nicht.
– Worum geht es dann? Was Sie mir da auftischen wollen, klingt haarsträubend. Felix Kux mag vielleicht ein skrupelloser Geschäftsmann sein, aber er ist kein Mörder. Nichts spricht gegen ihn. Alle Finger zeigen auf Sie.
– Es ist nicht so einfach, wie Sie denken.
– Erklären Sie es mir, ich höre Ihnen zu.
– Er hat noch jemanden umgebracht. Gerade eben, am helllichten Tag, mitten auf der Straße, er ist verrückt geworden. Wenn Sie nichts tun, wird noch jemand sterben.
– Was reden Sie da? Wen hat er umgebracht? Wo?
– Einen Tuk-Tuk-Fahrer. Kux hat ihm die Kehle durchgeschnitten. Ich war dabei. Ich saß neben ihm. Der Mann ist tot, verstehen Sie?
– Sind Sie betrunken?
– Nein, ich bin nicht betrunken. Ich sage Ihnen die Wahrheit, Felix Kux hat diesen Mann einfach umgebracht. Genauso wie Frau Vanek.
– Ich glaube Ihnen kein Wort.
– Sie müssen nach Spuren suchen, irgendetwas finden, das be-

weist, dass er dort war. In der Praxis. Es muss etwas geben, irgendetwas, das er übersehen hat.
- Da ist nichts, glauben Sie mir. Wir arbeiten sehr gründlich.
- Ich weiß nicht mehr, was ich tun soll. Bitte helfen Sie mir.
- Weinen Sie?
- Ich weiß nicht, was noch passieren wird. Er wird nicht aufhören.
- Die Sache scheint Ihnen ja ganz schön zuzusetzen. Es ist wirklich am besten, wenn Sie so schnell wie möglich zurückkommen, dann besprechen wir alles in Ruhe. Wir werden uns um ärztliche Behandlung für Sie kümmern, eine psychologische Betreuung für Sie organisieren.
- Ich kann nicht zurückkommen.
- Das macht es nicht besser, glauben Sie mir.
- Er wusste von meinem Termin, er hat alles genau geplant.
- Es gibt keinen einzigen Grund, warum Herr Kux Ihre Therapeutin umgebracht haben sollte.
- Doch, den gibt es.
- Er hatte kein Motiv. Sie müssen mir schon etwas mehr erzählen, wenn Sie mich davon überzeugen wollen. Im Moment klingt alles für mich nach einem hilflosen Versuch, Ihren Kopf aus der Schlinge zu ziehen. Sie sind verzweifelt, das kann ich nachvollziehen.
- Ich sage die Wahrheit.
- Da hat mir Ihre Mutter aber etwas anderes erzählt.
- Was sagen Sie da?
- Ich war bei ihr.
- Warum haben Sie das getan?
- Weil ich verstehen will, was passiert ist.
- Meine Mutter ist schwer krank.
- Trotzdem wohnt sie noch alleine im Haus. Eine tapfere alte

Dame ist das, sie kämpft hartnäckig gegen ihre Demenz an. Und sie kann sich an mehr erinnern, als Sie denken.
- Was soll das?
- Sie hat mir erzählt, dass Sie sich als Installateur ausgegeben haben, als Sie vor ein paar Wochen bei ihr waren. Warum machen Sie so etwas? Sie haben gelogen, Ihrer Mutter vorgespielt, dass Sie ein anderer sind.
- Das geht Sie nichts an.
- Sie hat gesagt, dass Sie Tage auf dem Dachboden verbracht haben. Dass Sie sich alte Filme angesehen haben. *Er war wieder im Bösland*, hat sie gesagt. Ein interessanter Name für einen Dachboden.
- Hören Sie auf damit.
- *Bösland.* Ein Ort voller Erinnerungen, nicht wahr? Es hat etwas mit Ihnen gemacht, oder? Sie haben sich erinnert. Der Mord von damals. Vielleicht hat ja der Besuch in Ihrem Elternhaus das alles ausgelöst?
- Unsinn.
- Sie waren am Tatort von damals, und ein paar Wochen später töten Sie wieder. Sie müssen zugeben, dass es naheliegend ist, solche Theorien zu entwickeln.
- Sie hören mir nicht zu.
- Und Sie verschweigen mir mehr, als ich vermutet habe.
- Ich muss jetzt auflegen.
- Tun Sie das nicht. Reden Sie mit mir.
- Ich will nicht mehr.
- Ihre Mutter macht sich Sorgen um Sie.
- Das hat sie noch nie getan.
- Da hatte ich aber einen anderen Eindruck. Ich habe lange mit ihr gesprochen. Über ihre Kindheit, über ihre Freundschaft zu Felix Kux. Sie hat es bestätigt.

- Was?
- Dass Sie in ihn verliebt waren. Dass ihr Sohn homosexuell ist. So wie es aussieht, hat sie das ziemlich erschüttert. Sie spricht voller Wehmut davon. Auch sie hat darin den Grund gesehen, warum Sie das Mädchen erschlagen haben.
- Meine Mutter hat keine Ahnung, wer ich bin. Das hatte sie nie. Sie hat sich nie für mich interessiert. Bis heute nicht.
- Wie gesagt, sie sorgt sich. Und sie hat Angst vor Ihnen. *Ich traue ihm alles zu*, hat sie gemeint. *Es wäre besser, ich hätte ihn nie bekommen.* Das hat sie immer wieder gesagt.
- Ich weiß. Und deshalb ist es vielleicht wirklich das Beste, wenn ich das jetzt alles beende. Für immer.
- Wie meinen Sie das?
- Ich mache jetzt Schluss.
- Warten Sie. Lassen Sie uns in Ruhe miteinander reden.
- Nein.
- Bitte legen Sie nicht auf.
- Doch.

Da war nur
noch ich.

Es war ein letzter Versuch gewesen, alles richtigzustellen. Ein paar Stunden nachdem es passiert war, hatte ich ihn angerufen. Ich wollte etwas tun, endlich etwas unternehmen, damit es aufhörte. Ich wollte, dass jemand ihn aufhielt, ihn einsperrte, ihn dafür bestrafte, für das, was er getan hatte. Ich wollte, dass irgendjemand kam und die mächtigen Bilder aus meinem Kopf nahm, sie hochhob und davontrug. Der junge Mann, der mit durchschnittener Kehle in seinem Tuk Tuk lag. Frau Vanek auf ihrem Teppich. Matilda. Sie alle starrten mich an, und ich konnte nichts dagegen tun. Mit einem einzigen Schnitt hatte Kux das nächste Leben beendet. So als wäre es das Normalste auf der Welt, Menschen töten. Nur um mir zu zeigen, dass er es konnte.

Ich war aus dem Wagen geschleudert worden. Hatte am Boden gelegen und zugeschaut, wie der Thai verblutete. Als ich mich wieder bewegen konnte, war er bereits tot gewesen. Als ich ihm meine Hände auf den Hals gelegt hatte, um die Blutung zu stoppen, war Kux bereits dabei gewesen, seine Spuren zu verwischen. *Wir müssen noch saubermachen, bevor wir gehen*, hatte er gesagt. Mit den Geschirrtüchern und dem Putzmittel, das er gekauft hatte, wischte er alles ab, was er berührt hatte. *Wir wollen ja schließlich nicht, dass wir erwischt werden*, sagte er. *Zumindest ich nicht.* Kux lachte. Er polierte die Rückbank, die Haltegriffe. Den ganzen Tag hatte er darauf gewartet, bis sich eine Gelegenheit ergab. Bis jemand vorbeikam, den er im Vorübergehen umbringen konnte. Einen Unbekannten, einen völlig Unschuldigen. Es war ihm egal gewesen, wer. Dass es ein Tuk-Tuk-Fahrer war, der uns mitnahm, war eine glückliche Fügung für ihn. Dass der Fahrer nicht schneller fuhr als 40 km/h, dass das Risiko, sich zu verletzen, überschaubar war. *Halt dich gut fest*, hatte er gesagt. Kurz darauf war der Fahrer tot.

Kux hatte nur den Kopf geschüttelt, als ich dem Fahrer helfen wollte. *Was machst du da nur, Ben? Egal wie fest du deine Hand noch auf seinen Hals drückst, er wird nicht wieder lebendig. Für ihn ist das Spiel vorbei. Aber nicht für uns, mein Lieber.* Er war mir ganz nahe gekommen, er hatte darauf gewartet, dass ich ihn angreifen würde, dass ich wieder die Kontrolle verlieren würde. Kux erwartete eine Reaktion von mir, doch es gab keine. Ich starrte nur den Toten an, meine blutigen Hände. Ich hörte seine Stimme. *Ob du willst oder nicht, Ben. Du musst dich wieder entscheiden. Hierbleiben oder nicht. Ich jedenfalls werde zurück zu meinem Wagen gehen und nach Hause fahren. Die Sachen zum Putzen lasse ich hier. In fünf Minuten werde ich wiederkommen. Du hast die Wahl zwischen einem leckeren Abendessen im geborgenen Kreis der Familie oder thailändischem Gefängnis. Ich an deiner Stelle würde Ersteres bevorzugen. Zweiteres ist die Hölle, glaub mir.* Dann legte er die Putzfetzen und die Flasche mit dem Chlor für mich auf die Rückbank und ging.

Da war nur noch ich. Und der tote Thai unterhalb der Straße. Der kleine Ben, der brav den Putzfetzen in die Hand nahm und saubermachte. Zuerst meine Hände, sein Blut, das ich von mir abrieb. Dann meine Fingerabdrücke, den Platz, wo ich gesessen hatte, die Wunde in seinem Hals. Ich ließ nichts von mir zurück. Ich tat, was Kux sagte. Wie eine Marionette, die er bewegte, ging ich die Böschung nach oben zur Straße. Ich stieg in seinen Wagen und fuhr mit ihm nach Hause. Ohne zu reden. Ich hörte ihn nicht mehr, reagierte nicht mehr. So wie damals war es. Dieses Gefühl, weit weg von allem zu sein, irgendwo, wo niemand mehr hinkommt, völlig allein.

Ich saß gemeinsam mit ihm und den anderen am Tisch beim Essen. Kux hatte gesagt, ich solle bleiben, und ich blieb. Er hatte gesagt, ich solle mich zusammenreißen, mich nicht so gehen lassen, und ich bemühte mich. Hielt durch. Ich schaute ihnen zu. Soy, ihrem Bruder, ihrer kranken Mutter. Sie waren fröhlich, unbeschwert wie am Vortag, sie hatten keine Ahnung, was passiert war. Sie akzeptierten, dass ich nicht reden wollte, dass ich mich zurückzog. Was Kux mir irgendwann doch erlaubte. Weil er spürte, dass ich nicht mehr konnte, kurz davor war, zusammenzubrechen, etwas zu sagen, das er nicht hören wollte. *Ben ist noch erschöpft von der Reise*, sagte er. *Leg dich ruhig hin, Ben. Wir sehen uns morgen, ich muss ohnehin noch mal weg.* Kux hatte genug gespielt. Er wollte mit dem Boot zum Festland. Noch jemanden treffen, hatte er gesagt. Er ließ von mir ab. Und ich ging auf mein Zimmer.

Kurz noch probte ich den Aufstand. Ich wehrte mich, in Gedanken machte ich ihn kaputt, erschlug ihn, vergrub ihn. Ich wollte, dass er unterging. Einen Augenblick lang noch glaubte ich daran, dass es eine Zukunft geben könnte. Dass alles ein gutes Ende nehmen würde. Ich hatte ernsthaft gedacht, dass der Beamte etwas sagen, etwas tun könnte, das es besser machte. Ich hatte versucht, die Wahrheit zu sagen, doch er glaubte mir nicht. Immer noch war er überzeugt davon, dass ich schuldig war. Verantwortlich für das alles. Es gab keinen Notausgang mehr. Mein ganzes Leben ein Irrtum. Deshalb nahm ich den Gürtel und legte ihn um meinen Hals.

Weil alles
zu schwer ist.

– Woran erinnern Sie sich noch, wenn Sie an Ihren Vater denken?
– Daran, wie er gerochen hat.
– Was war das für ein Geruch?
– Bier, Zigaretten, Schweiß.
– Gibt es etwas Gutes, das Sie mit ihm verbinden?
– Nein.
– Irgendetwas?
– Er hat mir beigebracht, wie man Zäune macht. Einen Sommer lang haben wir das gesamte Grundstück umzäunt. Er und ich. Das war schön.
– Dass er Zeit mit Ihnen verbracht hat?
– Ja. Er hat nicht viel geredet, aber er war da. Und er war stolz auf mich. Weil ich es gut gemacht habe. Er hat mich nicht geschlagen in dieser Zeit.
– Sie sagten, dass Sie nicht traurig waren, als er gestorben ist.
– Ja.
– Er war Ihr Vater. Und er hat sich umgebracht. Sie haben ihn gefunden. Ich denke, dass es wichtig ist, dass wir einmal darüber sprechen.
– Worüber denn?
– Über Selbstmord. Haben Sie selbst jemals daran gedacht, sich umzubringen?
– Warum fragen Sie mich das?
– Weil ich mir Sorgen um Sie mache.

- Ich habe oft darüber nachgedacht. Aber ich möchte leben. Meistens zumindest. Auch wenn ich allen Grund dazu hätte, mein Leben einfach zu beenden. Weil ich lange gedacht habe, dass ich es nicht verdient habe. Weil alles zu schwer ist manchmal.
- Sie sind jetzt erwachsen, Ben. Das kleine Kind in Ihnen kann darauf vertrauen, dass Sie gut auf sich achtgeben. Sie können das, Ben.
- Da bin ich mir nicht so sicher. Oft denke ich mir, dass es viel einfacher wäre, zu gehen. Nicht mehr aufzuwachen, zu verschwinden. So wie er es getan hat.
- Ihr Vater hat keinen Ausweg mehr gesehen. Sie aber haben einen. Sie haben noch so viel vor sich. Viel Schönes, da bin ich mir sicher.
- Können Sie mir das versprechen?
- Nein, das kann ich nicht. Aber ich glaube daran. Vielleicht können Sie das ja auch irgendwann.
- Vielleicht.
- Ich wünsche es Ihnen.

*Hineinfallen
ins Dunkel.*

Das war das Letzte, woran ich gedacht hatte. An dieses Gespräch, das wir irgendwann am Anfang der Therapie führten, kurz nachdem ich das Foto gefunden hatte. Ich wollte ihr glauben damals. Ich wollte, dass sie Recht hatte, dass ich mir ein neues Leben verdiente, ein schöneres. Doch nun war es anders gekommen. Mein einfaches Leben im Labor ohne Höhen und Tiefen, die Gleichgültigkeit, an die ich mich gewöhnt hatte, die mir Sicherheit gab, nichts mehr davon war übrig. Kux hatte mich verschluckt, meine Tage. Die früheren und die kommenden.

Ich habe kein Kind in mir, hatte ich zu Frau Vanek gesagt. *Ich kann nichts damit anfangen. Das ist Psychoquatsch.* Doch ich gewöhnte mich an die Vorstellung, ließ mich darauf ein. Und Frau Vanek lobte mich dafür. Der Klient machte Fortschritte, von Woche zu Woche nahm das Suizidrisiko ab. Der Wunsch zu sterben, der manchmal laut war in mir, verschwand immer mehr. Ich schöpfte Hoffnung, glaubte an eine Zukunft. *Sie haben noch so viel Schönes vor sich. Sie können das, Ben.* Doch sie irrte sich. Einen Scheißdreck konnte ich. Frau Vanek hatte Unrecht, ich hatte es nicht fertiggebracht, auf dieses kleine Kind in mir achtzugeben. Ich hatte es im Stich gelassen, es Kux in die Arme getrieben. Und er hatte es geschlachtet, gequält, gedemütigt. Bis nichts mehr von ihm übrig war.

Ich zog den Gürtel fest. Die Schnalle ganz nah an meinem Hals, kalt war sie. Das andere Ende befestigte ich an einem Deckenbalken. Ich stand auf einem Stuhl. Ich machte es genauso, wie er es gemacht hatte. Nur zwei Knoten waren es, nur ein kleiner Sprung war es, den ich machen musste. Hineinfallen ins Dunkel. Ohnmächtig werden. Aufhören zu atmen. Tot sein.

Doch ich zögerte. Vielleicht wollte ich noch einmal ihre Stimme hören. *Tun Sie das nicht, Ben. Irgendeinen Ausweg gibt es immer. Auch wenn Sie im Moment keinen sehen.* Doch Frau Vanek war tot. Nie wieder würde sie etwas sagen, da war nur noch ich, irgendwo in Thailand an einem Strand, in einem wunderschönen Zimmer auf einem Holzstuhl. Ich zitterte. Ich hätte nur meine Beine heben müssen. Ein Ruck, und sie hätten den Boden nie wieder berührt. Keine Träne wäre mehr aus meinen Augen geronnen. Nichts mehr hätte sich bewegt. Da war nur mehr mein Atmen. Die Angst vor dem allerletzten Moment. Der Entschluss, von zehn rückwärts zu zählen. Nicht mehr zu zögern.

Zehn, neun, acht. Meine Mutter fiel mir ein, ihr leidendes Gesicht, ihre Mundwinkel, die sie wie immer nach unten zog, ihr Jammern, ihr Winseln, die Aufmerksamkeit, nach der sie schrie. Und wie sie mich angeschaut hatte, als ich neulich bei ihr war. Wie sie es vorzog, so zu tun, als wüsste sie nicht, wer ich war. Immer noch schämte sie sich dafür, dass ich auf der Welt war. Mit dem Kriminalbeamten hatte sie gesprochen, mit mir nicht. Weil ich es nicht wert war. *Sieben, sechs, fünf.* Ich sah Kux vor mir. Wie er lachend neben mir im Gras lag vor dreißig Jahren. Er war plötzlich wieder ein Kind, nicht mehr bedrohlich, er hatte keine Macht mehr über mich. *Vier, drei, zwei.* Ich erinnerte mich an einen Stapel von Urlaubsfotos, die ich kürzlich im Labor in der Hand gehalten und durchgeblättert hatte. Urlaub in Thailand war es, Sonnenuntergänge, Strand, Palmen. Was vor Monaten noch so unendlich weit weg war, war jetzt ganz nah. Durch das Fenster konnte ich es sehen. Wie die Kugel ins Wasser fiel und die Sonne verschwand. *Eins.* Ich hatte fertiggelebt. Zu Ende gezählt.

Hätte sie die Türe nur ein wenig später aufgemacht, wäre ich jetzt tot. Sie wollte nach mir sehen, sie hatte sich Sorgen gemacht, weil ich beim Essen so still gewesen war, so traurig. Weil sie gespürt hatte, dass etwas passieren würde, wenn sie nicht zu mir kommen würde. Soy. Als Kux weggefahren war, tauchte ihr Gesicht im Türrahmen auf. Ihre großen Augen, weil sie nicht glauben wollte, was sie sah. Der Gürtel, der Stuhl und der Balken über mir.

Sie kam nicht näher. Nur mit ihren Blicken hielt sie mich fest. *Rühr dich nicht, Ben. Du wirst jetzt nicht abhauen*, sagten ihre Augen. *Du wirst jetzt den Knoten lösen und von diesem Sessel steigen.* Ich wollte es hören. Ich wollte, dass sie blieb. Sie weiter anschauen. Ihre Haut, ihre schwarzen Haare, ihre Gelassenheit, ich wollte, dass sie mich berührte. Aber anstatt zu mir zu rennen und alles zu tun, um mich zu retten, schaute sie mich nur an. Sie geriet nicht in Panik, bedrängte mich nicht. Soy wollte, dass ich es selbst tat. Zurückkommen. Ich sollte die Entscheidung treffen, nicht sie.

Wir waren Verbündete in diesem Moment. Kux wusste nicht, dass sie bei mir war. Dass ich auf einem Stuhl stand und dabei war, mich umzubringen. Dass sie mir dabei zuschaute, wie ich ins Leben zurückkehrte, wie ich langsam die Arme nach oben nahm und die beiden Knoten im Gürtel löste. Wie ich vom Stuhl stieg und meinen Hals befreite. Soy lächelte. Dann kam sie auf mich zu, nahm meine Hand und führte mich zum Bett. *Leg dich hin*, sagte sie. *Und jetzt mach deine Augen zu.*

Nur ihre Hände. Ihre Haut. Nichts anderes mehr war wichtig. Ihr Mund. Wie er auf- und zuging. Ganz leise. Dass ich mich nicht bewegen solle, sagte sie. Dass ich still sein solle. *Du musst nichts sagen, Ben.* Ganz nah war sie, ihre Wange an meiner, ihre Lippen, die meine Tränen nahmen. Eine nach der anderen. Ihre Finger, die über meine Haare strichen, über meinen Hals, mein Gesicht. Mit beiden Händen fing sie mich auf, umhüllte mich. Ich lag nur da und spürte es. Ich starb nicht, verschwand nicht, ich lebte wieder. Mehr als das. Was ich fühlte, was mit mir geschah, was sie mit mir machte. Sie umspülte mich mit Nähe, alles, was kalt war, wurde warm, das Dunkle verschwand, überall war plötzlich Licht. Mit geschlossenen Augen sah ich, wie die Sonne wieder aufging. Wie schön sie war. Soy.

Sie hörte nicht auf. Jeden meiner Versuche, mich aufzurichten, aus dieser Nähe zu gehen, vereitelte sie, indem sie mich wieder sanft nach unten drückte, sich noch näher an mich schmiegte. Langsam und behutsam. Jede Sekunde, in der sie mich weiterstreichelte, war wie ein Geschenk, das Wunder, auf das ich vielleicht mein ganzes Leben lang gewartet hatte. Jemand, der mich festhielt, mich in den Arm nahm, jemand, der es gut mit mir meinte, der keine Angst vor mir hatte. Der blieb. Und flüsterte. *Nicht nachdenken, Ben. Nur du und ich, Ben.* Dann zog sie mich aus. Und ich ließ es zu, half mit. Bewegte mich in die Richtung, in die sie mich drehte, ich wollte es, wehrte mich nicht dagegen. Weil da plötzlich ihre Haut war auf meiner, weil auch sie sich auszog, sich auf mich legte, mich küsste. Ihre Lippen überall. Fast die ganze Nacht lang.

So tun, als wäre es
für immer.

- Danke.
- Wofür?
- Dass du zu mir gekommen bist. Mich davon abgehalten hast.
- Du hättest es so oder so nicht getan. Auch wenn ich nicht ins Zimmer gekommen wäre. Du wärst einfach von dem Stuhl wieder heruntergestiegen und hättest dich hingelegt.
- Woher willst du das wissen?
- Weil es nicht schwer war, dich zum Bleiben zu überreden.
- Warum machst du das alles, Soy?
- Was denn?
- Warum liegst du in meinem Bett und nicht in seinem?
- Weil ich dich mag.
- So einfach?
- Ja.
- Fürchtest du dich nicht?
- Wovor denn?
- Davor, dass das nicht gut enden könnte.
- Ich will jetzt nicht darüber nachdenken, Ben. Ich möchte einfach nur mit dir hier liegen. So tun, als wäre es für immer.
- Wenn er das hier erfährt, wird er uns beide umbringen.
- Er wird es nicht erfahren.
- Du hast ja keine Ahnung, was heute passiert ist. Was er getan hat.

- Bitte, Ben. Ich sagte dir doch, dass ich nichts davon wissen will. Das ist eine Sache zwischen euch beiden.
- Nein, das ist es nicht mehr, Soy. Das alles geht dich jetzt auch etwas an.
- Nur weil ich mit dir geschlafen habe, heißt das nicht, dass ich für deine Probleme verantwortlich bin, Ben.
- Es sind auch deine Probleme, glaub mir. Dieser Mann geht über Leichen, früher oder später wird er auch nicht mehr davor haltmachen, dir wehzutun.
- Das hat er schon.
- Ich rede von Mord, Soy.
- Du spinnst ja.
- Nein, Soy, ich spinne nicht. Kux ist ein Psychopath, er hat ein kleines Mädchen umgebracht, als er dreizehn war. Vor ein paar Tagen hat er meine Therapeutin umgebracht. Und heute, kurz bevor wir zurückgekommen sind, hat er einem Tuk-Tuk-Fahrer den Hals aufgeschnitten.
- Hör auf damit, Ben. Bitte.
- Dein Mann ist ein kaltblütiger Mörder.
- Dann gib ihm doch einfach, was er von dir will. Tu, was er sagt, Ben. Glaubst du wirklich, dass er dich sonst in Ruhe lassen wird? Erst wenn er bekommt, was er von dir haben will, ist es vorbei.
- Wir könnten doch einfach verschwinden, du und ich. Von hier weggehen, irgendwohin, wo uns niemand findet.
- Nein, das können wir nicht.
- Warum nicht?
- Ich werde das alles hier nicht aufgeben, Ben. Ich habe zu viel dafür ertragen. Einen Weg zurück in mein altes Leben gibt es für mich nicht mehr. Und so wie es aussieht, für dich auch nicht.

- Und wie soll es jetzt weitergehen?
- Ich sagte doch schon. Gib ihm einfach, was er will.
- Du weißt von dem Film, oder?
- Ja.
- Und du weißt auch, was darauf zu sehen ist?
- Nein. Aber er hat gesagt, dass es verdammt wichtig ist, dass das niemand zu sehen bekommt.
- Wenn ich ihm den Film gebe, bin ich so gut wie tot.
- Du wolltest doch sterben, oder?
- Das ist nicht witzig, Soy.
- Warum lächelst du dann?
- Weil ich nicht weiß, was ich tun soll. Weil ich lebe, weil ich mich gerade noch umbringen wollte und jetzt nackt neben dir liege. Ich lächle, weil ich glücklich bin.
- Du bist einer von der romantischen Sorte, oder?
- Darüber habe ich mir nie Gedanken gemacht.
- Und worüber machst du dir Gedanken?
- Darüber, dass irgendjemand ihn aufhalten muss. Sonst wird noch etwas passieren.
- Du kannst es nicht lassen, oder?
- Trang. Er ist doch bei der Polizei, er ist dein Bruder. Wir könnten ihm alles erzählen, und er wird uns helfen. Er könnte Kux aus dem Verkehr ziehen.
- Er ist bei der Drogenfahndung in Bangkok. Er hat nichts mit Mord zu tun, es wäre sinnlos, ihn einzuweihen. Das würde alles nur noch schlimmer machen, Ben.
- Ich verstehe das nicht, Soy.
- Was?
- Dass du mich küsst, aber trotzdem auf seiner Seite stehst.
- Das tue ich nicht.
- Doch, Soy, das tust du. Ich soll still sein, tun, was er sagt,

ihm geben, was er von mir will. Es fühlt sich falsch an, das passt nicht zusammen, was du tust und was du sagst. Immer noch könnte man glauben, dass er dich geschickt hat.
- Ich muss jetzt gehen, Ben.
- Bitte bleib. Ich habe das nicht so gemeint.
- Vielleicht hast du ja Recht, und ich mache nur, was Felix mir sagt. Ein Blick von ihm genügt und ich springe.
- Das tust du nicht.
- Doch, Ben.

Kux hat uns
zugesehen.

Ich weiß nicht, wie lange er da schon gestanden hat. Hinter dem Fenster im Halbdunkel sein Gesicht. Kux hat uns zugesehen. Wie wir Arm in Arm im Bett gelegen haben. Aneinandergeschmiegt, Soys Hände in meinen. Einen Augenblick lang noch, dann lösten wir uns voneinander. Weil das kurze Glück wieder vorüber war, weil er es wieder beendete.

Soy sprang auf und verließ den Raum. Sie hatte ihn zuerst gesehen. Soy lief einfach davon und ließ mich mit ihm allein. Mit der Tatsache, dass ich ihn demütigte. Ihm etwas Unverzeihliches angetan hatte. Wie ein Rausch war es, aus dem ich aufwachte. Wieder waren da nur wir beide auf dem Schlachtfeld. Kux und ich. Er stand noch immer am Fenster, ich lag im Bett. Bedrohlich war es, wie er mich anstarrte. Aber irgendetwas war anders. Ich konnte mich bewegen, da war keine Ohnmacht mehr. Soys Haut, ich wollte sie wieder, diese Nähe, ihren Mund, ihre Zunge. Deshalb schaute ich nicht weg, hielt seinem Blick stand. Ich starrte ihn an, genauso wie er mich anstarrte. Kein Wort, nur unsere Augen, nur seine Gedanken, die ich hörte. *Was hast du nur gemacht, Ben? Das ist meine Frau. Dafür bringe ich dich um, Ben.* Und was ich ihm antwortete mit meinen Blicken. *Ich werde nicht weglaufen, Kux. Ich werde kämpfen. Du wirst in Zukunft deine Finger von ihr lassen.*

Es fühlte sich gut an. Ihm die Stirn zu bieten, einen Moment ohne Furcht zu sein. Dieses kleine Stück Hoffnung, das in mir laut war, hochzuhalten. *Du musst dafür sorgen, dass er ihr nichts tut. Du musst ihn aus dem Verkehr ziehen, Ben.* In Gedanken sagte ich es vor mich hin, ich glaubte daran, dass ich es schaffen könnte. Deshalb stand ich auf und machte die Tür auf.

Wir sollten reden, sagte ich. Kux nickte und ging zum Bett. Setzte sich. Lehnte sich zurück und wartete. Ich setzte mich zu ihm. Dort wo ich noch vor zehn Minuten mit Soy umarmt gelegen hatte, saß ich jetzt mit ihm. Entgegen allem, was ich erwartet hatte, blieb er gelassen. Völlig ruhig war er. Genau so wie ich. *So wie es aussieht, hast du die Karten wieder neu gemischt*, sagte er. *Respekt, Ben.* Er schaute mich nicht an dabei. Beide starrten wir aus dem Fenster. Da war keine Wut, Kux drohte mir nicht, er schien verunsichert. So wie es aussah, hatte ich ihn schwer getroffen, ihm wehgetan. Das Monster lag verwundet neben mir.

Ein bisschen Glück.

- Damit habe ich nicht gerechnet, Ben.
- Ich auch nicht.
- Hätte ich dir nicht zugetraut, dass du das wagst.
- Ein bisschen Glück für mich, spricht doch nichts dagegen, oder?
- Hast du keine Angst, Ben?
- Nein, nicht mehr.
- Du hättest allen Grund dazu, findest du nicht auch?
- Siehst du den Gürtel da? Vor ein paar Stunden wollte ich mich damit noch aufhängen.
- Warum hast du es nicht getan? All unsere Probleme wären mit einem Schlag gelöst gewesen. Das ganze Drama hätte ein schönes Ende genommen. Und du hättest deine Finger von meiner Frau gelassen.
- Es klingt vielleicht seltsam, aber irgendwie fühlt es sich für mich im Moment so an, als hätte ich das verdient.
- Was? Meine Frau? So hast du dir das also ausgedacht? Jetzt beginnt dein neues Leben, oder was? Da muss ich dich leider enttäuschen. Du glaubst doch nicht wirklich, dass diese kleine Schlampe mehr für dich empfindet als für irgendeinen anderen Touristen hier am Strand. Das ist lächerlich, Ben. Soy hat alles und jeden gefickt, du bedeutest ihr gar nichts. So wie es aussieht, ist sie noch immer eine dreckige Nutte. Obwohl ich zugeben muss, dass ich geglaubt habe, dass sie das hinter sich gelassen hat. Ich hatte wirklich den

Eindruck, dass ich sie im Griff habe. Dass sie verstanden hat, dass sie mir gehört.
- Du kannst nicht alles kaufen, Kux.
- Wenn du wüsstest, was Soy alles getan hat, damit ich sie hier aus dieser Scheiße heraushole, dann würdest du staunen. Sie hat sich richtig Mühe gegeben, alles mit sich machen lassen. Wann immer ich es wollte. Glaub mir, Ben, für ein angenehmes Leben im Luxus verkauft sich jeder.
- Du bist gekränkt, das verstehe ich. Aber du könntest es trotzdem mit ein bisschen mehr Fassung tragen. Du musst nicht schlecht über sie reden.
- Ich bin nicht gekränkt. Nur überrascht. Und ich frage mich, wie du dir das jetzt vorstellst. Wie du denkst, dass das jetzt weitergeht. Dass das ein einmaliges Vergnügen war, muss dir doch klar sein, oder?
- Das werden wir noch sehen.
- So kenne ich dich ja gar nicht, mein Lieber. So angriffslustig gefällst du mir. Das macht das Ganze nur noch spannender.
- Du wirst sie in Ruhe lassen. Wenn du ihr wehtust, werde ich zu Hause anrufen und dem Beamten sagen, wo er meinen schönen Film finden kann. Was mit mir dann passiert, ist mir egal.
- Der gute, edle Ben. Willst du dich wirklich für dieses thailändische Miststück opfern? Ist es das wirklich wert, Ben? Denkst du, dass sie dir dafür dankbar sein wird? Dass sie sich dann an deine Brust wirft? Du bist sogar noch dümmer, als ich angenommen habe, Ben. Soy wird nämlich gar nichts dergleichen tun, sie wird ihr verdammtes Maul halten und weiterhin brav machen, was ich ihr sage. Es wird so wie immer sein, Ben. Und du wirst in einer hübschen Zelle

sitzen und darüber nachdenken, ob es klug war, sich mit mir anzulegen.
- Du wirst niemanden mehr umbringen, Kux.
- Wer sollte mich denn daran hindern, Ben? Du etwa? Wir wissen ja nun aus Erfahrung, dass du dazu nicht in der Lage bist, oder? Ich kann machen, was ich will, das solltest du endlich einsehen.
- Du bist krank, Kux.
- Das hatten wir schon, Ben. Langweilig, langweilig, langweilig. Deshalb würde ich vorschlagen, dass wir etwas Aufregenderes unternehmen. Ich habe an einen schönen Ausflug gedacht. Mit dem Boot zur Nachbarinsel, es gibt ein wunderhübsches Restaurant dort. Ich habe es Soys Mutter versprochen, dass ich sie dorthin ausführen werde. Mein Geburtstagsgeschenk sozusagen.
- Kein Ausflug mehr, Kux.
- Ach, komm schon, Ben. Soy ist auch mit von der Partie. Du möchtest jetzt doch bestimmt in ihrer Nähe sein, nicht wahr? Außerdem kann sie nicht schwimmen, sie würde es bestimmt begrüßen, wenn da jemand wäre, der sie aus dem Wasser fischt, sollte sie über Bord gehen.
- Du wirst ihr kein Haar krümmen.
- Wie sagtest du vorhin so schön? Das werden wir schon noch sehen, Ben.

Überall nur Horizont.

Soys Mutter strahlte. Ein Vormittag am Meer. Soy saß neben mir, ich ließ sie nicht aus den Augen. Wenn Kux ihr nahekam, rechnete ich mit dem Schlimmsten. Ich war bereit zuzuschlagen, alles zu tun, damit ihr nichts passierte. Noch war sie unverletzt, er hatte ihr nichts getan, sie nicht geschlagen, ich hatte sie danach gefragt. *Mach dir keine Sorgen um mich, Ben.* Doch das konnte ich nicht. Ich dachte an nichts anderes. Ich sehnte mich nach ihr, ich wollte sie für mich allein, mich verstecken mit ihr auf einer Insel, für immer mit ihr in einem Bett liegen bleiben. Ben und Soy. In Gedanken schnitzte ich die Namen in die Rinde eines Baumes. So wie ich es als Kind oft im Wald gesehen hatte.

Ich träumte, anstatt aufzupassen. Obwohl es sich endlich so anfühlte, als hätte ich die Lage im Griff, schaute nicht weit genug voraus, ich begriff es nicht. Was er vorhatte, warum er mit uns so weit hinausgefahren war. *Dieser heutige Tag gehört Kanita*, sagte er nur. *Lasst uns das Leben feiern, meine Lieben.* Er gab Gas, immer noch weiter fuhr er aufs Meer hinaus, die umliegenden Inseln entfernten sich. Soy lächelte. Sie sorgte sich nicht, beruhigte mich. *Er tut mir schon nichts, Ben. Entspann dich endlich.* Sie war sich so sicher. Obwohl sie ihn betrogen, ihn gedemütigt hatte, ihm gezeigt hatte, dass sie ihn verachtete. Sie hatte sich mit dem Feind verbündet. Und dafür musste sie bezahlen. Ich war mir sicher.

Es war Mittag. Kux war immer noch am Steuer. Er drosselte den Motor, das Boot kam zu stehen. Ganz langsam näherte er sich. Ich versuchte vorauszusehen, was passieren würde. Doch es gelang mir nicht. Kanita saß am Heck, ließ ihre Beine im Wasser baumeln, sie genoss es. Den Ausflug mit Soy, einen gemeinsamen Tag am Meer. Auf Thailändisch sagte sie etwas. Es klang fröhlich, zufrieden. Ich dachte, sie hätte sich bei Kux bedankt dafür, dass er sich die Zeit genommen hatte. Sie nahm die Hand, die er ihr entgegenstreckte, und drückte sie. Einen kleinen Moment lang war alles in bester Ordnung. Dann war sie plötzlich weg.

Mit einem Schrei war sie ins Wasser gefallen. Zuerst hatte er sie an sich herangezogen, dann hatte er sie nach unten gestoßen. Soy begann zu schreien. Kux gab Gas. Drehte um und fuhr weg von Kanita, ließ sie zurück. *Wenn du sie retten willst, solltest du dich beeilen*, sagte er zu mir. Und noch während er beschleunigte, zog ich meine Schuhe aus und sprang. Schwamm zu ihr hin, so schnell ich konnte. Vielleicht zwanzig Meter waren es. Ich konnte sie sehen, ich musste sie zurück an Bord bringen, tun, was Soy mir zuschrie. *Bitte, Ben. beeil dich.* Weil Kanitas Kopf immer wieder zwischen den Wellen unterging. Ihre Arme, die um Hilfe schrien. Soys Namen, den sie rief. Und das Motorboot, das einfach verschwand.

Das Letzte, was ich sah, war, dass Kux Soy schlug, als sie zu ihm hinging, um ihn dazu zu bringen, stehen zu bleiben. Seine Hand in ihrem Gesicht. Sie würden nie mehr wiederkommen. Da waren nur noch das Wasser und Kanita. Ich erreichte sie gerade noch rechtzeitig, sie spuckte, sie ruderte mit ihren Armen. *Bitte nicht bewegen*, sagte ich in gebrochenem Englisch.

Ich halte Sie. Bitte bleiben Sie ruhig. Ich wiederholte es so lange, bis sie es verstand. Bis sie mir vertraute, dass ich sie nicht loslassen würde. Ich griff mit meinen Händen unter ihre Achseln, ich versuchte zu schwimmen, Rückenlage am offenen Meer. Keiner würde uns finden, da war weit und breit kein Boot, kein Fischer, kein Urlauber, niemand.

Überall nur Horizont. Das Land zu weit weg. Ich hielt sie fest, schwamm, strampelte mit den Beinen. Ich musste meine Jeans ausziehen, sie war zu schwer, mein Hemd. Ich musste Kanita loslassen, sie von mir wegschieben, mit Gewalt musste ich ihre Finger von mir lösen. *Nur ganz kurz*, sagte ich. *Ich muss mich ausziehen. Bitte. Weil wir sonst untergehen.* Kanita verstand, sie half mir, ruderte wie wild mit ihren Armen, strampelte. Kurz tauchte ich unter, schob die Hose nach unten, tauchte wieder auf. *It is okay now*, sagte ich. *I will bring you back.* Dann legte ich mich wieder auf den Rücken und nahm sie auf mich. So wenig wie möglich bewegte ich mich, wir ließen uns treiben. Weil es die einzige Chance war, die wir hatten. Kräfte sparen. Das Meer absuchen nach einem Boot, schreien, winken. Immer wieder schaute ich in alle Richtungen, ich hatte Angst, dass ich sie nicht mehr würde halten können. Sie drückte mich nach unten. Kanita war zu schwer, auch wenn sie nur fünfzig Kilo wog. Ihr Körper wurde zur Last. Von Minute zu Minute mehr.

Es war wie ein Witz, dass wir beide daran glaubten, dass wir gerettet werden würden. Dass ein Boot kommen und uns wie Fische aus dem Wasser ziehen würde. In Wahrheit war es das Ende. Mir wurde bewusst, dass es keinen Ausweg gab, dass die Dunkelheit, die langsam kam, den Rest erledigen und die letzte Hoffnung im Keim ersticken würde. Irgendwann wusste ich, dass wir sterben würden. Was ich mir Stunden zuvor gewünscht hatte, war jetzt das Letzte, was ich wollte. Tot sein. Ich wollte leben, Soys Mutter retten, sie an Land ziehen, sie zurückbringen. Doch nur sinnlose Versuche waren es, das Unvermeidliche so lange wie möglich hinauszuzögern. Kanita dazu zu bringen, nicht aufzugeben. Weil sie es nicht mehr konnte, nicht mehr wollte. So sehr der Wunsch zu überleben in mir laut war, in ihr verstummte er. *Pass auf meine Tochter auf*, sagte sie. *Bring sie weg von diesem Mann. Mach, dass er sie in Ruhe lässt.* Dann flehte sie mich an, sie loszulassen. *You go. I stay. Me too heavy.*

Immer wieder. *Let me go.* Ich sagte ihr, dass ich das nicht könne. Dass ich sie nicht allein lassen würde. Doch sie wiederholte es. *You go back to Soy. You look after her.* Und noch einmal. *I stay. You go.* So sehr ich mich auch dagegen wehrte, irgendwann hatte ich keine andere Wahl mehr. Ich hatte keine Kraft mehr, konnte mich selbst kaum noch über Wasser halten, wir wären beide gestorben, wenn ich sie nicht losgelassen hätte. *Ich bin krank*, sagte sie. *I am dead anyway.* Ich küsste sie auf ihren Kopf. Kurz noch meine Lippen auf ihren Haaren. Ich löste meine Arme von ihr. Dann war ich allein.

Allein in diesem
schönen großen Meer.

– Das schaffst du niemals, Ben.
– Doch.
– Es ist dunkel, kein Mensch weit und breit, du wirst hier verrecken, mein Lieber. So wie Kanita. Einfach untergehen und verschwinden.
– Nein, das werde ich nicht.
– Was willst du denn noch? Wie lange willst du denn noch um dein Leben strampeln? Sei doch froh, dass du das alles jetzt hinter dir hast.
– Nein.
– Siehst du die Lichter, Ben? Das sind zwanzig Kilometer, mindestens. Niemals schaffst du es bis zur Küste. Keine Chance, das war's. Game over, du hast endgültig verloren, mein Freund.
– Ich werde überleben. Und du wirst dafür bezahlen, Kux. Allein schon deshalb werde ich durchhalten, bis zum Morgen, irgendjemand wird mich finden.
– Vergiss die Strömung nicht, Ben, es treibt dich immer weiter hinaus aufs Meer. Spätestens in ein oder zwei Stunden wirst du Wasser schlucken und ersticken. Deine Leiche wird irgendwann an Land gespült, während ich längst wieder zuhause sein werde. Ich werde einen Anruf bekommen, und man wird mir von deinem tragischen Ableben berichten. Ich werde entsetzt sein, Ben. Ich werde mich bemühen zu weinen, versprochen. Ich werde daran denken, wie schön es

mit dir war, wie viel Spaß wir zusammen hatten. Vielleicht werde ich auch deine Mutter besuchen und ihr sagen, wie leid es mir tut, dass wir dich verloren haben.
- So einfach werde ich es dir nicht machen, Kux.
- Das hast du bereits, Ben. Du hast nur auf Soy geachtet, aber nicht auf Kanita. Ich wusste, dass du ihr hinterherspringen würdest. Weil du ein guter Mensch bist, Ben. Aber das hat dich am Ende Kopf und Kragen gekostet.
- Nein, Kux.
- Hör endlich auf, dich zu wehren. Du musst nur untertauchen, es wird ganz schnell gehen. Du wirst dein Bewusstsein verlieren, in einer Minute wird alles vorbei sein.
- Ich habe *Nein* gesagt.
- Du verlierst den Verstand, mein Lieber.
- Das tue ich nicht.
- Du sprichst mit dir selbst, Ben. Das ist kein gutes Zeichen, oder? Ich bin gar nicht hier, du bist ganz allein in diesem schönen großen Meer. Dein guter alter Freund Kux trinkt gerade ein schönes Glas Reisschnaps, während du dich hier abstrampelst. Also auf dich, Ben. Auf die guten alten Zeiten. Auf das Bösland, Ben. Ach, wie schön das alles war.
- Dreckschwein.
- Ich werde deine Filme in Ehren halten, versprochen. Vielleicht werde ich sie mir an deinem ersten Todestag wieder ansehen. Das waren nämlich unsere guten Jahre, Ben. Auf alles, was danach kam, hätten wir wohl beide verzichten können.
- Dafür bring ich dich um.
- Ach, Ben. Du weißt doch, dass du das nicht bringst. Du hast es leider versaut, eine zweite Chance bekommst du nicht.
- Ich komme zurück, Kux.

– Nein, du wirst jetzt sterben, Ben. Finde dich endlich damit ab. Ich habe mir das alles gründlich überlegt. Die gute Kanita ist unglücklicherweise über Bord gegangen, wir haben nach ihr gesucht, du bist ins Wasser gesprungen, abgetrieben, untergegangen. Wir konnten euch beide nicht mehr retten. Und Ende.
– Das glaubt dir kein Mensch.
– Die Thais werden es unter den Tisch kehren, sie werden die Hand aufhalten, und ich werde mit Soy wieder zurückfliegen. Alles wird so bleiben, wie es war. Es wird so sein, als wärst du nie bei mir aufgetaucht.
– So wird diese Geschichte nicht enden, Kux.
– Doch, Ben, das wird sie. Und Soy wird genau das tun, was ich ihr sage. Du wirst sterben, und sie wird sich von mir ficken lassen.
– Nein, nein, nein. Noch ist es nicht zu Ende. In ein oder zwei Stunden wird es hell. Dann wird man mich finden, ich werde überleben.
– Das wirst du nicht, Ben.

Nur Wasser und Himmel.

Zweiundzwanzig Stunden lang trieb ich im Meer. Führte Selbstgespräche. Was ich sagte, half mir über die letzten paar hundert Meter. Was ich ihm an den Kopf warf. *Ich werde dich umbringen, Kux. Dafür wirst du bezahlen, Kux. Ich werde überleben, Kux.* Nur Gedanken waren es, die mich über Wasser hielten. Wut und Zorn und Hoffnung. Vielleicht auch so etwas wie Liebe. Dieser Wunsch, sie noch einmal zu sehen, sie noch einmal zu berühren, ein zweites und ein drittes Mal.

Ich redete mit Kux, mit meiner Mutter, meinem Vater. Ich sagte ihnen, was ich ihnen nie gesagt hatte. Dass ich mehr war als das, was sie in mir sehen wollten. Mehr als dieses kleine wehrlose Kind. Ein erwachsener Mann, der nicht mehr einfach alles hinnahm. Dieses Schicksal, das es nicht gut mit mir meinte, diesen Mord, den ich nie begangen hatte, die Wahrheit, die ich verdrängt hatte, mein Leben, das mir immer zu schwer gewesen war. Das Salz in meinem Mund, der Durst, der mich quälte, die Gewissheit in mir, dass es noch nicht zu Ende war. Weil ich mich entschieden hatte zu leben.

Nur Wasser und Himmel. Als die Sonne aufging, starrte ich wieder in alle Richtungen. Aber ich konnte kein Land sehen, kein Schiff, nichts. Mein Körper, der langsam aufhörte zu funktionieren, meine Beine, die ich kaum noch spürte, meine Arme. Nur noch kleinste Bewegungen, die mich an der Oberfläche hielten, der Blick nach oben, die Sonne, die mich verbrannte. Und dieser Satz, den ich plötzlich wieder hörte.

Komm mit mir ins Bösland, Ben. Wie ein Schlag war es, ein Schnitt, eine Wunde. *Komm mit mir, Ben.* Der alte Mann wollte, dass ich loslasse, dass ich untergehe. *Das bringt doch nichts, Ben. Wem willst du etwas beweisen? Gleich wirst du verrecken, Ben.* Da waren wieder die Gedanken an früher. Die Striemen auf meiner Haut. *Du lässt mir keine andere Wahl, Ben.* Ich hörte ihn. Doch ich sagte *Nein.* Ich widersprach ihm, widersetzte mich. *Nie wieder*, sagte ich und ruderte weiter. *Du wirst nicht sterben, Ben.* Ich schrie es über das Wasser. *Du wirst nicht untergehen, du verdammter Scheißkerl.*

Ich wollte sie wiedersehen. Ich wollte weiteratmen, weiterschwimmen, meine Arme heben, winken. Weil da irgendwann dieses Boot war. Aus dem Nichts kam es auf mich zu, ein gleichmäßiges Tuckern. Und wie ich zu schreien begann. Nur noch ein Krächzen war es, aber der Fischer sah mich. Er kam näher. Er drehte nicht ab, er fuhr zu mir. Zog mich aus dem Wasser, gab mir zu trinken. Er deckte mich zu, weil meine Haut verbrannt war. Er füllte meinen Mund mit Wasser. Er redete auf mich ein. Die Sprache, die ich nicht verstand, und meine Gedanken, die ich nicht mehr ordnen konnte. *Ich will nicht zurück ins Bösland*, sagte ich. *Ich will nicht. Bitte schlag mich nicht.* Die Hände, die ich vor mein Gesicht legte. Der Schmerz, den ich spürte. Und wie er mich zurück an die Küste brachte. Halb tot über das Meer. *Thank you*, sagte ich. *I give you money.* Dann gingen meine Augen zu. Da war etwas Kühlendes, mit dem er mich einrieb. *No police*, sagte ich noch. Dann wurde es dunkel.

Niemand wird Fragen stellen.

– Ich dachte, dass ich dich nie wiedersehen würde. Der Fischer meinte, du hättest wahrscheinlich keine weitere Stunde durchgehalten. Dass er dich gefunden hat, war reiner Zufall.
– Nein, Soy. Es war Schicksal.
– Egal was, Ben. Wichtig ist nur, dass du wieder da bist.
– Ja.
– Du musst dich ausruhen. Leg dich hin, schlaf dich aus. Dann reden wir weiter.
– Nein. Du sagst mir jetzt, wo er ist.
– Ich weiß es nicht, ehrlich. Felix ist verschwunden, als wir zurückgekommen sind. Er hat nur gesagt, dass ich den Mund halten soll, dann war er weg.
– Und hast du?
– Was?
– Den Mund gehalten.
– Was denkst du, Ben? Ich bin nicht in der Position, die Heldin zu spielen. Keiner von uns ist das.
– Er hat dich wieder geschlagen, oder?
– Ja.
– Es tut mir so leid, Soy. Und das mit deiner Mutter.
– Lass gut sein, Ben.
– Ich konnte sie nicht mehr halten. Ich wollte sie zu dir zurückbringen, aber ich konnte nichts mehr tun. Es tut mir so unendlich leid, Soy.
– Hat sie noch etwas gesagt?

– Sie war ganz ruhig. Hatte keine Angst. Sie hat gesagt, dass ich auf dich aufpassen soll. Zu dir zurückkommen soll. Sie hat mich angelächelt, bevor sie untergegangen ist.
– Meine Mutter war eine starke Frau. Sie hat die Familie zusammengehalten, sie war immer für alle da. Sie hatte Schmerzen, aber sie hat sie uns nie gezeigt. Es ist gut, dass sie es jetzt hinter sich hat, Ben.
– Wie kannst du nur so etwas sagen?
– Was soll ich denn sonst sagen, Ben?
– Ich habe wirklich alles versucht, das musst du mir glauben.
– Sie mochte dich. Sie hat bemerkt, wie du mich angesehen hast. Dass du in mich verliebt bist.
– Bin ich das?
– Sie sagte, dass du besser zu mir passen würdest als Felix. Sie hätte gerne gehabt, dass wir zwei alleine zurückfliegen. Ohne ihn.
– Und was möchtest du?
– Ich bin nicht so wie du, Ben.
– Wie bin ich denn?
– Aus irgendeinem Grund glaubst du an das Gute. Du blendest die Wirklichkeit aus, du denkst, dass du etwas verändern kannst. Dass du das hier alles beenden kannst.
– Das werde ich auch, Soy.
– Unsinn, Ben. Du kannst gar nichts tun, alles wird so bleiben, wie es ist.
– Und was ist mit deinem Bruder? Was sagt Trang dazu? Nimmt er das hin, dass Kux seine Mutter einfach ins Meer geworfen hat?
– Er muss.
– Warum?
– Weil ich ihn darum gebeten habe.

- Was redest du da?
- Ich habe keine Wahl, Ben. Wir alle nicht. Du hast doch gesehen, wer alles an diesem Tisch gesessen hat vor zwei Tagen. All diese Menschen zählen auf mich. Lass uns also einfach die Zeit nutzen, die wir gemeinsam haben. Felix weiß nicht, dass du noch lebst. Vielleicht haben wir noch ein paar Tage. Du und ich.
- Das kann nicht dein Ernst sein, Soy. Willst du einfach verschweigen, dass deine Mutter verschwunden ist, dass sie irgendwo tot im Meer treibt. Willst du, dass er damit davonkommt?
- Ja.
- Das kannst du nicht tun, Soy. So wichtig kann dir das alles hier doch nicht sein. Es ist nur Geld. Ein Haus, ein Pool, schöne Möbel. Dieser Mann ist ein Mörder, er hat deine Mutter umgebracht. Damit kannst du doch nicht leben.
- Doch, Ben.
- So wird das nicht funktionieren, Soy. Man wird sie vermissen, man wird sie finden irgendwann, man wird feststellen, wie lange sie schon tot ist. Und man wird Fragen stellen. Was wollt ihr dann sagen? Warum habt ihr nicht gemeldet, dass sie abgängig ist? Ihr könnt das nicht totschweigen.
- Wir leben hier auf einer kleinen Insel, Ben. Das Leben funktioniert hier anders. Niemand wird Fragen stellen. Alles bleibt, wie es ist.
- Das wird es nicht, Soy.

Unter der Oberfläche
meine Wut.

Da waren überall Tränen im Haus. Weil Kanita nicht mehr da war, weil sie ihre Leiche nicht fanden. Egal wie oft die Thais auf das Meer hinausfuhren, Kanita blieb verschollen, an tausend Orten hätte sie angespült werden können, die Suche war aussichtslos. Der Wunsch, sie zu beerdigen, blieb unerfüllt. Einen Schlussstrich ziehen, sie konnten es nicht.

Soy und Trang. Sie überlegten fieberhaft, wie sie mögliche Fragen im Keim ersticken könnten. Was sie sagen sollten, wenn man nach ihr fragen würde. In einer Klinik in Bangkok sei sie, hieß es. Chemotherapie, Kanita würde wahrscheinlich nicht wiederkommen. Ein Unglück war es, das man mit Fassung trug. Es war eine Lüge, die Kux rettete. Und eine weitere Demütigung für mich. Tagelang stellte ich mir vor, wie ich es tun würde, ich malte mir sein Ende aus, ich sah vor mir, wie Kux aufhörte zu atmen. Doch Soy brachte mich vorübergehend dazu, diese Gedanken nicht mehr zu denken. Sie hielt mich davon ab. Was auch immer ich vorhatte, sie beruhigte mich, ihre Berührungen, ihr Wunsch, mich zu beschützen. Sie wollte nicht, dass mir etwas passierte, dass ich mich wieder in Gefahr bringe, dass ich mich mit ihm anlegte.

Warum laufen wir nicht endlich davon, fragte ich sie. *Weil er uns finden würde*, sagte sie. *Egal, wo wir hingehen, er wird nicht aufhören, uns zu suchen. Wir müssen eine andere Lösung fin-*

den, Ben. Zum ersten Mal sprach sie es aus. *Eine endgültige Lösung.* Eine Absprache, ein Geschäft vielleicht, das sie mit ihm abschließen wollte. Ich wusste nicht, worüber sie nachdachte, aber sie machte nicht mehr nur einfach ihre Augen zu. *Ich will nicht, dass du verschwindest*, sagte sie. Still und heimlich träumte sie von einer gemeinsamen Zukunft, während wir ineinander verschlungen wach lagen in der Nacht. Sie versprühte Hoffnung, plötzlich war sie das kleine naive Kind, das an den Weihnachtsmann glaubte. *Er wird noch einmal versuchen, mich zu töten*, sagte ich. *Das wird er nicht*, sagte sie.

Ich weiß nicht, wie sie es schaffte, das Böse auszublenden, nicht darüber zu reden, aber sie tat es. Wir verbrachten die Zeit miteinander, da war niemand, der es uns verbot. Soys Verwandte duldeten es, begrüßten es vielleicht sogar. Alle waren gegen ihn, Kux war nun der Feind, er hatte Unglück über die Familie gebracht. Und ich hatte versucht, dieses Unglück abzuwenden. Sie waren mir dankbar, obwohl ich gescheitert war. Dass ich Kanita retten wollte, machte mich zum Freund. Ich durfte an Soys Seite sein, da war immer wieder ein Lächeln zwischen den Tränen. Und in mir diese Schuld, das Entsetzen. Der Tuk-Tuk-Fahrer und Kanita, Frau Vanek, die Erinnerung daran, wie ich auf dem Stuhl stand und aus diesem Leben springen wollte. Weit weg alles und doch so nah. Unter der Oberfläche meine Wut, versteckt zwischen den Schmetterlingen in meinem Bauch. Soy konnte es nicht sehen, ich spielte ihr vor, dass ich einverstanden war mit dem, was sie vorschlug. Nichts tun, daran glauben, dass es eine Zukunft für uns beide gab, abwarten. Weiterhin nur eine Spielfigur sein, die Kux von einem Platz auf den anderen schob. Das Ende unseres kleinen Glücks war absehbar, auch wenn Soy es nicht wahrhaben wollte. Wir mussten jederzeit damit rechnen, dass er zurückkommen und etwas noch Grausameres tun könnte. Dass er uns nehmen würde, was uns von Stunde zu Stunde noch mehr ans Herz wuchs.

Wir könnten hierbleiben, sagte Soy. *Du musst dich verstecken, du darfst nicht hier sein, wenn er wiederkommt. Und wenn er abreist, kommst du zurück.* Je länger es dauerte, desto öfter sagte sie es, je näher der Moment rückte, in dem er zurückkommen würde. *Ich werde ihm sagen, dass ich hierbleiben will. Dass ich das mit meiner Mutter regeln muss, dass ich mich um alles kümmern werde.* Soy war euphorisch, sie wollte an ihren Plan glauben. *Er wird nach Hause fliegen. Es wird dir nichts passieren, Ben. Das mit uns wird nicht aufhören.*

Von Tag zu Tag zeigte sie mir mehr, dass sie mich mochte. Und ich war dankbar dafür. Dass Soy versuchte, einen Weg zu finden, um es zu bewahren. *Er weiß nicht, dass du überlebt hast, Ben. Niemand wird etwas sagen. Wenn wir alles richtig machen, wird er es nie erfahren.* Auf ihre zurückhaltende Art beschwor sie mich. Doch ich wollte nicht wieder weglaufen. Ich wollte bleiben, ihm wehtun. Da war dieser unbändige Wunsch in mir, von dem ich ihr nichts sagte. Den ich mir erfüllen wollte, wenn er wiederkam. Sechs Tage, nachdem Kanita untergegangen war.

Trang warnte uns. Er war ins Schafzimmer gestürmt und hatte mich aus dem Bett gezogen früh am Morgen. *Schnell*, sagte er. *Er ist da, er sollte dich hier nicht finden.* Soy machte das Bett, sie ließ alles verschwinden, was darauf hingedeutet hätte, dass sie nicht allein gewesen war. *Bitte geh, Ben.* Und ich ging.

Blieb aber in der Nähe. Beobachtete. Ich hörte es. Mit welcher Selbstverständlichkeit er wieder da war. Kux. Er verlor kein Wort über das, was er getan hatte. Nichts über Kanita, über mich. Nur dass er in Bangkok gewesen sei, um zu spielen. *Ein bisschen Spaß*, sagte er. *Noch ein paar Tage in der Sonne, bevor es wieder zurückgeht.* Er lachte und bekam wieder, was er sich erwartete. Diese Dankbarkeit, die er sich erkauft hatte, diese Ergebenheit. Soy, die sich von der einen Minute zur anderen wieder bemühte, seine Frau zu sein. *Soll ich dir etwas kochen*, fragte sie nur. *Gerne*, sagte er. *Eine Reissuppe wäre schön. Ich werde noch duschen, bevor wir essen.*

Unerträglich war es. Wie sie alles hinunterschluckte. Wie alle im Haus so taten, als wäre nichts passiert. Da war kein Vorwurf, keine Träne, sie zeigten ihm nicht, was sie fühlten. Keiner von ihnen. Auch Soys Bruder nicht. Trang duldete, dass Kux seine Hand auf Soys Hintern legte und sie an sich drückte. *Keine ist so wie du, meine Schöne*, sagte er. *Wie ich dich vermisst habe.* Dann verschwand Kux im Badezimmer.

Und Soy kam zu mir. Sie zog mich den Gang entlang, die Treppen nach unten. Sie versteckte mich in einem anderen Zimmer. Wie einen wertvollen Gegenstand, den man auf keinen Fall finden sollte. *Bitte, mach nicht alles kaputt*, sagte sie. *Das ist es schon*, sagte ich.

Nur noch
ein paar Tage.

– Ich flehe dich an, Ben.
– Ich werde hierbleiben.
– Noch ist es nicht zu spät, Ben. Er hat dich nicht gesehen, es wird funktionieren, glaub mir.
– Ich will nicht mehr davonlaufen.
– Es sind doch nur ein paar Tage, dann wird er zurückfliegen. Du kommst wieder her, und alles ist gut.
– Ich will mich nicht verstecken, Soy. Ich habe nichts getan. Ich bin unschuldig.
– Darum geht es doch nicht.
– Doch, genau darum geht es. Er ist schuldig. Ich bin es nicht. Darum ging es mein ganzes Leben lang. Und genau deshalb werde ich hierbleiben. Um das endlich richtigzustellen.
– Das ist jetzt nicht der richtige Moment, um dein Leben zu ändern, Ben. Wirf bitte nicht alles weg. Denk nach. Ich will dich nicht verlieren, Ben.
– Das wirst du nicht.
– Du weißt, was passieren wird, wenn du aus diesem Zimmer gehst, oder?
– Ja, das weiß ich.

Wie in Zeitlupe passierte alles.

Ich sperrte sie ein. Ich hatte keine andere Wahl, sie wollte mich nicht gehen lassen. Ich drehte den Schlüssel um und ließ sie zurück. Niemand hörte sie poltern. Das Haus war groß, das Zimmer, in dem sie fluchte, weit weg von dem, in dem Kux sich gerade duschte.

Nackt war er. Nass. Er summte ein Lied, als ich seinen Kopf gegen die Fliesen schlug. Er ging schnell zu Boden. Da lag er bewusstlos vor mir, mein Freund von damals. Und wie ich das Seil, das ich aus dem Schuppen geholt hatte, um seine Hände band, um seine Füße. Ich schleppte ihn aus der Dusche, durch das Schlafzimmer, die Treppen nach unten. Nur ein Stück Fleisch war es, das ich hinter mir herzog, ein Stück Fleisch, das langsam aufwachte und zappelte und schrie. Das Seil in meiner Hand und wie ich ihn an seinen Füßen hinaus zum Pool schleifte.

Kux stöhnte, fluchte, während Soy oben mit ihren Fäusten gegen die Tür hämmerte. Wie überrascht er war, dass ich noch am Leben war. Wie er mich anstarrte, ungläubig. Es war so, als würde er einen Geist sehen. *Lass mich los, Ben. Was machst du da? Bist du wahnsinnig geworden? Wie kann das überhaupt sein, Ben? Du wirst mich sofort losbinden, du Schwachkopf.* Kurz blieb ich stehen, ließ ihn vor mir liegen. Dann trat ich ihn. Dem nackten Mann mit Wucht in den Magen. *Es ist besser, du bist jetzt still,* sagte ich.

Die Thais, die herumstanden im Haus, zogen sich zurück. Keiner hinderte mich daran. Auch Trang nicht. Er saß auf einer Sonnenliege und rauchte. Er rührte sich nicht vom Fleck, als er sah, wie ich Kux' nackten Körper über die Terrasse bewegte und ihn ohne zu zögern in den Pool warf. Ich trat ihn nach unten ins Wasser. So sehr er auch ausschlug und zappelte, es ging ganz schnell. Kux ging unter. Er versuchte immer wieder, nach oben zu rudern, doch es gelang ihm nicht. Ich hielt das Seil, das ich um seine Füße gebunden hatte, fest in meinen Händen. Ich zog ganz leicht daran, hielt seine Beine oben. Sein Oberkörper blieb unten, sein Kopf. Kux' Hände waren gefesselt, er konnte nicht rudern, nicht Luft holen, nicht atmen. Er konnte niemandem mehr etwas tun.

Ich zählte die Sekunden. Zwanzig, dreißig. Dann zog ich ihn wieder nach oben. Heraus aus dem Becken. Am Poolrand lag er, rang nach Luft. Entsetzt starrte er mich an. *Nicht. Ben. Bitte, nicht.* Er flehte. So schnell war aus dem mächtigen Mann ein winselnder Wurm geworden. Um sein Leben bettelte er. Doch ich machte weiter, ich war noch nicht fertig mit ihm. So schnell sollte es nicht vorbei sein, er sollte nicht einfach so verschwinden, Kux sollte leiden. Spüren, wie wütend ich war. Jede Sekunde unter Wasser war wie ein Monat meines kaputten Lebens, jeder Tritt ein Jahr. Ich hörte nicht mehr, was er sagte, kein Wort mehr von ihm ertrug ich. Tritte in seinen Bauch, seinen Rücken. Ich wollte ihn auslöschen, ihn stumm machen. Und Trang schaute mir dabei zu.

Soys Bruder nickte nur. Er sprang nicht auf. Saß immer noch völlig ungerührt auf seiner Liege. Er unternahm nichts, als ich Kux erneut ins Wasser warf, als er wieder Wasser schluckte und unterging. Kux an der Leine, wie ein Fisch, der um sein Leben rang, Kopf nach unten. Verletzt, verwundet. Sinnlose Versuche, nach oben zu schwimmen. Ich hielt das Seil fest, zog daran. Weitere vierzig Sekunden sah ich zu, wie er starb. Dann zog ich ihn noch einmal nach oben. Das Schwein schoss aus dem Wasser, es grunzte laut.

Ich wollte, dass er mich anschaute, dass er sah, wer ihm das antat. *Wer hat jetzt gewonnen*, fragte ich ihn, ohne auf eine Antwort zu warten. *Du wolltest doch spielen, oder? Jetzt sehen wir ja, wer von uns beiden stärker ist.* Und wieder trat ich zu. Egal wohin, Hauptsache, ich traf ihn. Kux krümmte sich vor mir am Boden, er spuckte Blut, ich hatte seinen Kopf getroffen. Er versuchte, sich zu wehren, wollte meinen Fuß festhalten, ich aber schlug aus wie ein Pferd. Ohne Rücksicht, ohne Mitleid. Sein nackter verwundeter Körper. Und wie ich ihn zurück zum Beckenrand rollte. Wie seine Schreie ein letztes Mal verstummten. Und wie er unterging. Für immer.

Weil ich es so wollte. Weil in diesem Moment nichts anderes mehr zählte. Was mich mit Soy verband, dass ich die Chance auf ein schönes Leben mit ihr hatte. Ich warf alles weg in diesem Moment. Es fühlte sich richtig an. Ich tat das, was viele im Haus schon lange tun wollten, aber nicht gewagt hatten. Soys Bruder, auf gewisse Art und Weise tat ich es auch für ihn. Der Polizist, der mich seelenruhig dabei beobachtete, wie ich einen Mord beging, der es gut fand, mich mit seinen Blicken sogar noch anspornte. Zufrieden zog Trang an seiner Zigarette. Er schwieg. Bis Soy kam.

Irgendjemand musste ihr Klopfen gehört und sie aus dem Zimmer gelassen haben, sie war nach unten gerannt und hatte sofort begriffen, was vor sich ging. Soy brüllte ihren Bruder an, irgendwelche Schimpfwörter auf Thai, Trang sollte etwas tun. Doch Soy war die Einzige, die wollte, dass es aufhörte.

Sie lief zu mir, sie wollte mir das Seil aus der Hand reißen. *Hör auf damit*, brüllte sie. *Ich will nicht, dass er stirbt.* Sie schaute ins Wasser, sah Kux. Sie wollte, dass ich ihn wieder nach oben ziehe, sie zerrte an dem Seil, sie flehte mich an, redete auf mich ein. *Es gibt einen anderen Weg. Bitte nicht, Ben. Bitte hol ihn aus dem Wasser.* Aber ich hörte nicht auf sie. Es gab in diesem Moment keinen anderen Weg als meinen, es war eine Einbahnstraße, die ich entlangraste, eine Sackgasse. Ich sah nichts anderes mehr. Nur, wie er vor mir im Wasser trieb, leblos. Dann erst ließ ich das Seil los.

Es war bereits vorüber, als sie ins Wasser sprang. *Er darf nicht sterben.* Das war das Letzte, was Soy sagte, bevor sie untertauchte. Laut war es aus ihrem Mund gekommen, verzweifelt klang es. Liebte sie ihn etwa doch? Hatte ich etwas übersehen? Ich verstand es nicht. Warum sie nach unten tauchte und ihn nach oben zog. Warum sie ihn retten wollte, den leblosen Körper zum Beckenrand zog. Sie tauchte auf, schnappte nach Luft, schrie nach Trang, er solle ihr helfen, ihn aus dem Becken holen. Sie ruderte mit ihrem linken Arm, hielt Kux mit ihrem rechten fest, sie schluckte Wasser, sie wollte aus dem Becken steigen, doch sie konnte nicht. Sie wollte Kux hochheben, doch sie war zu schwach. Deshalb schrie sie weiter. Laut, es ging um jede Sekunde, Soy wusste es. *Er darf nicht sterben. Zieht ihn raus, verdammt. Helft mir. Das könnt ihr nicht tun. Helft mir doch endlich.* Auf Deutsch, auf Thai, fünf Sekunden lang, zehn, zwanzig. Soy brüllte sich die Seele aus dem Leib. So lange, bis Trang tat, was sie von ihm verlangte. Er stand auf und zog den nackten Körper aus dem Becken.

Wir müssen ihn zurückholen, schrie sie. *Wenn er tot ist, ist alles vorbei, Ben.* Verzweifelt schaute sie mich an, sie wollte, dass ich ihr helfe, sie wollte, dass Kux zurückkam. Sie kämpfte für ihn. Teilnahmslos stand ich daneben. *Warum tust du das,* fragte ich sie. Ganz leise war meine Stimme, während sie versuchte, ihn wiederzubeleben. *Warum lässt du ihn nicht einfach sterben? Warum holst du dieses Schwein zurück?* Soys Lippen auf seinen. Sie blies Luft in ihn hinein, Trangs Hände lagen auf seiner Brust.

Eine gefühlte Ewigkeit dauerte es. Soy rief seinen Namen. Und dann meinen. *Warum verdammt noch mal hast du das getan, Ben?* Sie wollte ihn mit Gewalt zurück in dieses Leben holen. Weil sie weiterhin aus goldenen Becherchen trinken wollte. Da war nur Eifersucht, die jetzt in mir aufstieg, es war mir völlig egal in diesem Moment, ob Kux wieder aufwachen oder für immer am Beckenrand liegen bleiben würde. Ich wünschte ihm den Tod. Weil sie ihn in den Arm nahm. Ihn, nicht mich.

Wie in Zeitlupe passierte alles. So leer war alles in mir. Ich rührte mich nicht, starrte nur. Musste zusehen, wie er zurückkam. Wie Kux röchelte, sich festkrallte an ihr, spuckte. *Ich bin so froh,* sagte Soy. *Dass wir rechtzeitig gekommen sind.* Erleichtert war sie, erlöst. *Du lebst, Felix. Es ist nichts passiert, Felix. Du hattest Glück, Felix.* Es brach aus ihr heraus, immer wieder wiederholte sie es. *Es ist nichts passiert, Felix.*

Soy hatte die Kontrolle übernommen. Trang und ich schauten zu, wir waren nur noch Statisten. Kux röchelte. Immer noch war da Todesangst in seinem Gesicht, benommen hörte er, was Soy zu ihm sagte. *Du bist ausgerutscht, Felix. In den Pool gefallen. Ben und ich haben dich herausgefischt.* Kux schwieg. Er drehte seinen Kopf zur Seite und schaute mich an. Er schaute Trang an, dann Soy. Kux widersprach nicht. Und Soy machte weiter. *Wir haben gesehen, wie du im Wasser getrieben bist. Wir haben dein Herz massiert. Du hättest tot sein können, Felix.* Mit wenigen Sätzen schrieb Soy die Geschichte neu, mit wenigen Sätzen machte sie ihrem Mann klar, dass das Spiel vorbei war. *Du hattest Glück, mein Lieber,* sagte sie. Dann zog sie ihn hoch und brachte ihn ins Haus.

Als wären wir uns
nie begegnet.

- Wir sind quitt, Ben.
- Quitt?
- Wir wären beide fast ertrunken. Deshalb würde ich sagen, dass wir jetzt einen Schlussstrich ziehen. Du musst zugeben, dass das Sinn macht, oder? Es ist alles ein wenig aus dem Ruder gelaufen, würde ich sagen. Wir können uns beide mit einem ordentlichen Unentschieden zufriedengeben, findest du nicht auch?
- Das können wir nicht.
- Ich hätte wirklich mein ganzes Vermögen darauf gewettet, dass du nicht wieder zurückkommst, Ben. Ich bin davon ausgegangen, dass das Meer dich für immer verschluckt hat. So wie es aussieht, bist du ein verdammter Glückspilz, Ben.
- So wie du, Kux.
- Genauso sehe ich das auch. Ich hatte bereits abgeschlossen, gedacht, dass ich sterbe. Beängstigend war das. Und genau aus diesem Grund sollten wir das Ganze jetzt beenden, wir sollten unser Glück nicht unnötig strapazieren.
- Und wie stellst du dir das vor?
- Von mir aus kannst du machen, was du willst. Gehen, wohin du willst. Wir sind fertig miteinander.
- Wie meinst du das?
- Du kannst hierbleiben, dir das Land anschauen, es genießen, dir ein paar Frauen kaufen und die Beine hochlegen.

- Was soll das, Kux?
- Du kannst aber auch mit uns zurückfliegen, wenn du willst. Dein Flug ist gebucht. Eine Nacht im Flugzeug noch zusammen, dann trennen sich unsere Wege. Du entwickelst weiter deine Fotos, und ich kümmere mich endlich wieder um wichtigere Dinge.
- Dir ist klar, dass du jetzt tot wärst, wenn Soy nicht gewesen wäre, oder?
- Ich weiß, Ben. Und ich bin sehr froh darüber, dass sich meine Frau im entscheidenden Moment doch für die richtige Seite entschieden hat.
- Wenn es nach mir gegangen wäre, würdest du jetzt irgendwo vergraben im Wald liegen.
- Das ist mir klar, Ben. Deshalb schlage ich dir einen sanften Ausstieg aus dieser Geschichte vor. Du wirst dein Geld doch noch bekommen. Ich habe es mir anders überlegt, dreihunderttausend Euro. Das ist tatsächlich nur fair nach allem, was du mitgemacht hast. Es ist das Mindeste, das ich für dich tun kann.
- Steck dir dein Geld sonst wohin.
- Ich werde dir den Betrag auf dein Konto überweisen. Jetzt gleich, wenn du willst. Damit du siehst, dass ich es ernst meine. Keine Spielchen mehr, Ben. Mehr macht mein Körper auch nicht mehr mit. Ich muss zugeben, du hast mir ganz schön zugesetzt. Möglicherweise hast du mir eine Rippe gebrochen, von den vielen blauen Flecken will ich gar nicht reden.
- Du hast ihre Mutter umgebracht.
- Zugegeben, das mit Kanita war nicht das Schlauste, was ich in meinem Leben gemacht habe. Deshalb setze ich jetzt auf Deeskalation. Wir verbringen die letzten beiden Tage hier

noch friedlich zusammen und fliegen dann nach Hause. Wir vertragen uns wieder, zeigen den Leuten, dass es keinen Grund mehr gibt, böse zu sein. Alle nehmen brav und dankbar das Geld, das ich ihnen hinlege, und vergessen das Ganze.
- Das wird dir Soy nie verzeihen.
- Doch, Ben, das wird sie.
- Du vergisst Trang.
- Ja, Trang. Du hast Recht. Um ihn mache ich mir mehr Sorgen als um Soy. Er ist unberechenbar. Deshalb ist es wohl besser, wenn ich pünktlich meinen Flug bekomme.
- Du kannst nicht einfach davonlaufen, Kux. Dich freikaufen und so tun, als wäre nichts passiert.
- Ich denke schon, Ben. Du wirst kaum etwas dagegen haben, oder? Bei so einer Summe wirst sogar du aufhören, romantisch zu denken. Und Trang ist bei der Polizei. Er hat es zwar nicht verhindert, was passiert ist, aber er wird nicht selbst aktiv werden. Dazu fehlen ihm die Eier. Du hast ihn ja kennengelernt, oder? Er ist eher der Beobachter, redet nicht viel, er nimmt die Dinge hin. Ich denke nicht, dass er dieses angenehme Leben hier so einfach aufs Spiel setzt.
- Das ist noch nicht das Ende, Kux.
- Doch, Ben. Je früher du das akzeptierst, desto besser. Du wirst dich also zurückhalten, wir werden gemeinsam dafür sorgen, dass bis zu unserem Abflug alles friedlich bleibt. Wenn du so willst, spielen wir in den letzten Minuten in derselben Mannschaft. Du, Soy und ich.
- Nein, das tun wir nicht.
- Du willst es einfach nicht wahrhaben, oder? Sie liebt dich nicht, Ben. Sie will bei mir bleiben, freiwillig, verstehst du. Ich zwinge sie nicht, mit mir zurückzukommen. Mit diesem

Wermutstropfen wirst du wohl leben müssen. Dass sie sich für mich entschieden hat und nicht für dich. Soy setzt Prioritäten, du könntest dir ein Beispiel an ihr nehmen.
- Du bist und bleibst ein krankes Schwein, Kux.
- Ach, komm schon, Ben. Ich habe meine Strafe bekommen, oder? Nimm das Geld und lass es gut sein.
- Dafür ist zu viel passiert.
- Fängst du jetzt wieder mit deiner Therapeutin an? Mit dem freundlichen Thai, der uns mitgenommen hat? Ist es so? Du solltest endlich erwachsen werden. Das hier ist das richtige Leben, Ben. Du musst dich den Begebenheiten anpassen, du musst abwägen, rechnen. So eine Chance bekommst du nie wieder in deinem Leben. Nutze sie, Ben.
- Ich traue dir nicht.
- Nach allem, was passiert ist, kann ich das verstehen. Aber trotzdem bitte ich dich, es zu versuchen. Du tust das Richtige, wenn du jetzt *Ja* sagst.
- Wie könnte ich das?
- Ach, Ben, es ist viel einfacher, als du denkst. Wenn wir zu Hause ankommen, gebe ich dir den Golfschläger, und du gibst mir den Film. Dann trinken wir noch einen schönen Cognac zusammen, und anschließend geht jeder seiner Wege. Das ist doch fair, oder?
- Und Soy?
- Du wirst sie nie wiedersehen.
- Und dieser Beamte? Er wird Fragen stellen, er wird nicht lockerlassen, er will mich als Mörder von Frau Vanek im Gefängnis sehen.
- Du machst dir zu viele Gedanken. Es liegt alles in unserer Hand, mein Lieber. Wenn es keine Beweise gibt, gibt es auch keine Anklage. Du wirst noch einmal mit ihm reden, dann

wird er verschwinden, alles wird sich in Luft auflösen. Am Ende wird es so sein, als wären wir uns nie begegnet.
- Du kannst nicht alles ausradieren.
- Doch, ich kann. Du sagst *Ja*, und ich überweise dir das Geld. Jetzt sofort. Es ist nur ein Mausklick. Du solltest das Geld nehmen, vielleicht wird das die beste Entscheidung sein, die du jemals in deinem Leben getroffen hast.
- Vielleicht hast du Recht. Trotzdem wäre mir lieber, du wärst jetzt tot.
- Du bist also einverstanden?
- Ja, das bin ich.

Nur ein flüchtiger
Moment war es.

Ich habe gelogen. Ich habe nur gesagt, was er hören wollte. Jedes Wort, jede Antwort, die ich ihm gab, jeder Blick in seine Richtung. Ich musste ihn in Sicherheit wiegen, ihm das Gefühl geben, dass er es ist, der entscheidet. Weil Kux jetzt versuchte, den Schaden zu begrenzen, er hatte begriffen, dass es vernünftiger war zu gehen. Kux hatte Angst. Vor Trang, vielleicht auch vor mir. Er spürte immer noch die Tritte in seinem Magen, er wusste, dass er keine Möglichkeit mehr bekommen würde, mich allein anzutreffen. Mich aus dem Weg zu räumen. Er wusste, dass die Thais auf meiner Seite standen, dass es klüger war, mich zu bezahlen. Kux wollte sich davonstehlen, und ich gab ihm das Gefühl, dass ihm das auch gelang. *Ja, wir sind quitt, Kux.* Auch wenn ich nichts lieber getan hätte, als ihn noch einmal in den Pool zu werfen, ich verhielt mich ruhig, ich lenkte ein.

Gemeinsam saßen wir am Pool in der Sonne. Gemeinsam mit Trang und den anderen aßen wir zu Abend. Es war so, als läge nichts in der Luft, als wäre es nur das Ende eines Urlaubs, als würde Kanita nicht irgendwo leblos im Meer treiben. Zwei Tage lang noch spielte jeder von uns seine Rolle. Soy, die demütige Ehefrau, die alles tat, um ihren Mann glücklich zu machen. Die Thais, die ihren Blick niemals hoben, Kux nicht ansahen, ihm nicht zeigten, was sie von ihm hielten. Trang, der sich wortlos zurückhielt. Und Kux, der sich wieder in Sicherheit wiegte, für den in Gedanken alles vorüber war. Er hatte das Geld auf mein Konto überwiesen, er hatte mich bezahlt für mein Schweigen. Nach allem, was passiert war, gab es ihm doch noch das Gefühl, dass er gewonnen hatte. Der Psychopath, dem die Lust am Spielen vergangen war, weil er beinahe selbst gestorben wäre, er hatte sich freigekauft.

Kux machte es mir leicht. Weil er nicht damit rechnete. Nicht eine Sekunde lang. Trang fuhr uns zum Flughafen. In einem Kleinbus weg vom Strand, lange Umarmungen, Abschiedstränen, das wunderschöne Haus, der Palmengarten, in dem Soy aufgewachsen war. Alles blieb unverändert. Soys Onkel, ihre Cousinen, sie kümmerten sich weiterhin um alles, sie behielten es für sich, dass Kanita verschwunden war, sie winkten, als wir davonfuhren. *Es ist immer wieder schön hier*, sagte Kux. *Du hast Recht*, sagte Soy. Sie saß zwischen uns. *Was täte ich ohne dich*, sagte er. Er flüsterte es ihr zu, tat so, als wäre ich nicht da. Er wollte mir zeigen, dass alles seine Ordnung hatte, dass da kein Widerspruch war, kein Aufbäumen, keine Zukunft für etwas anderes.

Kux und Soy. Trangs Augen im Rückspiegel. Und meine, die ihm antworteten. *Ich hoffe, du hast Recht. Ich hoffe, du weißt, was du tust. Ich hoffe, es dauert nicht mehr lange.* Weil es wie Sterben war. Ertrinken neben ihr. Keine Luft mehr bekommen. An diesem Balken hängen im Bösland. Weil Kux immer noch da war, weil er nicht wegging, nicht aufhörte, sie zu berühren. Weil irgendetwas in mir immer noch nicht daran glauben wollte, dass es so einfach sein würde. Ich war ungeduldig, wollte endlich ankommen, aussteigen, davonfliegen. Mit dieser kleinen Hoffnung in mir, dass da doch noch vielleicht mehr war als das Geld, das auf mich wartete.

Ich schaute aus dem Fenster, versuchte zu ignorieren, was neben mir passierte, was Kux mir entgegenschrie. *Matilda gehört mir, mein Lieber. Geh du nur in den Stall, kümmere dich um den Mist, Ben. Ich kümmere mich um das Mädchen hier.* Es wiederholte sich. Was ich damals gefühlt hatte vor dreißig Jahren auf dem Dachboden und was in mir vor sich ging, als wir am Flughafen ankamen. Als wir ausstiegen und mit unseren Koffern in der Halle verschwanden. *Lasst uns einchecken und dann noch etwas trinken*, sagte Kux. *Auf dich, Trang. Ich hoffe, wir sehen uns bald wieder.* Unsere Koffer auf einem Rollband und wie Trang nickte und trank. Schluck für Schluck, ohne etwas zu sagen. Zum letzten Mal Chang-Bier auch in Kux' Mund, eines, dann noch eines. Bis er zur Toilette ging und Trang endlich tun konnte, was er tun wollte.

Nur ein flüchtiger Moment war es, ein Reißverschluss, der aufging und wieder zu. Dann kam Kux zurück und tat weiter so, als würde die Welt ihm gehören. Trang, der sich verabschiedete, ihm noch die Hand gab mit gesenktem Kopf, demütig und dankbar, so wie Kux es von ihm erwartete. *Ich werde gut auf deine Schwester aufpassen*, sagte Kux. Trang schwieg und ging. Ließ uns zurück. Nur ein kleiner Augenaufschlag sagte, dass alles in Ordnung war. Dass alles so kommen würde, wie wir es uns ausgedacht hatten.

Halt den Mund
und küss mich.

- Und jetzt, Soy?
- Fliegen wir heim.
- Du und ich?
- Ja, Ben.
- Und du willst wirklich, dass ich mitkomme?
- Unbedingt.
- Sicher?
- Ja, verdammt. Willst du es schriftlich, oder was?
- Er wird wiederkommen.
- Das wird er nicht, glaub mir.
- Und wenn doch?
- Vertrau mir, Ben.
- Und der Golfschläger?
- Den finden wir.
- Und wenn nicht?
- Halt den Mund und küss mich.
- Ja.

So lange, bis wir satt waren.

Wieder zurück. Nicht in meiner kleinen Wohnung am Bahnhof. Nicht in meinem kleinen Labor. Nur kurz dachte ich an das Schild, das ich ins Fenster gehängt hatte. *Wegen Krankheit geschlossen.* Es würde keine Bilder mehr geben, die ich entwickelte. Nie mehr die schönen Momente der anderen, dachte ich. Nichts mehr, nach dem ich mich sehnen würde. Weil ich plötzlich alles hatte. Soy und ich in diesem Flugzeug. Wie wir landeten. Ankamen. Wie wir uns hinlegten und nebeneinander liegen blieben.

Im Himmel mit ihr. Drei Tage lang nur ihre Stimme und meine. Wie sie mich küsste. Und ich sie. Eine Nacht lang und noch eine. Am Anfang blendeten wir es noch aus, da war keine Angst mehr, kein Gedanke daran, dass da noch etwas war, was wir aus der Welt schaffen mussten. Nur ihre Finger, die spazieren gingen auf mir. Wie sie mich streichelte, mich ableckte, mich in sich aufsog. Soy auf mir, in mir, überall. Und ich in ihr. Wie ich ihren Körper entdeckte. Landschaft, in der ich verschwand. Viele Stunden kein Gedanke mehr an etwas anderes, Kux war unendlich weit weg. Da waren nur noch Soy und ich. Nackt, so lange es ging. Nur ihre Zunge in meinem Ohr, ihr Zeh in meinem Mund, und dazwischen immer wieder ihr Lachen. So lange, bis wir satt waren, wund um unsere Münder.

Wir blendeten aus, was kommen musste. Was zu tun war, schoben wir vor uns her, doch der Gedanke daran drängte sich zwischen uns. Dieser Golfschläger, den er irgendwo versteckt hatte, das Einzige, das uns noch davon abhielt, unbeschwert die Augen zuzumachen, zu schlafen und glücklich wieder aufzuwachen. Das Einzige, was er uns noch antun konnte, dieses kleine Stück Vergangenheit, das wir noch finden und auslöschen mussten. Weil es nur eine Frage der Zeit war, bis es wieder an der Tür klopfen würde. Bis jemand kommen und mich festnageln würde.

Soy half mir. Wie besessen suchten wir. In jedem Winkel des Hauses, in seinem Büro, in den Autos, in seinem Spind am Golfplatz. Unser oberstes Ziel war es, stundenlang wühlten wir uns durch das Haus, das Personal hatten wir nach Hause geschickt. Keller, Dachboden, Küche, Schubladen, Schränke, Kofferräume, wir ließen nichts aus. *Wir hören erst auf, wenn wir haben, was wir wollen*, sagte sie. *Du bist kein Mörder, Ben.* Ich schaute sie an und war ihr dankbar. Dass sie mich daran gehindert hatte, ihn zu töten. Dass sie ihn aus dem Wasser gezogen hatte. Nur eine Minute hätte den Unterschied ausgemacht, er wäre einfach erstickt, im Wasser liegen geblieben. Niemand hätte sein Herz massiert, ihn wieder zurückgeholt, wenn sie nicht darauf bestanden hätte. Ich dachte damals, dass sie es für ihn getan hatte, nicht für mich. Aber nein. So war es nicht gewesen. Soy wollte, dass ich frei war. Nicht davonlaufen musste. Deshalb trieb sie mich an. Denk nach, Ben. *Kux wird untergehen, aber nicht so. Such weiter, Ben. Dazu haben wir später noch genug Zeit.* Weil ich sie küssen wollte. Ihr ins Wort fiel. Sie umarmte.

Nackt und erschöpft lagen wir am Boden im Wohnzimmer. Wunderschön war es und schwer. Weil ich ihn immer noch lachen hörte, weil ich es vor mir sah, wie Kux mit dem Beamten telefoniert und ihm gesagt hatte, wo er finden konnte, was mich belastete. *Wir müssen weitersuchen*, sagte ich. *Irgendwo muss dieser verdammte Schläger ja sein.* Und wir suchten weiter. Weil sich die Schlinge langsam zuzog.

Kux bekam doch noch die Chance, alles kaputtzumachen. Irgendwann klingelte es. Der Mann am Tor ließ sich nicht abwimmeln, so wie ich mich damals nicht hatte abwimmeln lassen. Er wollte ins Haus kommen und mir alles wieder wegnehmen. Der Beamte stand dort, wo ich vor Monaten selbst gewartet hatte, er hörte nicht auf zu klingeln. Er war auf dem Bildschirm in Kux' Arbeitszimmer, wir konnten ihn sehen. Soy auf meinem Schoß, ich umarmte sie, hielt sie fest. *Wir verstecken uns einfach*, sagte ich. *Wir machen nicht auf, irgendwann wird er gehen. Nicht wiederkommen.* Doch er blieb. Er winkte uns zu, er wusste, dass wir da waren. Egal ob kein Licht brannte, egal ob wir es vermieden hatten, ans Fenster zu gehen, er wollte ins Haus. Mit mir reden.

Kurz noch weigerte ich mich. Ich wollte nicht hören, was Kux ihm alles erzählt hatte. Dass er den Schläger gefunden und lange überlegt hätte, ob er zur Polizei gehen solle oder nicht. Dass er nicht daran glauben wollte, dass sein Freund Ben tatsächlich seine Therapeutin umgebracht hatte. Bestimmt hatte Kux dem Beamten gesagt, dass da Zweifel gewesen wären in ihm, dass er mich nicht schon wieder im Stich lassen wollte und deshalb so lange gezögert und der Polizei nichts von dem Fund erzählt hätte. Dass er sich dann aber doch für die Wahrheit entschieden hätte. So ähnlich muss es geklungen haben, als Kux ihn angerufen hatte. Ich war mir sicher. Nur aus diesem Grund war der Beamte wieder da und wartete vor dem Tor.

Er wollte mir zeigen, wo die Mordwaffe versteckt war. Er wollte mich überführen und verhaften. Siegessicher wirkte er. *Ich weiß, dass Sie da sind*, sagte er in die Kamera. Ich las es von seinen Lippen ab. Soys Finger spürte ich nicht mehr, weil da nur noch Panik war, Angstschweiß, der Wunsch, es irgendwie doch noch abzuwenden, der Entschluss, es hinter mich zu bringen. Weil er immer wiedergekommen wäre. Deshalb drückte ich den Knopf. *Lassen Sie uns reden*, sagte ich in die Sprechanlage. *Gerne*, sagte der Beamte. Dann kam er herein und beendete es.

Ich suche immer noch
einen Mörder.

– Sie sind hartnäckig.
– Ich suche immer noch einen Mörder.
– Ich weiß.
– Schön, dass Sie wieder da sind. Ich habe mir Sorgen um Sie gemacht. Ihr Anruf aus Thailand hat mich beunruhigt. Ehrlich gesagt dachte ich, dass ich Sie nicht wiedersehen würde.
– Was ich am Telefon gesagt habe, war Unsinn.
– Dass Ihr Freund jemanden umgebracht hat?
– Ja.
– Die Angst in Ihrer Stimme hat echt geklungen, Ihre Verzweiflung. Vielleicht erzählen Sie mir einfach noch einmal, was passiert ist. Damit keine Fragen unbeantwortet bleiben. Wir wollen das Ganze schließlich so schnell wie möglich hinter uns bringen, nicht wahr?
– Ich war betrunken, mehr war da nicht. Ich möchte einfach in Ruhe gelassen werden, ich möchte, dass Sie aufhören, mich zu beschuldigen.
– Wie könnte ich das? Sie haben während einer laufenden Ermittlung das Land verlassen.
– Ich bin doch zurückgekommen, oder?
– Das sind Sie, ja. Und wie ich sehe, haben Sie sich schön eingelebt hier. Sie scheinen sich ja richtig zu Hause zu fühlen im Haus Ihres Freundes.
– Ja, es ist schön hier.

- So wie es aussieht, haben Sie den Laden hier bereits übernommen.
- Wenn Sie so wollen, es ist ein Neuanfang, ja. Ich bin sehr dankbar dafür, dass es das Schicksal so gut mit mir gemeint hat.
- Das Schicksal? Glauben Sie etwa daran?
- Ja.
- Ich denke nicht, dass Ihr plötzlicher sozialer Aufstieg etwas mit dem Schicksal zu tun hat. Ich neige eher dazu zu glauben, dass Sie das alles hier geplant haben, dass Sie mir etwas verschweigen, etwas, das all das hier erklären würde. Vielleicht erzählen Sie es mir einfach, dann kann ich endlich in den Ruhestand gehen.
- So alt sind Sie doch noch nicht, oder?
- Doch, in einem Monat ist es so weit. Ich möchte den Fall noch abschließen, bevor ich mich verabschiede.
- Ich wiederhole mich nur ungern, aber nun gut. Mein Freund Kux hat mich hier aufgenommen, er möchte, dass es mir gut geht, dass ich hier in seiner Bibliothek am offenen Kamin sitze und zufrieden ins Feuer schaue.
- Ich weiß, dass das nicht stimmt.
- Ändert das etwas?
- Dieser Mann würde seine eigene Großmutter verkaufen, wenn es ihm einen Vorteil einbringen würde. Herr Kux hat keine Freunde. Das haben mir etliche Mitarbeiter in seiner Firma bestätigt. Die Gutmenschengeschichte funktioniert nicht, damit stellen Sie mich nicht ruhig, und das wissen Sie auch. Es steckt mehr dahinter. Ich werde schon noch dahinterkommen.
- Wenn Sie meinen.
- Auch wenn das vielleicht unprofessionell klingt, aber ich

muss zugeben, dass mich Ihre Geschichte sehr berührt. Je tiefer ich grabe in Ihrem Leben, desto mehr Mitgefühl kommt in mir auf. Ihre Kindheit, der Tod Ihres Vaters, der Mord an Ihrer Freundin. Wahrscheinlich ist das einfach alles nur passiert, es war ein Unfall, nicht wahr? Sie wollten das gar nicht.
- Nein. Ich wollte das nicht.
- Trotzdem war Ihr Leben plötzlich zu Ende.
- Sie brauchen kein Mitgefühl mit mir zu haben. Sie sind bei der Kriminalpolizei, das können Sie sich nicht leisten, oder?
- Wie gesagt, ich bin alt. Man wird weicher, je länger man lebt. Ich habe viel gesehen in den letzten vierzig Jahren, aber Ihre Geschichte ist anders. Fast tut es mir leid, dass ich Sie verhaften muss.
- Müssen Sie das?
- Ich denke schon, ja.
- Damit Sie Ihren Ruhestand genießen können?
- Genau so ist es. Obwohl ich mir natürlich sehr wohl überlege, was ich mit der vielen freien Zeit anfangen werde. Kürzlich habe ich sogar an Golf gedacht.
- Das ist schön, Sie werden es lieben, kilometerlange Spaziergänge, das wird Sie auf andere Gedanken bringen.
- Nein, ich werde wohl immer an diese arme Frau denken müssen. Daran, dass sie mit einem Golfschläger ermordet wurde. Übrigens mit ziemlicher Sicherheit mit einem Fairwayholz, das Kriminallabor hat gute Arbeit geleistet.
- Das heißt, Sie haben die Mordwaffe immer noch nicht gefunden?
- Doch. Wir wissen jetzt, wo wir suchen müssen.
- Glauben Sie wirklich daran, dass ich ein Mörder bin?

- Dazu braucht es keinen Glauben. Ihre Geschichte spricht für sich. Was Sie damals getan haben, kann man leider nicht rückgängig machen.
- Vielleicht ja doch.

Deshalb drückte ich auf Play.

Der Golfschläger, wegen dem er gekommen war, musste warten. Ich bat den Beamten noch um etwas Geduld, er sollte es sich gemütlich machen. *Lehnen Sie sich zurück. Ich würde Ihnen gerne etwas zeigen*, sagte ich. *Natürlich*, sagte er. Er war ahnungslos. *Sie sind einer von vier Menschen, die das gesehen haben*, sagte ich. Fragend schaute er mich an, sah mir dabei zu, wie ich die Bilder von der Wand abhängte und den Projektor in Position brachte. Wie ich die Filmrolle einlegte. *Super 8*, sagte ich noch. *Das Gerät ist über dreißig Jahre alt, genauso wie dieser Film hier.*

Er war nicht vorbereitet auf das, was jetzt kam. Er umkreiste mich wie ein Raubvogel, er beobachtete mich, registrierte jede Bewegung, jedes Achselzucken. Er studierte mich, las in mir. Er wollte wissen, ob ich log, wann ich die Wahrheit sagte. Er wollte es unbedingt zu Ende bringen, hatte sich vorgenommen, an diesem Nachmittag einen Mörder zu stellen. Er fragte mich, ob das Erinnerungen aus meiner Kindheit seien. *Erinnerungen an das Ende dieser Kindheit*, sagte ich. Dass es nur ein alter, belangloser Film war, den ich ihm vorführen wollte, das dachte er. Etwas mit dem ich mein Handeln rechtfertigen wollte, ein Grund dafür, warum ich so war, wie ich war. Ich konnte es in seinem Gesicht sehen, beinahe gelangweilt schaute er die Wand an und wartete, bis es losging.

Ich bat ihn, die Vorhänge zuzuziehen. Er schenkte sich den Tee ein, den Soy ihm gebracht hatte. *Sie machen es ja ganz schön spannend*, sagte er. Ich lächelte nur. Eine Stimme in mir sagte, dass es richtig war, was ich tat. Ich hatte nichts mehr zu verlieren. *Es geht los*, sagte ich. *Ich hoffe, das bringt uns weiter*, antwortete er. Ich nickte. In seinen Augen war ich immer noch schuldig. Er sah nur das Offensichtliche, ging den einfachsten Weg. Nichts sprach für mich. Nur dieser Film. Deshalb drückte ich auf Play.

Es wird das
letzte Mal sein.

- Wer ist das?
- Das ist Matilda. Auf dem Dachboden des Hauses, in dem ich aufgewachsen bin.
- Von wann ist der Film?
- August 1987. Der Tag, an dem sie umgebracht wurde.
- Das ist nicht Ihr Ernst, oder?
- Doch, das ist es. Schauen Sie einfach hin. Es erklärt sich alles von selbst.
- Dieses Muttermal auf der Stirn des Jungen.
- Gut beobachtet. Das ist Kux.
- Und wo sind Sie?
- Ich habe gefilmt. Heimlich. Die beiden haben mich nicht gesehen.
- Das Mädchen ist betrunken.
- Ja, das ist sie.
- Was machen die beiden da?
- Kommt gleich. Nur ein klein wenig Geduld noch.
- Sie verhöhnt ihn.
- Und genau das hätte sie besser nicht tun sollen.
- Was zeigen Sie mir da?
- Was wirklich passiert ist.
- Das arme Mädchen, um Himmels willen. Was macht er da?
- Er schlägt zu. So lange bis sie tot ist.
- Das kann doch nicht sein.
- Das ist jetzt auch für Sie überraschend, nicht wahr?

- Gottverdammt, ja.
- Das war's. Hier ist der Film leider zu Ende.
- Ich weiß nicht, was ich sagen soll. Ich bin sprachlos.
- Das war ich auch. Jahrelang.
- Sie haben einen Mord gefilmt?
- Ja.
- Warum haben Sie denn nichts gesagt?
- Ich konnte nicht.
- Sie hatten das alles vergessen?
- Ja.
- Und woher haben Sie den Film?
- Den habe ich entdeckt, als ich meine Mutter besucht habe. Er lag noch immer in seinem Versteck am Dachboden.
- Sie haben sich um das Mädchen gekümmert, als Sie die Kamera ausgeschaltet haben.
- Ja, das habe ich.
- Und so hat man Sie dann gefunden, Matilda in Ihrem Schoß, überall Blut. Und Sie völlig traumatisiert.
- Genau so war es.
- Das ist unglaublich. Das tut mir alles so leid für Sie.
- Bin ich jetzt immer noch ein Mörder in Ihren Augen?
- Nein, in diesem Fall wohl nicht. Aber ich verstehe es noch nicht ganz. Warum waren Ihre Fingerabdrücke auf der Mordwaffe und nicht seine?
- Ich musste mir diesen Film sehr oft ansehen, bis ich es begriffen habe. Kux stand mit dem Rücken zu mir. Aber man sieht, wie er den Griff noch mit dem T-Shirt abgewischt hat, bevor er verschwunden ist. Er hat es tatsächlich fertiggebracht, in dieser Situation so weit vorauszudenken. Ich habe leider an überhaupt nichts mehr gedacht. Ich habe den Schläger genommen und in eine Ecke geworfen.

– Das verändert alles.
– Aber es wird das letzte Mal sein, dass dieser Film abgespielt wurde.
– Was meinen Sie damit?
– Ich werde ihn verbrennen.
– Das ist nicht Ihr Ernst. Bitte hören Sie auf damit, Sie müssen den Film der Polizei übergeben. Das ist ein Beweisstück. Herr Kux wird die Verantwortung dafür übernehmen, ich werde mich persönlich darum kümmern.
– Nein. Dafür ist es leider zu spät.
– Sie erpressen ihn, oder? Deshalb wohnen Sie hier. Herr Kux bezahlt seine Schuld. So ist es doch, oder?
– Auf gewisse Art und Weise haben Sie Recht, ja.
– Ich kann verstehen, dass Sie das im Moment für das Richtige halten. Aber dieser Mann hier muss zur Rechenschaft gezogen werden. Auch wenn das Ganze mittlerweile verjährt ist, die Wahrheit muss ans Licht kommen. Sie können diesen Film nicht einfach verbrennen. Wenn Sie die Rolle jetzt ins Feuer werfen, kann ich nichts mehr für Sie tun.
– Ich weiß.
– Ich nehme an, es gibt keine Kopie, oder?
– Nein, gibt es nicht.
– Vertrauen Sie mir, ich kann Ihnen helfen. Bitte tun Sie das nicht.
– Doch. Ich muss.

Nichts mehr von damals
blieb übrig.

Der Film fiel ins Feuer. Und Matilda verschwand für immer. Da war kein Blut mehr auf ihrer Haut, ihre Augen blieben für immer zu. Der freundliche Beamte ruderte mit den Armen, hielt sich die Hände vors Gesicht, am liebsten hätte er in die Glut gegriffen und den Film gerettet. Doch es war zu spät. Nichts mehr von damals blieb übrig.

Wie konnten Sie das nur tun, sagte er. *Es würde nichts ändern*, sagte ich. Der Beamte war schockiert. Darüber, dass sich der einzige Beweis einfach im Feuer auflöste. Darüber, dass ein unschuldiger Junge jahrelang eingesperrt worden war. *Verzeihen Sie mir, dass ich Ihnen Unrecht getan habe.* Er war beschämt, ich sah es in seinen Augen. *Es tut mir leid, dass ich Ihnen nicht geglaubt habe. Aber die Fakten ließen keinen anderen Schluss zu.* Er war berührt. *Man hat Ihnen Ihr Leben gestohlen*, sagte er. *Ich weiß*, sagte ich. Eine Zeit lang schwiegen wir.

Dann lud ich ihn ein, mit uns zu essen, und brachte ihn dadurch noch mehr durcheinander. *Warum nicht*, sagte er und folgte mir in die Küche. Wir sprachen nicht mehr über den Film und auch nicht über den Mord an Frau Vanek. Ich hoffte, dass er weich werden und von mir ablassen würde, dass er mir glauben würde, dass ich auch mit dem Mord an ihr nichts zu tun hatte. Und so kochte ich. Versuchte nachzumachen, was Soy mir beigebracht hatte. Reis mit Gemüse, Curry, Kokosmilch. Ich hatte Freude daran, Soy den Kochlöffel aus der Hand zu nehmen, ich genoss es. Dass sie mir dabei zusah und stolz auf mich war. Dann servierte ich. *Schmeckt herrlich*, sagte unser Gast. Wir nickten nur.

Das Essen war eine Geste der Höflichkeit. Trotzdem war immer noch klar, dass dieser Fremde der Feind war. Wir sagten nichts, Soy und ich, kein überflüssiges Wort. Wir wollten keinen Fehler machen, wollten uns wappnen gegen das, was kommen würde. *Wir schaffen das*, flüsterte Soy mir zu, als er aufstand, um zur Toilette zu gehen. Schnell nahm sie meine Hand und hielt sie fest. *Du machst das wunderbar, Ben. Er wird bald verschwinden, du wirst sehen.* Ich glaubte ihr. Wie sie wollte ich überzeugt davon sein, dass er sich bald verabschieden, gehen und mich in Ruhe lassen würde. Doch ich täuschte mich. Er nutzte die Gelegenheit, wollte uns kennenlernen, herausfinden, was da zwischen Soy und mir war. Weil er ahnte, dass uns mehr verband als diese kaputte Freundschaft mit Kux. Er wusste, dass wir ein Verhältnis hatten, es stand in Leuchtbuchstaben auf unserer Stirn geschrieben. Deshalb blieb er, er wollte wissen, wie es dazu gekommen war und warum Kux nicht neben uns saß. *Wie ich bereits angekündigt habe, gibt es noch einige Dinge zu klären*, sagte er. Wir gingen zurück ins Arbeitszimmer. Er und ich.

*So einfach
ist das nicht.*

– Was ist in Thailand passiert?
– Wir haben Urlaub gemacht.
– Sie wissen, was ich meine. Warum ist Ihr Freund nicht mit Ihnen zurückgekommen?
– Ich weiß es nicht, es ging alles so schnell.
– Bitte erzählen Sie es mir, ich bin sehr gespannt.
– Ich kann Ihnen gar nicht viel dazu sagen. Nur, dass ich froh bin, dass er nicht mehr hier ist.
– Das kann ich nachvollziehen.
– Ich denke, dass niemand hier ihn vermissen wird.
– Das ist gut möglich. Aber trotzdem muss ich Ihnen meine Fragen stellen. Sie müssen mir schon noch ein bisschen entgegenkommen, wenn Sie wollen, dass wir uns nicht mehr wiedersehen. Das wollen Sie doch, oder?
– Ich dachte, Sie glauben mir.
– So einfach ist das nicht. Da gibt es schließlich noch diesen anderen Mord, den ich aufklären muss. Und alles, was Thailand betrifft. Die thailändischen Kollegen haben mir am Telefon zwar einiges erzählt, aber es gibt da noch manche Lücken zu schließen. Helfen Sie mir, das alles zu verstehen, dann werde ich Sie in Ruhe lassen.
– Sie versprechen es?
– Wenn sich herausstellt, dass Sie nichts mit alldem zu tun haben, werde ich in den Ruhestand gehen und Sie in Frieden lassen. Ich werde mich irgendwo gemütlich an den Strand

setzen. Vielleicht ja auch in Thailand. Schönes Land, nicht wahr?
- Ja.
- Beeindruckende Strände, gutes Essen, aber harte Gesetze.
- Davon habe ich keine Ahnung.
- Es sieht so aus, als würde Herr Kux nicht so schnell wieder hier auftauchen. So tragisch das auch ist, aber man könnte auch von Glück sprechen, nicht wahr? Sie können es sich jetzt hier gemütlich machen. Kux' Frau scheint ja auch nichts dagegen zu haben. Sofern es Ihnen gelingt, mich zu überzeugen, dass Sie im Fall des Mordes an Frau Vanek unschuldig sind, steht einer rosigen Zukunft nichts mehr im Wege.
- Sie haben sich doch sicher schon informiert. Sie wissen bestimmt mehr als ich. Man hat uns nicht gesagt, was mit Kux ist und worin er da verstrickt ist.
- Ich weiß einiges, aber ich weiß nicht alles. Deshalb unterhalten wir uns.
- Wir waren genauso überrascht wie alle anderen.
- Trotzdem sind Sie in den Flieger gestiegen? Haben ihn allein zurückgelassen.
- Wären Sie an meiner Stelle in Thailand geblieben? Hätten Sie ihm geholfen, sich für ihn eingesetzt? Ich konnte es nicht. Ich wollte nur weg, nicht damit in Verbindung gebracht werden.
- Und Soy? Sie ist seine Frau, warum hat sie ihm nicht geholfen? Warum ist sie nicht bei ihm geblieben? Sie ist eine Thai, sie spricht die Sprache, sie hätte vermitteln, für ihn da sein können.
- Was hätte sie denn tun sollen? Kux hat sich in eine ausweglose Situation gebracht. Auch sie wollte da nicht mithineingezogen werden.

- Und Soys Bruder? Was war mit ihm?
- Er hat dafür gesorgt, dass man uns gehen ließ. Er wollte, dass seine Schwester in Sicherheit ist, er wusste, dass sie nichts damit zu tun hatte.
- Er ist Polizist, richtig?
- Ja. Er heißt Trang. Er hat uns zum Flughafen gebracht. Wenn er nicht da gewesen wäre, hätte man Soy und mich wahrscheinlich dort behalten. Wenn er nicht für uns gebürgt hätte, würden wir Kux jetzt wahrscheinlich Gesellschaft leisten.
- Niemand hatte also etwas geahnt? Kein Verdacht, da war nichts, das Sie vorgewarnt hätte?
- Nein.
- Keine Anzeichen dafür, dass Herr Kux das früher schon einmal gemacht hat?
- Nein, nichts. Ich weiß aber natürlich nicht, worauf ich hätte achten sollen. Ich habe mit solchen Dingen nichts zu tun, ich bin Fotolaborant.
- Und Sie haben absolut nichts damit zu tun, was mit ihm passiert ist?
- Nein, das haben wir nicht.
- Wir?
- Soy und ich.
- Sie haben ein Verhältnis miteinander, nicht wahr?
- Ja.
- Sie erzählen mir jetzt alles von Anfang an. Sie werden endlich ehrlich zu mir sein, und ich werde Ihnen helfen.
- Versprechen Sie mir das?
- Ja.

Vielleicht war es Schicksal.

Ich war so ehrlich wie möglich. Ich erzählte ihm fast alles. *Ich will nur die Wahrheit hören*, sagte er. Er lehnte sich zurück und hörte mir zu. Er tat so, als stünde er auf meiner Seite. Er machte es mir leicht. Außerdem hatte ich nichts getan, ich war das Opfer, nicht der Täter. Also legte ich die Karten auf den Tisch. Ich erzählte ihm, dass Kux mich mehr oder weniger gezwungen hatte mitzukommen. Dass er den Golfschläger mit meinen Fingerabdrücken genommen und Frau Vanek damit erschlagen hatte. Dass er Soys Mutter ins Meer geworfen und dem Tuk-Tuk-Fahrer die Kehle aufgeschnitten hatte. Dass ich beinahe ertrunken und für immer verschwunden wäre. Unglaublich klang alles, eine Räubergeschichte nach der anderen war es. Mein neues Leben war wie aus einem billigen Groschenroman.

Der Beamte schrieb mit. Ich lud alle Schuld auf Kux. Meinen Freund, dem ich nach so langer Zeit endlich wiederbegegnet war. Ich erzählte davon, wie er seine Frau behandelte und wie ich ihn beinahe umgebracht hatte. *Wenn Soy nicht gewesen wäre, wäre Kux jetzt tot.* Ich sagte es immer wieder. Weil ich unbedingt wollte, dass er mir glaubte. Dass er aufhörte nachzufragen. Dass er einsah, dass er sich geirrt hatte. Nicht nur, was Matilda betraf. All seine Bilder, die er sich von mir gemacht hatte, sollten sich in Luft auflösen, verschwimmen. Er nickte nur. Gab mir das Gefühl, dass ich ihm alles sagen konnte, dass es nichts gab, das ihn schockieren konnte.

Ich redete um mein Leben. Und ich wusste, dass er genau das von mir wollte. Er wartete darauf, dass ich einen Fehler machte, dass er die Wahrheit, die ich ihm erzählte, als Lüge entlarven konnte. Doch das passierte nicht. *Ich habe keinen Grund, Sie anzulügen*, sagte ich. *Warum sollte ich das tun? Was hätte ich davon?* Es sollte ihm klar werden, dass ich kein Motiv hatte, jemandem etwas anzutun. Außer Kux. Und Kux war wohlauf. *Er hat noch sein ganzes Leben vor sich*, sagte ich. Zynisch, bösartig fast. *Verzeihen Sie mir die Schadenfreude, aber er hat es verdient.* Der Beamte lächelte. *Erzählen Sie mir, was am Flughafen passiert ist*, sagte er noch einmal. Und ich erzählte es ihm.

Dass Kux bis zum Schluss so getan hatte, als wäre alles in bester Ordnung. Er war angetrunken, wollte so schnell wie möglich durch den Sicherheitscheck und eine Flasche Champagner bestellen im Flugzeug. *Wir trinken auf die Zukunft*, hatte er noch gesagt. Soy hatte genickt. Wir waren vor ihm an der Reihe. Zuerst sie, dann ich. Ich zog meinen Gürtel aus, meine Schuhe, ich leerte meine Taschen, ging durch den Körperscanner und wartete, bis mein Handgepäck über das Rollband zu mir kam. Ich nahm meinen Gürtel und die Münzen, die in dem Plastikkorb lagen, und ging. Dann lief ich neben ihr in Richtung Gate. Die Aufregung, die plötzlich losbrach, das Chaos. Die Polizisten, die mit Maschinengewehren am Sicherheitscheck standen, Reisende, die zur Seite gedrängt wurden. Alles nur wegen Kux. Wegen dem, was in seiner Tasche war.

Zweimal hatte man sie durchleuchtet, bevor man ihn gebeten hatte, den Reißverschluss zu öffnen. Nur aus den Augenwinkeln hatten wir gesehen, wie verwundert er sich gab, wie erstaunt er war, als die Sicherheitsbeamten das Paket aus der Tasche nahmen. Weißes Pulver, eingewickelt in transparenter Plastikfolie, Heroin. Grund genug, um Alarm zu schlagen, ihn festzunehmen, ihn zu bedrohen mit Waffen. Wir hörten nur noch, wie er versuchte, sich zu wehren und laut gegen die Vorwürfe, die plötzlich im Raum standen, anzuschreien. *Ich habe keine Ahnung, was das ist. Was wollen Sie von mir? Ich weiß nicht, wie das in meine Tasche kommt. Was machen Sie da? Lassen Sie mich los.* Doch nichts nützte. Sie umringten ihn, packten ihn, er bekam keine Gelegenheit mehr, sich zu wehren. Uns zurückzuholen, ihnen zu sagen, dass er nicht allein war. Dass seine Frau mit ihm reiste, dass es sich um ein großes Missverständnis handeln musste. Kux war plötzlich am Ende. Er schrie nur noch. Rief Soys Namen. Und meinen.

Kurz bevor wir die Halle verließen, blieben wir noch einmal stehen. Schauten zurück. Zum letzten Mal trafen sich unsere Blicke. Er sah das Lächeln in unseren Gesichtern. Ein letzter Gruß war es, weil wir wussten, dass wir ihn nie wiedersehen würden. *Mit Drogen zu handeln ist keine gute Idee in diesem Land*, hatte Trang gesagt. *Mit zwei Kilo Heroin das Land zu verlassen.* Trang wusste, wovon er sprach.

Der Beamte hörte mir aufmerksam zu. Er verzog keine Miene, ich wusste nicht, was er dachte, ob er mir glaubte oder nicht. Er stellte nur noch diese eine Frage. *Wussten Sie, dass er mit Drogen zu tun hatte?* Ich verneinte. Und log. *Wir hatten keine Ahnung*, sagte ich. *Sie können sich vorstellen, wie überrascht wir waren. Wir hatten Angst davor, dass man auch uns verhaften würde, dass er uns da mithineinziehen würde.* Ich erklärte dem Beamten, wie froh wir gewesen seien, als wir in der Luft waren. Wie glücklich darüber, dass es endlich vorbei war. *Vielleicht war es Schicksal*, sagte ich.

*Dasselbe Spiel
wie damals.*

– Gut gemacht.
– Wie meinen Sie das?
– Ein genialer Schachzug. Drogendelikte in Thailand werden tatsächlich sehr streng bestraft. Wenn es stimmt, was ich von meinen Kollegen dort in Erfahrung gebracht habe, wird Herr Kux lebenslänglich bekommen.
– Ich weiß nicht, was Sie damit meinen. Ich sagte Ihnen doch, dass wir nichts damit zu tun haben.
– Und Sie wollen ernsthaft, dass ich Ihnen das glaube?
– Nach allem, was passiert ist, nach allem, was dieser Mann getan hat. Es wäre tatsächlich das Einfachste.
– Das Einfachste ist nicht immer das Richtige.
– In diesem Fall vielleicht schon.
– Sie überraschen mich.
– Warum?
– Weil Sie mich bitten wegzusehen.
– Ich habe Sie nur darum gebeten, mir zu glauben.
– Das ist in diesem Fall wohl dasselbe. Die Fakten sprechen nämlich eine deutliche Sprache. Soys Bruder arbeitet bei der Drogenfahndung, das ist richtig, oder?
– Ja.
– Ich nehme an, dass er die Drogen aus der Asservatenkammer gestohlen hat. Er hat sie Herrn Kux untergeschoben. Der gute Mann hatte keinen blassen Schimmer, was auf ihn zukommen würde, als er durch die Sicherheitskontrolle ging, richtig?

- Kux ist genau dort, wo er hingehört. Er wird niemandem mehr etwas tun. Es ist vorbei.
- Das ist es leider nicht. Es ist nämlich nicht Ihre Aufgabe, die Bösen hinter Gitter zu bringen. Dafür bin ich da. Es gibt Gesetze, an die auch Sie sich halten müssen, wir haben ein Justizsystem, Gerichte, auf die Sie sich verlassen können.
- Das stimmt so leider nicht. In meinem Fall ist es wohl eine Ermessensfrage, ob ich ein Leben in Freiheit führen darf oder nicht. Es gibt keine Beweise, Kux wäre einfach davongekommen damit, und das wissen Sie. Der Einzige, der Probleme bekommen hätte, wäre ich.
- Hätte?
- Wie gesagt, es liegt in Ihrer Hand.
- Nicht ganz. Es gibt da nämlich ein kleines Problem.
- Welches?
- Wie Sie sich bestimmt schon gedacht haben, hat mich Herr Kux angerufen. Nach langem Hin und Her hat er mich erreicht, er klang sehr verzweifelt.
- Was wollte er?
- Er hat mir gesagt, wo ich die Mordwaffe finden kann. Er hat Sie schwer belastet, er sagte mir, dass er Sie dabei beobachtet hat, wie Sie den Schläger versteckt haben.
- Und Sie glauben ihm das?
- Was ich glaube, ist am Ende nicht relevant. Aber ich muss es überprüfen, das verstehen Sie sicher, oder? Ich kann das nicht einfach unter den Teppich kehren.
- Das ist doch verrückt. Wenn ich Frau Vanek wirklich getötet hätte, hätte ich den Schläger doch nicht hier im Haus versteckt, oder?
- Es sind schon viele verrückte Dinge passiert auf dieser Welt, glauben Sie mir. Trotzdem muss ich die Mordwaffe

sicherstellen. Also lassen Sie uns gemeinsam nachsehen. Ihr Freund sagt, wir müssen in den Heizungskeller. Bringen Sie mich bitte dorthin.
- Den Weg können wir uns sparen.
- Das können wir leider nicht.
- Dafür bräuchten Sie eigentlich einen Durchsuchungsbeschluss, oder?
- Da haben Sie Recht. Aber da Sie ja darauf bestehen, unschuldig zu sein, macht es Ihnen bestimmt nichts aus, mir diesen kleinen Gefallen zu tun, oder?
- Von mir aus. Wenn Sie unbedingt wollen. Hier entlang.
- Wirklich schön das Haus.
- Ja, sogar der Heizungskeller.
- Wir sind da?
- Ja. Treten Sie ein. Und viel Spaß beim Suchen.
- Das wird nicht allzu schwierig sein. Ihr Freund hat mir die Stelle genau beschrieben, der Schläger muss irgendwo hier sein. Da drüben neben dem Heizkessel, hinter den Rohren, hat er gesagt. Hier würde man tatsächlich nicht suchen, ein guter Platz, um etwas zu verstecken, nicht wahr?
- Ich kann es Ihnen gerne noch tausendmal sagen, ich war das nicht. Ich hätte dieser Frau nie etwas antun können.
- Lassen wir die Fakten entscheiden.
- Welche Fakten?
- Herr Kux sagte mir, dass da Blut auf dem Schläger ist, dass er nicht gewagt hat, ihn zu berühren und ihn deshalb genau dort liegen gelassen hat, wo Sie ihn versteckt haben. Daraus schließe ich, dass unsere Kriminaltechniker nur Ihre Fingerabdrücke auf der Mordwaffe finden werden, und das wiederum spricht dann definitiv gegen Sie. Um eine Mordanklage werden Sie wohl nicht herumkommen.

- Sie verstehen es nicht, oder? Er hat das alles geplant, Sie machen genau das, was er von Ihnen will. Das muss Ihnen doch klar sein, oder?
- Am Ende zählt nur, dass die Gerechtigkeit siegt. Wie es dazu kommt, das interessiert niemanden. Also, irgendwo hier muss dieser Schläger sein.
- Was macht Sie da so sicher?
- Ihr Freund hätte mich kaum aus Jux und Tollerei hierher geschickt, oder?
- Sie scheinen aber trotzdem Probleme zu haben zu finden, was Sie suchen.
- Schaut so aus, ja.
- Ich habe Ihnen die Wahrheit gesagt. Ich habe niemanden umgebracht. Damals nicht und auch heute nicht.
- Sie haben den Schläger vor mir gefunden, richtig?
- Dazu kann ich Ihnen leider nichts sagen.
- Ich nehme an, Sie haben alle Spuren verwischt und den Schläger für immer verschwinden lassen.
- Ich habe keine Ahnung, wovon Sie sprechen. Sie können sich aber gerne noch mehr Zeit nehmen und weitersuchen, wenn Sie wollen.
- Ich denke, die Mühe kann ich mir sparen.
- Wenn Sie das sagen, dann wird das wohl so sein.
- Mir bleibt wohl nichts anderes mehr übrig, als Ihnen ein schönes Leben zu wünschen, oder?
- Das ist sehr freundlich von Ihnen.
- Begleiten Sie mich noch zur Tür?
- Nichts lieber als das.

Beinahe unbeschwerte Tage.

Er ging einfach. Schüttelte meine Hand. *Passen Sie auf sich auf*, sagte er noch. *Schönen Ruhestand*, hatte ich ihm gewünscht. Dann spazierte er die Einfahrt hinunter. Soy und ich sahen ihm dabei zu. Sie stand neben mir, umarmte mich. *Das war's*, sagte sie. Dann gingen wir zurück ins Haus und zogen uns aus.

Lange konnte ich es nicht glauben. Dass so viel Glück in diesem Leben für mich vorgesehen war. Was ich mir immer gewünscht hatte, Berührungen, liebevolle Hände auf mir, schöne Worte aus einem schönen Mund. Aufwachen in diesem wunderbaren Haus, gemeinsam am Abend im Bett liegen mit ihr, in Sicherheit sein. Weil niemand kommen und uns dieses Glück wieder wegnehmen würde. Kux nicht, und auch sonst niemand.

Der erste von vielen unbeschwerten Tagen war es. Es gab nur noch uns beide. Ich hatte ein neues Leben, ich wohnte in seinem Haus, schlief mit seiner Frau, ich war glücklich. *Besser hätte es für dich nicht laufen können*, sagte Soy. *Du hast alles richtig gemacht, Ben.* Ich grinste, hob sie hoch, trug sie durch den Garten und warf sie in den Teich. *Du auch*, sagte ich und sprang hinterher. Dann kochten wir gemeinsam. Aßen, tranken, schliefen.

Ich war glücklich. Nur eine Sache quälte mich noch. Auch wenn ich nicht darüber sprach, die Gedanken daran gingen nicht weg. Zwischen Thai-Curry und nackter Haut war da immer noch dieses kleine Stück Vergangenheit, das an mir klebte. Mich schwächte. Soy spürte es. Sie wusste, dass da schwere Gedanken waren, die mich nach unten zogen. *Was ist mit dir, Ben? Du denkst immer noch an diesen Dachboden, nicht wahr?* Ich log, sagte *Nein*, doch sie glaubte mir nicht. *Du musst dich darum kümmern*, sagte sie. *Von alleine geht das nicht weg.*

Es waren Sätze, die ich nicht hören wollte. Sätze, die mein Glück störten. Verunsichert küsste ich sie und schloss ihren Mund. Soy hielt mich, heiterte mich auf, machte mir Mut. Sie fürchtete sich nicht vor meiner Schwermut, sie ließ sich einfach nicht darauf ein. *Wir werden ein schönes Leben haben*, sagte sie. Und ich wollte es ihr glauben. An jedem Tag, an dem ich neben ihr aufwachte. Jeden Augenblick lang, den ich mit ihr verbringen durfte. Die anderen Sätze verdrängte ich. *Von alleine geht das nicht weg. Du musst dich darum kümmern, Ben.* Neben ihr in der Sauna, mit ihr im Schwimmbecken, unbeschwert im Park.

Sie lag vor mir auf dem Bauch, ich massierte ihren Rücken. *Du könntest jederzeit am Strand von Chaweng als Masseur anfangen*, sagte sie. Ich lachte. Dann war sie einen Augenblick lang still, bevor sie es aussprach. *Du solltest dich endlich um deine Mutter kümmern*, sagte sie. Ich schwieg.

Tu es einfach.

– Bring es einfach hinter dich, Ben.
– Ich bin noch nicht so weit.
– Ich sehe doch, dass deine Augen manchmal traurig sind. Dass du immer wieder daran denkst. Es belastet dich.
– Dich auch, oder?
– Nein, das tut es nicht.
– Vielleicht sollte ich einfach aus deinem Leben verschwinden. Vielleicht wäre es besser für alle.
– Das wäre es nicht. Und das weißt du.
– Das alles hier ist weit mehr, als ich mir jemals erträumt hätte.
– Das hier ist genau das, was du verdient hast, Ben.
– Ich habe damals meine Therapeutin gefragt, ob das überhaupt möglich wäre. Ob ich mit meiner Geschichte dazu fähig wäre.
– Wozu?
– Zu lieben. Glücklich zu sein.
– Du bist hier, ich bin hier. Du siehst, dass es geht.
– Ja. Und ich bin sehr froh darüber.
– Trotzdem hast du Angst.
– Ich habe keine Angst.
– Doch, das hast du, Ben. Und deshalb solltest du zu ihr fahren. Es ist alles organisiert. Du musst sie nur noch abholen und dorthin bringen. Die Formulare sind unterschrieben, die Rechnungen sind bezahlt. Es wird ihr gut gehen in diesem Heim. Du hast die richtige Entscheidung getroffen.

- Ich weiß.
- Man wird sich gut um sie kümmern.
- Darum geht es nicht. Von mir aus kann sie in diesem Seniorenheim sterben.
- Aber worum geht es denn dann?
- Da ist noch etwas anderes, um das ich mich kümmern muss.
- Was auch immer es ist, Ben. Ich bin für dich da.
- Ich muss das alleine machen, Soy.
- Dann mach das. Tu es einfach.
- Wirst du noch da sein, wenn ich zurückkomme?
- Ich werde genau hier auf dich warten, Ben.

Zurück ins Bösland.

Ich fuhr zurück ins Bösland. Einmal noch. Ein letzter Schritt war es. Zuerst hatte ich das Labor geschlossen, dann meine Wohnung gekündigt, mein altes Leben sollte es nicht mehr geben. Alles, wovor ich Angst hatte, ich erledigte es einfach. Egal wie sehr es meine Brust zuschnürte. Das Dorf, das alte Bauernhaus, ihr Gesicht, das mich ohne Rührung anschaute.

Was willst du, fragte sie. *Ich bringe dich weg von hier*, antwortete ich. *Du hast es besser dort*, sagte ich. *Sie werden sich um dich kümmern.* Doch sie schrie mich an, beschimpfte mich. Da war nur Abscheu in ihren Augen, Ekel. Sie erkannte mich, doch wieder flüchtete sie sich in ihre Demenz, versteckte sich vor mir. Sie tat so, als wüsste sie nicht, was um sie herum vorging. *Sie sind nicht mein Sohn*, sagte sie. *Was wollen Sie von mir? Gehen Sie, lassen Sie mich.* Doch ich blieb, packte ihre Sachen. Ihre Tabletten, ihre Heiligenbildchen, die wenigen Kleider aus ihrem Schrank, Schuhe. Nicht viel war es, das ihr wichtig war. *Was willst du noch mitnehmen*, fragte ich. *Nichts*, sagte sie. *Alles hier ist kaputt.* Und sie hatte Recht.

Dann brachte ich sie in dieses Seniorenheim. Hinauf in den zweiten Stock, in dieses Zimmer am Ende des Ganges. Ich gab sie ab wie ein Paket, ich drückte der Pflegerin ein Bündel Geld in die Hand und verschwand wieder. Ich verabschiedete mich nicht, ging einfach aus dem Zimmer, ich wollte nicht mehr hören, was meine Mutter sagte. Gar nichts mehr wollte ich. Nur noch hinauf auf diesen verdammten Dachboden, die Kanister ausleeren, die ich an der Tankstelle gekauft hatte. Tun, was ich schon so lange hatte tun wollen.

Ich konnte das Ende riechen. Überall war Benzin, den ganzen Nachmittag lang, den Abend. Ich hatte mich nach dem Moment gesehnt, in dem ich das Zündholz fallen lassen würde. Ich wollte, dass es Nacht wird, alle im Dorf sollten schlafen, sie sollten das Feuer nicht löschen, bevor alles verbrannt war. Niemand sollte es verhindern. Dass das Bösland verschwand.

Ich habe nichts mitgenommen, alles dort gelassen. Ich habe sogar den Projektor und die Kamera zurück auf den Dachboden gebracht. Ein letztes Mal sah ich die Bilder vor mir. Meine Kindheit, meinen Vater und seinen Gürtel, die Zeit mit Kux und Matilda. Meine Mutter, die in ihrem Fernsehsessel saß und schlief. Die Tapeten, die Fliesen im Badezimmer, mein Labor, das Kinderzimmer, der leere Stall. Die Bank vor dem Haus, die Treppen, die nach oben führten. Alles brannte.

Ich stand am Waldrand und schaute zu. Wie die Flammen alles verschluckten. Ich habe mich nicht vom Fleck gerührt. Blieb, bis es vorbei war. Ich hörte die Sirenen, sah die Feuerwehrwägen kommen, aber es war nichts mehr zu machen, das Wasser, das ins Feuer fiel, war nutzlos. Die Feuerwehrmänner konnten es nicht mehr aufhalten, niemand mehr konnte es. Das Bösland löste sich auf. Alles, woran ich mich wieder erinnerte. Es ist jetzt Vergangenheit.

Der neue Thriller von Bernhard Aichner

Lieferbar ab Herbst 2019